ゴーストハント3
乙女ノ祈リ

小野不由美

角川文庫
22326

目次

プロローグ

東京、渋谷、道玄坂。

開いた窓からは繁華街特有の喧噪《けんそう》と秋の風が吹き込んでくる。建物の敷地沿いに続く桜並木が赤茶の葉っぱを散らしていた。

あたし（谷山《たにやま》麻衣《まい》、十六歳、高校生）がアルバイトしている、この「渋谷サイキックリサーチ」は、心霊現象の調査事務所だ。

心霊現象——幽霊や超能力、そういう不可思議な現象を科学的に調査するための団体。団体と言っても、所長とその助手に加えてアルバイトが一名、計三名の零細事業だったりするわけだが。

間違いなく零細で、仕事の内容も胡散臭《うさんくさ》い。そのわりに都心の一等地に広いオフィスを構えている。ちょっと見た限りでは喫茶店か何かに見えるお洒落《しゃれ》なオフィスだ。窓の外にはどこかしら懐古的な雰囲気の道玄坂、色づいた並木——という、業務内容にあるまじきロケーション。

本日は全国的に土曜日で、あたしは学校から、真っ直ぐこのオフィスにやってきて、自分の机に陣取っている。昨日送られてきた雑誌のバックナンバーを整理するのが本日の仕事だ。

雑誌を台帳に登録しながら目次を写してインデックスを作る。ちみちみ手で写したカードをチェックしてコンピュータに本登録するのは助手さんの仕事で、あたしのやってるのは、その予備段階というか。しょせんは悲しいアルバイト、あたしの仕事なんて精々この程度のもんだ。言われるままにコピーを取ったりお使いに行ったり、お茶を出したり。要は雑用係というか、雑用係ですらなく雑用補助というか。間違っても悪霊祓《ばら》いをしたりはしない。しようたってできないのだから仕方ないんだけど。

とはいえ、あまりに地味な仕事で何だかな。おまけにこういう仕事って飽きるんだよな。多少ウンザリしつつ機械的な作業を続けていると、オフィスのドアが勢いよく開く音がした。

開いたドアから雪崩《なだ》れ込んできたのは、高校生くらいの女の子の集団だった。

さて、これは客だろうか、それとも喫茶店と間違えた闖入者《ちんにゅうしゃ》だろうか。平静を装いつつ内心で量っていると、中の一人が緊張した様子でオフィス内部を見渡し、そこにあたし一人しかいないのを見て取って気後れしたように立ち尽くした。

「あのう……ここで心霊現象の調査をやってるって聞いたんだけど」

……おっと、お客だ。

あたしは立ち上がって彼女たちを出迎える。

「はい、そうですけど。御依頼ですか？」

彼女たちは、ちょっと眼を丸くした。お互いの困惑を確かめるように目配せをし合ったけれども、これはむべなるかな。こういう事務所で同じ年頃の女の子が応対してきたら、そりゃ普通、驚くわな。

「どういった御用件でしょう？」

心中を察して水を向けると、最初に口を開いた女の子が、

「あの……狐が取り憑《つ》いたのとか、治せるかな」

おや。憑依《ひょうい》霊というやつね。憑依現象は我がオフィスの管轄とは微妙にずれるのだが。

「狐憑き、ですか？」

「うん。あたしの友達が狐狗狸《こっくり》さんを見てて、狐に取り憑かれちゃったんだけど」

……これも心霊現象のうちだよなあ。ここは所長に取り次ぐか。あたしは、やんわりとした職業スマイルを作って彼女たちにソファを勧めた。

「お掛けになってお待ちください。今、所長を呼んで参ります」

あたしは所長室のドアをノックする。

「——所長」

中から煩わしげな声で応答があって、あたしはドアを開ける。

所長は重厚かつ広々としたデスクの上に地図を広げて頬杖を突いていた。姿勢はそのまま、少し険のある視線だけを上げてあたしを見る。どこか気《け》怠《だる》げな声で、

「……依頼人？」

あたしが彼のことを「所長」なんて呼ぶのは、オフィスに来客がいるときだけだ。

「はい。憑依霊についての御相談だそうです」

所長は少し顔をしかめた。彼はこの、地図を眺めて考え込む作業を「瞑想《めいそう》」と称して、邪魔されるのを好まない。おまけに憑依霊については専門を掠《かす》る程度で、ほぼ専門外に等しいから、それで余計に嫌なんだろう。

それでも所長は腰を上げた。今日は一日暇だったので、天《あま》の岩戸《いわと》から出てくる気になったのに違いない。

オフィスのソファでは、女の子たちが所在なげな様子で肩を寄せ合って坐っていた。あたしが所長室から出てくると、さっと緊張の色を走らせて背筋を伸ばす。あたしの背後を見やって、――そしてぽかんと口を開けた。

所長は落ち着いた足取りでソファに近づき、軽く頭を下げる。

「所長の渋谷《しぶや》です」

事務的な調子で言って、すんなりと長い足を折って腰を降ろした。女の子たちは一様にあんぐりとしたままだ。

……もっともであろう。あたしだって驚くよ。渋谷の立派なオフィスで、「所長」な

んて言われて出てきたのが十七かそこらの男の子だったりしたら。しかもその外見が芸能人も裸足《はだし》で逃げ出すくらい良かったら。

彼女たちは一拍おいて声なき悲鳴を上げ、眼を輝かせてお互いを秘《ひそ》かにつつき合った。

「御依頼の内容を伺います」

彼女たちの豹変《ひょうへん》に気づいてないのか、はたまた気づいていても興味がないのか。当「渋谷サイキックリサーチ」の所長、渋谷一也《かずや》氏（通称、ナルシストのナルちゃん。十七歳ぐらい。ゴーストハンター）は至って素っ気ない声を出した。

同時に女の子たちが仲良くハモる。

「あの……！」

全員が勢い込んで言ってから、顔を見合わせた。

「どなたか、お一人でどうぞ」

ナルちゃんはあくまでも素っ気ない。女の子たちはしばし互いに促し合っていたけど、結局、最初にあたしと話をした子が口を開いた。

「あの……あたしたち、先月学校でクラスの子が狐狗狸さんをしているのを見てたんですけど。そのとき一緒に見てた友達が、狐に憑かれたみたいなんです。それ以来、すごく様子が可怪《おか》しくて」

「可怪しいと言うと？」

「時々変になっちゃうんです。変なことを言ったり、変なことをしたり」

ナルは軽く溜息をつく。

「……もう少し具体的に」

その子は困ったように首を傾けた。

「ええと、……授業中に机の上に跳び乗ったり、でもって笑い出したり、先生を罵《ののし》ったりとか。あと、体育のとき、グラウンドの砂を食べたり……」

言って、その子は本当に心配そうな表情をした。

「それだけじゃないんです。誰かがいつ死ぬとか、誰かは実はこんな人間だとか、相手に指を突きつけて酷《ひど》いことを口走るんです。友達だろうと先生だろうとお構いなしで。あたしたちが止めたり庇《かば》ったりすると、あたしたちにまで同じ感じで……」

ねえ、と彼女はほかの三人に同意を求めた。

「親切そうにしてるけど、実はいい気味だと思ってるとか、もっとやれって思ってるだろう、とか。陰では死ねって言ってるとか……そんなことないのに……」

悔しいのか悲しいのか、彼女はちょっと涙ぐむ。

「──それで？　その狐を落としてほしいと？」

ナルが問いかけると、彼女たちはいっせいに頷《うなず》いた。ナルは息を吐き、

「申し訳ありませんが、お役に立てそうにありません。他を当たるか──あるいは精神科を受診されるようお勧めします」

極めて事務的な調子で言って立ち上がった。

「──では」

彼女たちは非難するような叫びを上げたけど、ナルは構わない。あたしのほうに闇色の眼を向けて、

「谷山さん、お引き取り願いなさい」

「でも」

……助けてあげたら？　せめて誰か紹介してあげるとか。言う暇も与えず、ナルは背を向けて所長室に引き揚げようとする。

「あの、所長」

あたしが呼ぶと、ナルは問答無用という眼つきで振り返った。

「それから谷山さん、お茶」

……はーい。

ナルがこういう表情をしたら駄目だ。あたしなんかが多少何か言ったぐらいで動く人間じゃない。

無情にも閉まった所長室のドアを見てから、あたしは彼女たちに頭を下げた。

「ごめんなさい。……ここ、少し管轄が違うんで」

「でも、酷い！」

彼女たちは、今や本気で憤慨している。

「あんな、あっさり──。彼女に会ってくれたっていいでしょ!?」

あたしもそう思うけどさ。

「本当にごめんなさい。こういう事務所は、それぞれ微妙に専門の違いがあるみたいなんです。うちは憑依霊は本来、専門外で……所長に取り次いだりせず、最初からそうお話しすれば良かったですね。すみません」

「じゃあ、狐憑きとか、ぜんぜん駄目なの？」

「駄目ということじゃ……場合による、という感じかなあ」

「だったら」

あたしは申し訳ない気分で微笑んだ。

「それに、こういうとこ、依頼料が結構かかるの。うちは謝礼はあんまし必要ないけど、経費の請求が莫大《ばくだい》だから」

わが「渋谷サイキックリサーチ」の場合、依頼料は謝礼と必要経費。必要経費というのは調査のためにかかった実費だ。同業者の噂を聞くだに、うちの場合、謝礼は高くない。というか「志納」――つまり、お気持ちに見合うだけください、ということになっている。なので高校生のお小遣いでも支払い可能なのだけど。でも、必要経費が大変なんだよな。高価な機材をばかすか使うし、それを動かす電気代は、もちろん依頼者の負担だ。機材自体はオフィスのものだけど、必要とあればレンタルの機材だって使うし、そうなればレンタル料も依頼者の負担だ。おまけにその機材で使う消耗品だって依頼者の負担。テープなどの録画録音メディアだけでも（高校生の常識からすると）途方もない金額になる。

女の子たちは、顔を見合わせてから揃って俯《うつむ》いた。

「……でも、あたし、そういうことに詳しい人に心当たりがあるから」

あたしは所長室のほうを窺《うかが》いながら小声で言う。

「多分、近々会うチャンスがあると思うし、会ったら相談してみる。この中の誰かの連絡先を教えて？」

とたんに、ぱっと彼女たちが顔色を明るくした。

「ほんと？」

「うん。でも、あんまし当てにはしないで。確約はできないから」

あたしが依頼人用の用紙を差し出すと、リーダー格の子がそこにペンを走らせた。

――氏名　伊東清美
――職業　湯浅高校一年生
――住所　……

彼女たちを見送って、あたしはしみじみ用紙を見つめた。あたしと同い年か。友達が変になって、心配で、それでわざわざ依頼に来たんだなあ。お金だってかかるのに。勇気だっているのに。

それであたしは、その用紙を丁寧に折り畳んで胸ポケットにしまった。

第一章

1

翌日の日曜日。この日も秋晴れのいいお天気だった。空は高くて、しんとした風が吹いて襟許《えりもと》がスカスカする。そろそろ暖房が恋しい季節だ。

あたしは窓の外にやっていた視線を机の上に戻した。自分の机に広げた三枚の依頼用紙。それをしみじみ眺めて、つい溜息をついてしまった。

昨日から集まってしまった三枚の用紙。

一件は狐憑《きつねつ》きを落としてほしいという依頼で、もう一件が幽霊が出るという依頼、もう一件がポルターガイストについての依頼。

「……なんなのかなあ」

依頼用紙を見比べながら、あたしは首を傾げる。どの用紙にも書き込まれた「湯《ゆ》浅《あさ》高校」の文字。

湯浅高校は東京周辺部にある私立の女子高校だ。あたしのいた中学からも、まれに進学する人がいたので、名前くらいは知っている。校風は堅いという印象がある。名門お嬢様学校というほどではないけれども、そこそこに歴史があって偏差値だってまずまずの学校だ。その学校の生徒から、昨日今日で三件もの依頼とは。

……どーなってんのよ、これ。

依頼用紙をポケットに突っ込んで、首を一ひねりしたときだ。

「なーるちゃーん」

オフィスのドアが開く音がして、軽ーい声が飛び込んできた。——この声は。

出たな、破戒僧。いっつも、ひとんちのオフィスを喫茶店代わりにしおって。むすう、と椅子ごと振り返ったあたしに、

「よ。麻衣ちゃん、お元気？」

ぼーさん（滝川法生《たきがわほうしょう》、二十代半ば過ぎか、坊主）は、相も変わらず人を喰《く》った笑顔を向けてくる。

もちろん元気だ、と答えようとして、あたしはあんぐりしてしまった。黒い革の上下に黒のTシャツ、黒の帽子と黒眼鏡——これだけならばナルのパロディと言っていえなくもないけれど、どれもこれもやたらキラキラしてるんですけどー。紅白のラインストーンを目出度《めでた》いと言ったものかどうか。おまけに帽子には赤いお花まで付いてます。

結婚式の帰りだろうか。よほど目出度いことがあったに違いない。のわりに、キラキラしたベルトのバックルは髑髏《どくろ》だが。これはべつに坊主という職業とは何の関係もないんだろうな、たぶん。

「アイスコーヒーが飲みたいなあ」

我が物顔にどっかとソファに腰を降ろして。

「ビルを出たとこに自販機があるよ」

あたしが言ってやると、情けない声を上げた。

「虐《いじ》めんなよー。今日は仕事の話だって」

ぼーさんも堅苦しく言えば心霊現象の調査及び解決——簡単に言えば、いわゆる霊能者をやっている。

「仕事ぉ？　本当にぃ？」

めいっぱい疑わしげな声を上げると、

「ほんと、ほんと。だから、アイスコーヒー」

はいはい。しょうがないなあ。

キッチンに行って、作り置きのアイスコーヒーをグラスに注いでやる。なんのかんのと言いながら、ぼーさん専用のアイスコーヒーを用意してあるところが、我ながらなんとも。

「にしても、何事？　その恰好《かっこう》」

グラスをテーブルに置きながら、あたしはぼーさんの派手な恰好を上から下まで眺めた。

「あー。俺、今日はバイトだったのよ」

「バイトなんて、してるんだ」

そーか。本業だけでは喰えないのか。だろうなあ。こいつ、霊能者のわりに、あんまし役に立たないもんなあ。

「何のバイト？　えらく派手だけど」

「んー」

ぼーさんはそのへんにラメの入ったストールやらお花の付いた帽子やらを脱ぎ散らす。

「――バックバンド」

はい？　一瞬の空白。「バック」は……「後ろ」だよな。「バンド」は楽団のバンド？てことは？

「はああぁ!?」

「イベントで手が足りねーってんで急に駆り出されたのよ。一回こっきりのピンチヒッターだったんだけどさ。これがへったくそなアイドルちゃまで、まいったのなんの」

「あのう、もしもし？」

「――あ？」

「バックバンドって……何するの？」

あたしがおずおずと訊《き》くと、

「何って……普通、新体操したりはしないと思うが？」

いや、そりゃそーでしょうが。

「楽器を演奏しちゃうわけ？」

「そだよ」

……分かった。ぽむ。

「パーカッションとか言って、木魚を叩いたりするんでしょ」

「……あのな」

「あ、尺八とか？」

ぼーさんは、膝の上に頬杖を突いたまま、しんねりとした眼つきで床に置いた黒い大きなケースを示した。

「ベース」

げげっ。ソファの脇に鎮座したケースは四角くて平たい。てことは、コントラバスが入っているわけではあるまい。だとすると。

「まさか、えれきてるで動くベース？」

「お前、いつの生まれだ？　そうだよ、そのベース！」

ぼーさんは呆《あき》れたようにしげしげとあたしを見た。

「俺はね、お嬢ちゃん」

「はい」

「言ったことはないような気がするから、知らなくても無理はないが、本業はベーシストなんだよ、分かる？　みゅーじしゃん、というやつだ」

……はあ。

「スタジオミュージシャンってやつだが、来いと言われりゃステージでも路上でも行くけどね。自分のバンドもあるんだけどさ、ボーカルがいまいちでなー。ナルちゃんくらい顔のいいボーカルがいりゃ、もうちっとメジャーなんだがなあ」

ぼーさんは、分かったか、と言うようにあたしの顔を覗《のぞ》き込む。

「それがどうして、霊能者なんてやってるの！」

「個人の自由だ」

「高野山にいたんでしょーが」

「いたよ。俺んち、寺だから。親父は坊主にしたがったんだけどな。でもさー、お山はベースはもちろん、ＣＤとかプレイヤーとか一切持ち込み不可なんだよ。それでお山を下りたわけだな。――納得？」

「……納得した、けど。でも」

ぼーさんは、皆まで言うな、と手を振る。

「この業界って意外に多いんだよ、祟《たた》りだとか幽霊だとか。何かあるたびに、もと坊主だってんで担ぎ出されて、それでなんとなく拝み屋が副業みたいになってるだけ。――他に御質問は？」

「……ありません」

どひゃあ。驚きー。

「聞いてみるもんだねえ」

「職業に偏見を持ってはいかんぞ。坊主だってロックも聴きゃあ、踊りにだって行く。俺の友達の中には、坊主のくせに産科医をやってる奴だっているもんな。本人曰《いわ》く、ゆりかごから墓場まで、だとさ」

「それって洒落《しゃれ》になんないと思う」

「……だろ？」

ゆりかごから墓場まで面倒を見ることができるのは、取り上げた子供が夭逝《ようせい》した場合に限られるのではなかろーか。普通、子供は取り上げた医者より長生きだ。

そうやってぼーさんと与太話をしていたら、ナルが所長室から出てきた。

「煩《うるさ》いと思ったら……」

露骨に顔をしかめてみせる。まあ、当然のことながら面白くはないわな。霊能者といえば同業者。同業者といえば商売敵。その商売敵が自分のオフィスで暢気《のんき》にコーヒーなんか飲んで、アルバイトの事務員と雑談なんかしてたら。

しかしながら、ぼーさんはそんなの、ぜんぜん気にしないのだった。邪険にされてもお構いなし。俗に言う、蛙の面《つら》に水。

「よう」

なんて軽い調子で手を挙げて。まことに暢気だ。

「今日は仕事の話だそうです、所長」

「まさか」

ナルはニベもない。

本当だって、とぼーさんが声を上げた。

「今日は本当に仕事の話。ちょっと厄介な話でさ、ナルちゃんの智恵を借りたいんだが」

ナルがぼーさんの前に腰を降ろしたので、あたしはお茶を淹《い》れに立った。

「厄介な話？」

「うん。——麻衣ちゃん、お代わり」

へいへい、かしこまりまして。

2

実は、とあたしが運んだお茶とコーヒーを前にして、ぼーさんが切り出した。

「俺のバンドの追っかけに、高校生がいるんだけどさ」

「バンド？」

怪《け》訝《げん》そうにしたナルに、ぼーさんは説明を繰り返す。さすがのナルもぼーさんの本業に若干驚いた様子だったけど、あたしほど間抜けな反応はしなかった。

「まったくの素人バンドで、趣味っつーか道楽のもんなんだけど。それでも定期的にライブやって、自分らでCD作って——てなことを続けてると、それなりにファンというか固定客ってのが付くわけよ。その中にタカってのがいるんだ。その子の高校で妙なことが起こってるらしいんだよな。詳しく聞くと、どうも気味の悪い話でさ」

　ナルは無言で先を促す。

「その子が言うには、自分のクラスの、とある席は呪われてるんだと。その席に坐った者が、ここ三ヵ月くらいの間に相次いで事故に遭ってるらしいんだな」

「よくある話だな」

「それがそうとも言えないのさ。事故に遭ったのは四人なんだが、そのときの状況がまったく同じ」

「学校で生徒が取る行動は限られてる。舞台も同じ、行動もある範囲内に限定されていれば、同一シチュエーション下における同様の事故はあって当たり前だろう」

　ぼーさんは、ニッと笑う。

「そう来ると思った。残念ながら、それは当てはまらんぜ。——俺もそう思ったんだが、体育の時間に怪我をしました、とか、通学途中に自転車でコケました、なんて種類の話じゃない。事故に遭った四人全員が、電車に引きずられたんだ。しかも、下車しようとして腕をドアに挟まれて。一人は軽傷で済んだが、三人は大怪我をした。死んだ者がいないのが不幸中の幸いだが。妙だとは思わんか？」

　ナルはさすがに考え込む様子を見せた。

「それだけじゃない。その子のクラスの担任が、自分の部屋——美術準備室を自分の控室代わりに使ってたんだが、そこに幽霊が出るって騒いでるうちにバッタリ倒れて入院したんだと。どうやら大量の吐血を繰り返しているらしいんだが、医者にも原因が分からんらしい」

「……なるほど」

「その学校じゃ、他にも妙なことが起こってるらしくてさ。怪談がらみの病気やら事故やらが絶えないんだと。気味が悪いんでなんとかならないかって言うんだが」

……他にも妙なこと……。

あたしはポケットの中の依頼用紙を思い出した。

「ねえ、ぼーさん。その子の学校って、まさか湯浅じゃないよね……？」

ぼーさんは、ぱちくりする。

「まさかの湯浅だ。……どうして」

あたしは慌てて用紙を引っ張り出した。

「昨日から依頼があったの、三件も」

「湯浅高校？」

ぼーさんが用紙を引ったくる。

「この依頼は？」

「ナルは断っちゃった。でも、気になるから、ぼーさんかジョンに頼めないかと思って連絡先だけ聞いといたの」

「この、伊東《いとう》清美《きよみ》って子は？」

「友達が狐狗狸《こっくり》さんを見てて、狐に憑かれちゃったんだって。次の三浦《みうら》聡子《さとこ》さんは、肝試しをしてから幽霊がついてくるようになったって。もう一つの久我山《くがやま》みのりさんは、クラブの部室にポルターガイストが起こるって」

「……どうなってんだ？」

ぼーさんが呆然《ぼうぜん》としたように用紙を見比べる。ナルはじっとあらぬほうを睨《にら》んでいた。

「ナルちゃん、どうする？　昨日から三件——タカの件も含めれば四件だ。どう考えても尋常じゃない。そんでも無視するか？」

ナルは少し考えて、

「……その子たちに連絡を取ってみよう」

そう来なくちゃ。あたしは電話をかけようと立ち上がった。そのときだ。ドアの開く音がして、おずおずとお客が入って来たのは。

それは初老の紳士っぽい人だった。取り次ぎに立ったあたしに、おじさんは名刺を差し出した。

「あのう……」

——私立湯浅高校　校長　三上昇

「実はうちの学校で、どうも奇妙なことが起こっているらしく……その調査を依頼できないかと……」

　校長の言葉に、あたしたちは思わず顔を見合わせた。

3

　その翌日、あたしたちは湯浅高校に向かった。本格的な調査の前に、一通り関係者の話を聞くために。あたしとナルが校内へ。リンさん（本名不詳、年齢不詳なるも二十代終わりと推測される、ナルの助手らしい）は、学校の周囲の住民に聞き込みを行なう。

――変な噂は立っていないか、妙なことを目撃していないか。

　別口で依頼を受けたぼーさんも一緒で、だから今回は「渋谷サイキックリサーチ」＋ぼーさんという、言わば変則チーム。

　高校自体はごく普通の学校だった。古くもなく新しくもない校舎。狭すぎず広すぎずの敷地。敷地に隣接して学生会館と銘打った多目的ホールがあったらしいけど、それは老朽化のため、現在取り壊して建て直しの工事中。

　あたしたちが学校に足を踏み入れたのは、ちょうど授業終了直前で、グラウンドでは体育の授業中らしい生徒がソフトボールをしていた。

　それを見るともなく見ながら校長室に向かう。校長室では三《み》上《かみ》校長が待っていた。

「御足労様です。よろしくお願いします」

　三上校長は頭を下げ、室内にいた中年の先生にナルを紹介した。

「こちらが今回の件をお願いした渋谷さん。――他の方は……」

「助手とお考えください」

　あらら。ぼーさんまで助手にされちゃったわ。

「そうですか。――こちらは生活指導の吉野《よしの》先生です。彼が校内を案内してくれます。他にも何か御用があれば、何でも言いつけてください」

　吉野先生が軽く会釈をする。顔色の悪い、神経質そうな先生だった。

「とにかく病気や事故が多くて。教職員にも程度の差はあれ、何らかの障りがある者が多く、授業にも差し支える有様です。生徒も同様で……。それでか、妙な噂も流れていまして、生徒ばかりでなく教師まで動揺しているようで収拾がつきません。詳しいことは私などから申し上げるよりも、直接当事者からお聞きになったほうがいいでしょう。部屋を用意してほしいとのことでしたので、小会議室を用意してあります」

　例によって調査拠点――ベースとして使われることになる部屋だ。

「生徒、教職員たちには、相談のある者は本日の放課後以降、会議室まで出向くように言ってあります。どれほどの人数が集まるかは不明ですが、よろしくお願いします。校内は自由に調べていただいて結構です。必要なものがあればお申しつけください。できるだけの便宜は図りますので、一日も早く学内が落ち着くよう、ひとつよろしくお願いします」

ナルが軽く頭を下げ、了解の意を伝えた。

校長室を退出してから、まずは吉野先生に校内をざっと案内してもらって、建物の位置を確認した。それからベースとして用意してもらった小会議室に向かう。

「こっちです」

吉野先生が廊下を示しながら、ぼーさんに、

「あなたが代表者ではないのですか？」

そう訊いてきた。ぼーさんは、いやいや、と手を振って、

「先ほどの紹介通り、俺はしがねえ助手ですから」

……助手扱いされたのを根に持ったか。

吉野先生は値踏みするようにナルを見る。不安そうな表情を浮かべてから、

「実は……私も相談したいことがあるんですが……」

いきなり、ですか。

ナルは静かな視線を先生に向けてから頷《うなず》いた。

「伺います。——こちらですか？」

ドアを示した。ドアの上には「小会議室一」と札がぶら下がっていた。

わりと広めの室内に、大きなテーブルが一つ。ホワイトボードと小さな棚。それで全

部のがらんとした部屋だ（会議室なら当然か）。

ナルは室内を見渡して頷く。吉野先生に坐るよう勧めてから、

「御相談の内容を伺います」

言ってファイルを広げた。吉野先生は少し不安気にあたしたちを見比べる。

「あの……私が相談をしたことは……」

「依頼人のプライヴァシーは守ります。先生がお望みでしたら、相談内容はもちろん、相談があったこと自体も伏せておきます。——どうぞ」

吉野先生は頷く。額にうっすらと汗が浮かんだ。

「それが……ですね。夜、ノックの音が聞こえるんです」

「それは御自宅で、ですか？」

はあ、と吉野先生は曖昧《あいまい》な返事をした。

吉野先生によれば、最初に気づいたのは自宅でのことだったらしい。先生は二学期に入ったばかりのある日、自宅のマンションで持ち帰った仕事をしていた。時刻は深夜、家族は全員寝静まっていて、起きていたのはリビングに陣取っていた先生が一人だった。黙々と作業をしていると、カツンと小さな音がした。先生は最初、深く気に留めなかったらしい。というのも、物音がベランダのほうから聞こえたからだ。先生の部屋は地上十階にあり、何者かが侵入してくることは不可能だ。侵入者を警戒する必要がないから、物音を特に気にしたことがない——ということらしい。

だが、物音は続いた。こつん、こつんと誰かがこっそり窓ガラスを叩くような音がする。振り返ってもカーテンを閉めてあるから窓の外は見えない。最初は何か物が当たっているか、甲虫でもぶつかっているのだろうと自分を納得させてみたが、それにしてはしつこい。しかもその物音自体、何かがぶつかっている感じではない。どう考えても誰かがこっそりと窓ガラスをノックしている調子なのだ。

　不審に思って立ち上がり、先生はカーテンを開けてみた。当然のことながら、ベランダには何者の姿もなく、カーテンを開けると同時に物音もやんだ。

なんとなく薄気味悪く、それ以後も耳を澄ましていたが、その夜はもう物音はしなかった。けれど以来、同じ物音がする。それは必ず夜で、身近にある窓から控えめにノックするような音が聞こえる。確かめに行くと何もいないし、すると当面、物音もやむのだが、しばらくすると繰り返されることが多くなった。場所はリビングに限らない。寝室であることもあったし、浴室であることもあった。それどころか、車のリアウインドウや学校の窓であることもある。――つまり、場所を選ばないのだ。窓、ということだけが共通している。

　最初に気づいたその夜が始まりだったのか、それともそれ以前からあったのに耳に入っていなかったのかは先生にも分からない。他のことに気を取られていると気にならない程度の物音だから。だが、あまりに続くので先生は常に耳を澄ますようになった。すると、陽が落ちてからなら、いつでもどこでも聞こえてくる。見に行かなければ、いつまでも窓を叩いている。確認に行くと、その当座だけ音がやむ。窓を開けて首を突き出し、上下左右まで確認しても誰もいない。ただ、何かが頭髪を掠《かす》めたような気がしたことが何度かある。慌ててそちらを見たけれども、やはり何も見えなかった。

「……夜も眠れないんです」吉野先生は青黒く隈《くま》の浮いた目許を押さえた。「とにかくずっとノックの音がしているんですから。起き上がって確認すればやむけれども、それも少しの間のことで、また始まる。そう分かっていると、物音が聞こえなくても、いつ始まるかとびくびくしてしまって……」

ナルは頷き、

「ノックだけですか？」

「ノックだけです。……実害があるのは、それだけです」

「その音は、先生以外の人にも聞こえますか？」

「ええ。ですが、私ほどは気にならないようです。……寝室には家内もいますが、音がすると訴えても、そうね、と言うだけです。それがどうかしたのか、という態度なんです」

言ってから、吉野先生は大きく身震いした。

先生によれば、家族が自分から物音に気づくことはまずないのだそうだ。先生が指摘したときだけ、そう言えば聞こえるかしら、という感じなのだという。先生は眠れないほど気になるのに、他人はそこまで気にならないらしい。あまり何度も訴えると、風のせいだとか、適当なことを言って受け流されてしまい、さらには「近頃、神経質だ、どうかしている」などと言われてしまう。

　そう言われれば言われるほど、先生には物音が気味悪く思われる。自分だけが気になることで、まるでノックが自分を目指しているように感じられるからだ。

　——しかも。

　ある夜も、ノックの音がしていた。家族と夕飯を摂《と》っていたときだ。執拗《しつよう》にベランダから窓を叩く音がする。また音がする、と先生が言うと、奥さんは「そう？」と首を傾げた。ベランダに何かいる、と先生は訴えたが、奥さんは「虫か何かでしょ」と取り合わない。先生は耳をそばだててベランダのほうを窺《うかが》っているしかなかった。その様子が気にかかったのか、食事を終えて後片付けに立った奥さんが、ふいにベランダのカーテンを開けて外を覗いた。何気なくそれを見ていた先生は、そのときに見てしまったのだ。窓の上のほうの隅に白い手があって、今しも窓を叩きそうに握られた拳がすっと引っ込むのを。

　見間違いかもしれません、と吉野先生は脂汗の浮かんだ顔を両手で撫《な》でた。だが、もしもずっとあれがノックしていたのだとすれば——何度か、窓から顔を突き出してみたとき髪を掠めたものは——。

「……それを考えると、怖くて。見間違いならいいと思うんですが、思えば思うほど、間違いなく手だったという気がするんです。女性の手だと思います。白い華奢《きゃしゃ》な手でした。……そういう気がするんです」

ナルは考え込むように眉をひそめている。

「その手を見たのは、一度だけ？」

もちろんです、と吉野先生は顔を上げた。

「以来、絶対にカーテンを開けてみたりはしませんから。同じものを見てしまったら、どうすればいいんです？　音のしたほうは見ないようにしています。だから、一晩中鳴りやまないんです。暗くなってから、明るくなるまでずっと――」

言って、吉野先生は何度も顔を撫でた。

「その怪現象の原因に心当たりはありますか？」

「ありません。あるわけがない」

「始まった当初に、身辺で何か気になることがあったとか、気になることを目撃してしまったようなことは？」

「ありません。……何度も考えてみましたが、ぜんぜん心当たりがないんです。妙な場所に足を踏み入れた覚えもありませんし。……気づかないうちに何かをしたのだと言われてしまえばそれまでですが……」

吉野先生は何度も顔を擦《こす》る。頷いて、ナルはぼーさんを振り返った。

「護符を――とりあえず」

声をかけてから、吉野先生に向き直る。

「とにかく、念のために身を守る護符をお渡ししておきます。ただし、こういう場合にはできるだけ相手にならないほうがいい。窓を開けてはいけません。気になるときは耳栓をするなり音楽をかけるなりして、ノックから気を逸《そ》らすようにしてください」

「は……はあ」

「他の方にも聞こえるのですね？　聞こえるのに誰も異常を指摘しないのだとすれば、それは気にしていなければ無視できる程度のものなんです。吉野先生は特別気にしているから耳についてしまうだけのことで。そしてノックは必ず窓の外でする。ならば、何者にせよ、それは、中に入ってくることはできないんです。物音自体は続くかもしれませんが、お気になさらず。その間に調査します」

「……はい」

ぼーさんは硯《すずり》を出して護符を書く。それを受け取って吉野先生は、薄くなった頭を深々と下げると会議室を出て行った。

その背を見送って、ぼーさんが誰にともなく、

「……いきなりだぜ。どうなってるんだ？」

ナルは肩を竦《すく》めただけだ。ちらと腕時計に眼をやって、

「もう少ししたら授業が終わる。依頼をしてきた子たちの話を聞いて……今日はそれで終わりだろうな」

4

依頼をしてきた女の子たちには、事前に連絡をしてベースを訪ねてくれるよう順番に時刻を指定してあった。最初は伊東さんのグループだ。友達が狐に憑かれたと言ってきた子。指定時刻かっきりにやってきた彼女らは、全員が一様に緊張した表情だった。

ナルは六人ほどの女の子を坐らせて、レコーダーを用意する。

「改めて、依頼の内容を確認したいのですが」

ナルが伊東さんに言うと、全員がぴりっと緊張した。

「相談の内容は、友達に何者かが憑依《ひょうい》したのじゃないか、そういうことでしたね？」

「……はい」

「その子は、今日は？」

「もうずっと休んでます。本人は元気みたいなんだけど、お母さんが家から出さないの」

伊東さんは確認するように周囲を見る。まわりにいた友達がてんでに頷いた。

「その子の状態をもう一度聞かせてください」

伊東さんはオフィスで言ったのと同じ内容を繰り返す。周囲の子が途中で言葉を補って、オフィスで聞いたのよりは具体的な事情が聞けた。

その子――泰田《やすだ》茉美《まみ》さんというらしい――はある日突然、目立って奇妙な行動を取るようになった。変なことをしたり（机に跳び乗る、授業中に教室を走り廻る、大声で泣いたり笑ったりする）、妙なことを口走ったり（人の悪口や予言めいたこと。そのほとんどが意味をなさないものらしい）。果ては寒空の下で制服のままプールに飛び込んだり、砂や小石、チョークを口にしたり。

「他人に危害を加えたことは？」

「それは、ありません」

「そう。――狐が憑いた、というふうに考えたのはなぜ？」

「それは……」

伊東さんはまわりの子と顔を見合わせる。誰かが、

「だって、本人がそう言ってたもんね」

「うん」

詳しく話を聞くと、どうも泰田さん本人が自分は狐だと自己申告していたらしい。

ナルは指先で軽く机を叩く。

「普通、人がそういう状態になったときには病気を疑うものでは？　精神科の医師に診《み》せたほうがいいとは考えなかった？」

全員がざわざわと囁《ささや》き交わす。答えたのは伊東さんだ。

「だって……自分で、お狐さまじゃ、って言ってたし。それに、茉美が変になったのっ

て、先月、狐狗狸さんを見てからなんです」

「狐狗狸さん……紙と――グラス？　盃？　それを使うやつ？」

「いいえ。鉛筆を使うやつです。紙に五十音を書いて、みんなで鉛筆を持つの」

「……それを見てから可怪《おか》しい？」

「はい」

伊東さんは頷く。表情が曇った。

「べつに変なことはなかったけど……。狐狗狸さんが帰らなかったとか、誰かが狐狗狸さんを馬鹿にしたとか、そういうことはなかったんです。しかも、あたしたちは横で無駄話をしながら見てただけだし。でも、学校から帰るとき」

横にいた子が先を受けて、

「そ。自分で、取り憑かれた気がするって言ってたんだよね」

「あり得ないよ、ってあんだけ言ったのに」

「肩が重いとか言って顔色変えて。絶対、何か貰った気がする、って」

「そうそう。で、次の日にはもう変だったんだ」

彼女らは口々に言う。

「次の日に変だった――、それは以来、ずっとという意味？」

いいえ、と伊東さんは首を横に振った。

「時々変になるんです。さっきまで普通だったのに、突然妙な声で喚《わめ》き出したり、かと思うと、突然、憑き物が落ちたみたいに普通に戻って。ほっとしてたら、また妙な感じになって……」

「それを繰り返す？」

「そうです」

ナルは少し考え込む様子で、

「彼女が奇妙な行動を取るとき、その直前に意識を失ったり、朦朧《もうろう》としていることは？」

「……それは、ないと思うけど……ちょっと黙り込んでたり、あらぬほうを見てたりとか、そういうことならありますけど」

「痙攣《けいれん》を起こすようなこともない？」

「そういうのは、ないよね？」

伊東さんは周囲を見廻す。全員が頷いた。

「では、本当に突然そういう状態になる？　そして、それが突然、もとに戻る」

「そうです。なんか、スイッチでもある感じなんです。唐突にスイッチが入ったみたいに喚き出したかと思うと、カチッとスイッチが切れたみたいに終わっちゃう」

「もとに戻ったとき、彼女自身は、自分が何をしていたか分かっているようですか？」

「分かってないみたいです。すごく混乱しているみたいで」

そう、と呟《つぶや》いてナルは、

「狐狗狸さんをした場所は？」

「教室。一－三の」

ナルはホワイトボードに貼った学校の見取り図を見上げる。なにやら考え込む風情を見せてから、

「君たちはよく狐狗狸さんをしたりするんですか」

伊東さんたちは顔を見合わせた。

「あんまりしないです。……というか、むしろぜんぜん。あの日はたまたまだと思います。クラスメイトの――阿部《あべ》ちゃんって子が、霊がどうこうとか解説した雑誌？　ムック？　そういうのを持ってきてて、最初は数人でそれを見てたんです。あたしたちは、彼女たちとは別に集まって無駄話をしてて、でも、席がすぐ近くだったから、話し声なんかも聞こえたし、お互いに時々、相手の話に口を挟みながら別々に過ごしてたっていうか……」

「じゃあ、その日はクラスに二グループが残っていたわけですね？」

「そうです。最初は他にもいましたけど、途中で帰っていって、最終的に残ったのはあたしたちと阿部ちゃんのグループだけでした」

「そして？　雑誌に影響されて狐狗狸さんが始まった？」

「そうです。中に解説したページがあって、狐狗狸さんって本当なのかなあ、なんて話になって。あたしたちにも、やったことあるか、なんて訊いてきたけど、あたしたちはやったことなくて。やってみないか誘われたけど、なんか怖いからいいよ、って」

言ってから、伊東さんはふっと眉根を寄せた。

「そういえば——そう言ったの、茉美です。狐狗狸さんって祟られるっていうし、怖いからやだって」

なるほど、とナルは呟く。

「あたしも本とか漫画なんかで読んで怖い印象があったし、だから断って。でも、興味はあるから、話をしながら、どんな感じなのか見てました」

「狐狗狸さんをしている間、何か変わったことは？」

「べつに……。鉛筆は動いてました。動き出した当初はみんな盛り上がったんですけど、質問をしてもあまり要領を得なくて。それでいくらも経《た》たずに、彼女ら、やめちゃったんです。こんなもんなんだね、なんて言いながら帰り支度を始めたんで、あたしらも一緒に教室を出たんですけど」

「その間、泰田さんは？」

「……嫌がってはいました。何かあったら怖いから帰ろうって。何度かそう言って、あたしたちもじゃあ帰ろうかって——そう言ってはいたんだけど、なんとなく話が途切れなくて。特別理由があったわけじゃないんですけど、帰りそびれてるうちに狐狗狸さんが終わっちゃったんで……」

でも、と別の子が低く言った。

「茉美だって、帰ろう帰ろうって言ってたけど、話には乗ってきてたじゃん」

伊東さんは頷いた。

「そうなんです。茉美だって話に気を取られて帰りそびれてた感じなんです。だから、あんなことになるなんて、夢にも思わなくて……」

すごく怯《おび》えていれば帰ったんですけど、と伊東さんは押し殺したように言った。

そう、とナルは頷く。

「彼女の連絡先を書いていってください。よく調べてみます」

5

伊東さんのグループの次にやってきたのは、久我山みのりさんのグループだ。

会議室に入ってきた久我山さんは大勢の人間を連れていた。久我山さんよりも年下っぽい子もいれば、年上っぽい子もいる。

「あなたの依頼は——部室でポルターガイストが起こる、とか？」

「はい、そうです」

久我山さんは、緊張した顔つきで頷いた。

彼女の所属する陸上部では、部室で奇妙なことが起こる。ロッカーが倒れていたり、きちんとしまったはずの備品が床に散乱していたり。

「スターティングブロックがバラバラになって散乱してたこともあります」

「一月《ひとつき》ほど、という話ですが、具体的にはいつ頃？」

彼女らは顔を見合わせた。

「具体的には……さあ」

「最初がいつなのか、はっきりしないんだよね」そう口を挟んだのは、久我山さんより年上っぽい女の子だ。「そもそも、最初に起こったのが何なのか、あたしたちにもよく分からないし。物が倒れてたのだって地震とか、近所で道路工事をしてたとか、なんかそういう理由があるのかもしれないじゃないですか。棚の物が落ちてたのだって、純粋に事故かもしれないし、誰かがミスって、それを忘れてるだけかもしれないし。だから、どれが変なことなのか、よく分からないし、なので、最初も分からない。ただ、ここ一月ぐらいはどう考えても可怪しい気がするから」

「誰かの悪戯《いたずら》だとは思わなかった？」

「思ったよね」年長さんは周囲を見渡す。「絶対誰かの悪戯だって。普通、そう解釈するでしょ。ミスでもなくて、事故でもなかったら、誰かが故意にやってるんだとしか思えないじゃない。それで最初は部室の鍵を替えたりしたんだ。それでも鍵には異常なし。で、現場を捕まえてやろうって、泊まり込んだりしたんだけど、掠りもしない」

「そう。あれは絶対、変だって」その隣にいた子も頷く。「だって、みんなで泊まり込んでさ、ふっと眼を離した隙に、箱の中にあった砲丸が床に一列に並んでんだもん」

「……なるほど」

確かにポルターガイストっぽい。てことは、またあの機材を運び込んで重労働をするんでしょーか。やれやれ。

「そしたらこの子が、こういうの、ポルターガイストっていうんじゃないんですか、って言い出して」

年長さんは一番小柄な子を指した。あまり好意的な口調ではなかった。

「おまけに、専門家に相談してみたほうがいいんじゃないか、って。あたしは正直言って、霊能者なんて胡散臭《うさんくさ》い感じがして賛成できなかったんだけど、同調しちゃった一年生があんまり騒ぐし、それに、部室で説明のつかない妙なことが起こってるのは事実だから」

ナルは久我山さんを見た。

「それで君が代表で？」

「そうです。あたしが新部長なので」

「ポルターガイストというと、普通は犯人として幽霊を想定するようですが、部室で幽霊を見た、というような話は？」

「ないです」と、久我山さんは首を横に振ったし、周囲の子も口々に否定した。「本当に変なことが起こるだけなんですけど。でも、突然、棚の上のものが落ちてきたりするわけで、もしもそれがダンベルだったりすると、当たったら大怪我するでしょう？ それを考えると放置できないし、どうやって落としてるのか分からないから、防ぎようがないし」

「怪現象が起こるようになった原因に何か心当たりは？」

「べつに……」

久我山さんたちは首をひねる。

「部室で過去に何かあったなんて話も聞かないし……」

だよね、と年長さんも頷いた。

「卒業生も含め、部員に何かあったなんて話だって聞いたことないし。部室のあった場所に何かあったなんて話も聞いてない。第一、部室がずらっと並んでて、妙なことが起こってるのってウチだけだし」

「怪現象が起こる時間帯や場所は限られていますか？」

「時間帯はいつでも。場所は部室の内部のみ」

「では、怪現象が家や教室までついてきたことは？」

これには全員がノーと答えた。

久我山さんたちが帰って行ったあと、次にやってきたのは三浦聡子さんのグループだ。早くもゲンナリしてきたあたしとぼーさんをよそに、ナルは根気よく質問を続ける。

「話を聞かせてください。霊に憑かれたらしい、という依頼でしたが」

友達に囲まれて小さくなっていた三浦さんが顔を上げた。

「はい……あの」

彼女は先月、肝試しをして以来、怪現象に悩まされている。

「体育館に開かずの倉庫があるんです。以前、誰かがそこで死んで以来、変なことが起こるんで使ってない、って噂の……。単なる噂だとは思うんですけど。べつに鍵はかかってないし、もう使ってないってだけで。それで……」

隣の女の子が助け船を出した。

「テストが終わった打ち上げに、肝試しをしてみようってことになったんだよね」

「うん」

「倉庫で怪談をして、変なことが起きないかなあ、とか言って。そしたら、この子が」

彼女は三浦さんを指差した。「途中で気分が悪くなっちゃって」

三浦さんは頷いた。

参加人数は五人。それぞれがどこかで聞いたような怪談話を開陳していた。その途中、三浦さんは次第に胸が悪くなってきたのだそうだ。車酔いしたみたいに眩暈《めまい》がして、吐きそうになった。三浦さんがそれを訴えて、怪談は中止。彼女は友達に支えられながら倉庫を出て、結局、友達二人に付き添われて家に帰った。家に戻って横になっているうちに、気分が悪いのは治った。そのときは三浦さん自身、怪談と不具合を結びつけたりはしていなかったらしい。むしろ季節柄、風邪《かぜ》をひいたのだと思っていた。

翌日には、もう体調は普通に戻っていた。登校して授業を受けるうちに、体調を崩したこと自体、三浦さんは忘れていた。なのにその放課後だ。下校する前にトイレに寄って、洗面台で手を洗っていたら妙な影が見えたのだ。

「影、とは？」

ナルが訊くと、三浦さんは躊躇《ためら》うように周囲を窺う。小声で「ロープの」と言った。

三浦さんは手を洗いながら正面の鏡を何気なく見た。鏡の中には自分と、背後の壁が映っていた。その壁に妙な染みがあった。――最初は染みなのだと思ったそうだ。染みというより焦げ痕のようなもの。だから眼に留まった。壁の表面に天井から下がった細長い焦げ痕――焦げ痕を思わせる輪郭のぼやけた黒っぽい影。それは天井から真っ直ぐに線を描いて垂れ下がり、ちょうど人間の身長くらいの高さで丸い輪を作っていた。

「テレビなんかでよく見る……首吊りのロープみたいな形なんですけど……」

三浦さんは驚いて振り返った。壁の表面にそれはあった。近づいてみると色は薄まり、輪郭はさらにぼやけて形が定かでなくなったが、消えたわけではなかった。まるで影が落ちたようにロープの形が映っている。思わず周囲を見渡してみたが、そんな影を作るようなものはどこにもなかった。

薄気味が悪く、三浦さんは慌ててトイレを逃げ出した。教室では友達が一緒に帰ろうと待っていた。お友達は、戻ってきた三浦さんを見て、顔色が悪い、と指摘したのだそうだ。彼女は前の日と同様、また車酔いでもしたような顔をしていた。三浦さんは、べつに何でもないよ、と答えた。

「そのときは、自分でも何を見たのかよく分からなくて……。だから何も言えなくて」

だが、そのさらに翌日、再びそれは現れた。今度は廊下の突き当たりの壁だった。それは前回よりも遠いぶん、くっきりと見えた。明らかに首吊りのロープの形で、しかも今度は微《かす》かに揺れていた。驚いて立ち止まっていると、登校してきた友達に肩を叩かれた。あれは何だと思う、と友達に示そうとして振り返ると、影は消えていた。

——以来、その影は、どこにでも現れる。気がつくとあたりの壁に映っている。

「もう、気味が悪くて……」

「それは他の人にも見えますか？」

三浦さんは訊かれて首を横に振った。

「不思議に、他の人が一緒だと現れないんです。廊下とか階段とか、あたし以外の人もいるってことならありますけど、そういう場合は、誰も気がついてないみたいなんです。気がつかないのか、あたしにしか見えないのか分からないんですけど……」

隣の子が三浦さんの肩をあやすように叩きながら、

「それ聞いてから、あたしも気をつけるようにしてるんですけど、あたしは見たことないです。少なくとも友達とか知り合いが一緒にいると、現れないみたいなんです。だからこの子、一人にしないでくれ、って。可能な限り一緒にいるようにしてるんですけど、常にいてあげられるわけじゃないから」

「その影は学校の外でも見えますか？」

いいえ、と言ってから、三浦さんはふっと表情を曇らせた。

「……一回だけ。つい昨日なんですけど、塾の階段で見ました。今のところは、それだけです」

「問題の肝試しはいつ頃？」

「中間テストのあとですから……十月の半ばです」

「頻度はどれくらい？」

分からない、というように三浦さんは頭を振った。

「できるだけ友達と一緒にいて、一人のときは足許ばっかり見るようにしてるから……」

「とりあえず影が見えるだけで実害はない？」

「ありません」

「そう言えばさ」隣の丸い女の子が口を挟んだ。「こないだ、エイちゃんが入院したでしょ？　あれで気味悪い話、聞いたよ」

言ってから、彼女はナルに、

「エイちゃんっていうのは、そのとき一緒に肝試しをやった子なんだけど、今、入院してるんです。胃に穴が開いて。――エイちゃん、次の日から元気なかったでしょ？　あの日から彼女の机に幽霊が出るようになったんだって」

「嘘ぉ」

「ホント。授業中、自分のお腹のあたりを誰かが触ったんだって。授業中だから、自分の席に坐ってるわけでしょ。当然、誰かがお腹に触ったりできるわけないのよ。そんでも、前か後ろの席の子が悪戯したんじゃないかと思ったらしいんだけど、見廻してみても誰もそんな様子じゃない。気のせいかと思って机に屈《かが》み込むと、こう……誰かがお腹をさわっと……」

彼女はすーっと手で何かを撫でる動作をした。

「確かに手の感触がするんだって。誰かが机の中から手を出してお腹を撫でてる感じ。悲鳴を上げそうになったけど声も出ないし身動きもできなくて、以来、なんか突然、授業中に金縛りに遭うんだって。そしたら誰かの手がお腹のあたりを……」

人垣から悲鳴が起こる。

「ずーっとそれが続いてて、それで倒れちゃったんだって」

別の女の子があたしたちに説明する。

「救急車で運ばれたんですよ。突然、床を転げ廻って痛いって」

「そうそう。そしたら胃に穴が開いてたって。……もう少しで開くところ、だったかな？　とにかく、酷《ひど》い状態で、手術しないといけなくて、入院しちゃったんです」

「……そう」ナルは机を指先で叩きながら考え込んでいる。「その子は肝試しのとき、何か異常を訴えていた？」

ううん、とこれは全員が否定した。

「じゃあ、その倉庫で起こる変なこととは？」

これにも全員が困ったように顔を見合わせた。

「変なことが起こる、という噂だったのでは？」

三浦さんは首を横に振った。

「そうなんですけど、具体的に何が起こるかは聞いてないです。誰も知らないんです。だから、何が起こるか確かめてみよう、みたいな感じだったんですけど……」

「過去に誰かが死んだ？」

「と、言われてます。自殺があったって聞きました。詳しいことは分かりませんけど、あたし、そのあとでロープの影を見るようになったから、首を吊ったんだろうな、って思ってました」

「あたし、そう聞いたよ」

別の子が言うと、さらに別の子が頷いた。

ナルはしばらく考え込んだあと、入院した子の名前と入院先を訊いた。

6

三浦さんのグループを帰らせて、あたしたちは溜息をついた。ぐったりしているところに、最後の依頼人、高橋優子《たかはしゆうこ》さんのグループがやってきた。

彼女のクラスには呪われた席がある。そこに坐った者は、電車に引きずられて怪我をする。

　奇特なことにぼーさんのバンドの追っかけをしているという高橋さんは、ちっちゃい可愛い感じの人だった。追っかけという言葉から、意味もなく派手なおねーちゃんっぽい人を想像していたあたしは、少しびっくり。

　高橋さんは人懐こい笑顔をあたしたちに向けて、それからぼーさんに手を振った。

「ほんとに来てくれたんだー」

「まあな」

　ぼーさんは、あたしたちを紹介してくれる。

「こっちの顔のいいのが『渋谷サイキックリサーチ』ってとこの所長で渋谷。横の嬢ちゃんが、その助手で麻衣」

「よろしくー」

　高橋さんの笑顔は屈託がない。

「んで、詳しい話を聞きたいんだが――」

　ぼーさんがナルを見る。ナルが言葉を引き取って、

「この中に問題の席に坐って事故に遭った人がいるかな？」

　言って、八人ほどのグループを見渡した。

　いるよ、と高橋さんは答えて、後ろに立っていた女の子を示す。

「事故に遭ったのは何番目？」

彼女はうっそりと指を二本立てた。二番目ってことか。

「そのときの状況を聞きたいんですが」

訊かれて、その女の子は口を開いた。

「んーとね、降りようとしたの、電車を。っつーか、降りたのね。で、ホームを歩き出したら、誰かがあたしの腕を引っ張ったんだ。すっごい力で。それでドアに挟まれちゃって。電車が動き出して、しばらくは一緒に走ったのね。だって、そうするしかないし。でも、すぐに転んじゃって。そのままホームを引きずられて、ホームを落ちて五メートルくらい行ったところで電車が停まったの。肩脱臼《だっきゅう》して、足折って、先週ギプスが取れたとこ」

「誰が引っ張ったのか分かりましたか？」

「それがー」言って彼女は、周囲の人間と顔を見合わせた。「ちょうど電車は空《す》いてて、あんまし乗客はいなかったのね。そんで、見たんだけど、ドアの近くには誰もいなかった」

ナルはメモを取りながら、

「それはいつ頃？」

正確な日付は、他の被害者の状況は、と質問を重ねていく。一通りの質問を終えたあとで、

「問題の席で妙なことが起こる原因について、何か心当たりは？」

彼女らはお互いに首を傾げ合った。

「分かんないよ……ねえ？」

「……そう。ありがとう」パタンとファイルを閉じてから、ナルは背後のぼーさんを振り返る。「問題の席を見てみたい」

「あ、じゃあ、案内したげる」

高橋さんが元気よく手を挙げた。

彼女たちに先導されてあたしたちは高橋さんのクラス――一－五の教室に向かった。南棟の二階にある教室だ。問題の呪われた席は窓際の最後尾にあった。

「ここだよ」

言われて、ナルは机の脇に立つ。軽く手を置き、考え込むように眼を細めた。

「今はここには？」

高橋さんが首を横に振った。

「誰もいないよ。こないだまでいた子は、今、病院」

「この机の位置は変わってない？」

「ずっとその位置」

ナルはじっと考え込む。しばらくしてから、釈然としない様子で机を離れて、

「ところで、このクラスの担任の様子が可怪しい、という話を聞きましたが」

再び高橋さんが頷いた。

「そうなの。美術準備室に幽霊が出るとか言って、いい歳して登校拒否。昔は幽霊なんかいないって言ってたのにねえ。――この席が可怪しいって言ってたんだよね、あたしたち。呪われてんじゃないの、とか。半分は冗談なんだけど、席替えでここに当たっちゃうと気味悪いでしょ？　だから机を取り替えてほしいとか、空席にしてほしいとか言ったんだけど、洟《はな》も引っかけてくれなかったの。馬鹿馬鹿しい、って。ちょっと騒いだら、一時間説教されちゃった」

……あらまあ。

「――のくせに、自分は気味悪いから学校に来るのがやなんだって。結局、体調を崩したとか言って入院しちゃったんだけど、病院にも出るとか言ってるらしいよ。傍《はた》迷惑なことに、教え子のあたしたちのとこにまで電話来るの。何かいるんだ、とか言って」

「勝手だよねえ」

「まったくだよ。自分だけさあ」

「ていうか、すでに危ない感じ」

ナルは眉をひそめている。

「その準備室には何か怪談がある？」

ううん、と高橋さんは首を振って、周囲の子を見渡した。

「聞いたことある？」

これには全員が首を傾げるのみ。

「そう……。ありがとう」

ナルは軽く手を挙げる。ひどく考え込んだ表情だった。

現在入院中の子の名前と入院先を訊き、担任の名前と入院先を訊いて、再びあたしたちが会議室に戻ると、中では二人の先生が待っていた。

車のミラーに幽霊が見える、という先生と、姿の見えない誰かにあとを尾《つ》けられている、と訴える先生と。さらに、二人の話を聞いているうちから引きも切らない依頼人。

……ものすごい数。どうなってんの？

7

陽が落ちる前までには一通りの質問を終えて、あたしたちはお茶にありつくことができた。三上校長がお茶のセットを用意しておいてくれたんだな（もっとも、淹れるのは、あたしだが）。

ぼーさんは椅子にふんぞりかえって、おまけに足をテーブルの上に投げ出したりして、極めてお行儀の悪い恰好で溜息をついた。

「こいつぁー大事《おおごと》だ」

「大変そう？」

ぼーさんはウンザリしたように頷いた。「……とんでもねえ。これをいちいち除霊すんのかと思うと、眩暈がしちゃうよ」

「纏《まと》めて一発で除霊する方法とか、ないの？　集団でぱーっとお祓《はら》いしちゃう」

「それができりゃあな……」ぼーさんはメモをテーブルに放り出した。「一気になんとかするにゃ、それぞれの現象が違い過ぎらあ」

「ふみ？」

ぼーさんは頭を掻《か》く。

「たとえば、狐憑きの女の子なんざ、完全に憑依現象だろ。憑き物を落とす必要がある。ところが、ノックの音がするとかロープの影が見えるとか、このへんは霊に付きまとわれる憑着現象じゃねえの？　しかも、どうやら同じ霊とは思えない。つまりは完全な別口で、それぞれ付きまとってる霊の正体を特定して除霊する必要がある」

「あ、そっか。憑依と憑着は別物だって話か」

　何者かが乗り移る憑依と、何者かが取り憑いて付きまとう憑着は別の現象だと考えるのが理に適《かな》っているらしい（オフィス関係者一同）。

「かと思えば、陸上部の部室はポルターガイストっぽいだろ。霊を含め、犯人の特定が必要で、事故が続く魔の席についちゃあ、正体不明。座席に何かが憑いてるって感じではあるけど、だったらその席で何事か起こりそうなもんだよな——誰だっけ、胃に穴が開いた子みたいにさ」

「ああ、三浦さんのお友達」

「座席に憑いた霊が、なんだってわざわざ電車で事を起こすのか、さっぱり分からん。しかも、電車で事を起こすことに拘《こだわ》ってる感じだろ。例外なく電車だもんな。同じ席で被害が続いてるんじゃなきゃ、電車に問題があると思いたいところだぜ」

「そっか……そうだねえ。考えてみると、本当にバラバラっていうか……種々雑多な感じだよね」

「何でもアリっていうか。魔の席の被害は深刻だが、ノックの音だとかロープの影は、本人が気にせず無視できるなら、護符か御守でも持たせてりゃいいような感じでもあるよな。ただ、ロープの影のほうは、学校だけで見えてたのが、最近になって別の場所でも見えるようになったのが気になるが」

「強くなってる？」

「かもねえ」

ぼーさんは大袈裟《おおげさ》に溜息をもう一ついたあとで、ナルを振り返る。

「これだけ雑多な事件を一気に祓えるはずがないもんさ。人手を掻き集めて、全員で手分けして除霊する——人海戦術しかねえんじゃねーの？」

ぼーさんが言うのに、ナルは、

「どうかな……」

「へ？」間抜けな声を上げてから、ぼーさんは顔をしかめた。「お前、まさかまた難しいことを考えてるんじゃねえだろうなあ。確かに数は多いが、それぞれは大した事件じゃないだろ」

ナルは首を傾げる。

「それはそうなんだが、この数は尋常じゃないと思わないか？」

「それは……まあ」

「しかも、校長によれば学校で怪現象が起こっているという話だったが、実は学校自体で何かが起こっているケースは少ない。一部の事例を除くと、怪現象はむしろ学校に拘らない」

「そりゃそうだが。しかし、学校の怪談なんて、本来そういうもんだろ」

あたしは首を傾げた。

「……なの？」

「麻衣の学校にも七不思議があっただろ。宿直室だっけか。そこには自殺した教師の霊がいて、そいつに遭遇すると付いてくる、とか」

「あ、そうそう」

今はもうない旧校舎の怪談。宿直室に入ったら、絶対に障子を開けたままにしちゃいけない。でないとそこで自殺した先生が現れる。遭遇すると、先生が負《お》ぶさってきて離れない。それが原因で体調を崩したりする。

「平たく言うと、『祟られる』って話。学校の怪談にはそういうのが多い。……というより、そもそも怪談はそんなもんだ、と言うか。特定の場所に怪異が結びついていて、それに触れると祟られる。怪異と悪いジンクスが結びついてる」

「そう言われてみると、そうだねえ」

「祟りの内容のほうは特定の場所に拘らない。つまり、怪異に触れると、怪異のほうが付いてくるんだ。でもって祟りが完了すると、またその怪異はもとの場所に戻る」

「考えてみると不思議。なんで戻るんだろうね」

「だよな。——もっと不思議なのはさ、たとえば麻衣の学校の宿直室。誰かがそこで先生の霊を拾ったとするだろ？　で、負ぶって連れて行く。この祟りが進行中の場合、別の生徒が宿直室に入っても何も起こらないのか？」

「あー……」

確かに、考えてみると、そこは不思議だ。先生は外出中なのか、それとも、誰かに付きまといつつ、なおかつ宿直室にも「いる」のか。

「こればっかりは実験してみないとなんとも言えないわけだが、イメージとしちゃ、たとえ祟りが進行中だろうと、やっぱ宿直室に入ってはならん、って感じがするよな」

「留守にはしそうにない感じだよねえ」

……実際に何が起こるのか。ある意味、興味深いかも。

「一部じゃそういうのを念憑依《ねんひょうい》とか言って、霊の本体は宿直室に留《とど》まったまま、霊現象だけが付きまとう、とするが、実際のところはどうだかな。負ぶって連れて行くんなら、霊そのものが付いてきてるようにしか見えんよな」

「だねえ」

「もちろん、全ての怪談が祟るわけじゃないし、そうでない例と半々だって気もするが。ただ、怪談なんてのは半分がた、そういうもんだろ。学校で拾って、付いてくる。それを思うと、ノックが付いて廻るのは、べつに変じゃないだろ？」

　ぼーさんはナルを見た。ナルは釈然としない顔だ。

「ぼーさんの言う通りなんだが……だが、ここの場合は学校の怪談と結びついてるわけじゃない。かろうじて『開かずの倉庫』と結びついてる例が一つあるだけだ。それ以外は由来のない単発の怪異で、しかもそれがこれだけの数、湯浅の関係者に集中している。だとしたら、何か学校に原因があるはずだ。絶対に」

　……確かになあ。

　ふうむ、とぼーさんは呻《うな》る。

「『開かずの倉庫』と結びついてるのは……ロープの影が見えるってやつか。額面通りに受け取るなら、倉庫に何かいて、それを貰ったって現象だよな。しかし他は——とりあえず結びつく怪談がないか、確かに」

「机から手が出てくるのは？」エイちゃん、って言ってたっけ。胃に穴が開いちゃった子。「あれも『開かずの倉庫』絡みでしょ？」

「倉庫で怪談をやった仲間ではあるらしいが、起こってる現象がぜんぜん違うだろ。倉庫じゃ誰かが首を吊ったって話なんだから、別物だと考えるべきだと思うぜ」

「……あ、そうか。でも、たまたま次の日から？」

「そう。たまたま。——そこが可怪しいんだよな、やっぱ」

「だよねえ」

ナルも頷く。

「倉庫の怪談は調べてみる必要があるだろうな。なにしろ肝心の怪談の正体がはっきりしない。ただ、噂話を信じるなら、そこで誰かが自殺したことが怪異の起こった原因なのだから、『机から出てくる手』は現象として脈絡がなさすぎる」

うーむ。

「高橋さんの担任——美術準備室に幽霊が出る、という話も、特に結びつく怪談はないようだし……」

「いかにもありそうなのにな。出るという噂の美術準備室、なんてさ」

ぼーさんが言う。確かに、いかにもなのになあ。

「タカの担任は、美術準備室ってえ学校の中の特定の場所と結びついちゃいるが、怪談とは関係がない。しかも今じゃ、怪異は本人にくっついて病院に出張中のようだしな。それを考慮に入れると、本当に美術準備室に関係があるのかどうかすら怪しい」

「あれもそうかな？　ほら、あとから来た女の子の話。屋上に出る階段で人影を見て、とかいう」

　ああ、とぼーさんは頷いた。

「蹲《うずくま》ってる人影を見て以来、やたら何かに足を取られて転ぶようになった、ってやつな」

　この学校の屋上は、昨今の風潮に従い閉め切ってある。だが、屋上に続く階段の天辺《てっぺん》にある踊り場は、昼休みなんかに生徒がたむろする場所になっているのだそうだ。相談してきた女の子は、友達といつもそこでお昼を食べてた。そして半月ほど前のことだ。

　この日はたまたま彼女一人だけお弁当で、友達より一足先に屋上に出る踊り場に向かった。ほかの友達は購買部に昼食を買いに行ったのだ。ごったがえす昼時の購買部に、用もないのに近づきたくはない。それで彼女は一人でいつもの場所に向かった。階段を昇っていくと、踊り場の隅っこに誰かが蹲っていた。

　それは学生服を着た男の子に見えた。湯浅は女子高だから男子生徒のいる道理がない。しかも壁に向かって膝を抱え、膝に顔を埋《うず》めるようにして俯《うつむ》いている。彼女が昇ってくる足音が聞こえただろうに、顔を上げて振り返るでもなく、身動きをするでもない。尋常のこととは思われず、薄気味が悪かった。慌てて彼女は階段を降り、下の廊下まで戻ったところで友達がやってきた。一緒に階段を昇り、踊り場を覗き込んでみたらもう誰もいない。屋上に出たのかと、ドアに手を掛けてみたけど、いつものようにドアには鍵が掛かっていて開かなかった。つまりは、いるはずのない男子生徒が消えた、という話。

それ以来、彼女は誰かに足を取られる、という。

「昔、屋上で事故が——なーんて、いかにもありそうな話だけど、男子生徒じゃあねえ。特に怪談とか事件の噂もないらしいし」

「だろ。しかも、これまた発端が学校の階段だったってだけで、以後、転ぶのは学校に限らない。人影と足を取られるのと本当に関係があるかどうかすら確定じゃないしさ。となると、やっぱりこれも学校に関係があるかどうかは不明ってことだ」

なーるほどなあ。

「魔の席も、学校の中の特定の場所と結びついちゃいるが、実際に事が起こるのは学校の外。校内の特定の場所に現象が固定されてるのは、陸上部の部室と、机から手が出てくる、この二つだけ。——あとは、学校って場所とは何の関係もなかったりするんだよな」

「車のミラーに女の顔が映る——場所は決まってるけど、学校とは無関係だよねえ」

「学校の駐車場にいる間は、校内だけどさ」

「でもって、狐が憑いた、ノックの音が聞こえる、足音が尾けてくる。あと……毎晩金縛りに遭う、寝入りばなに笑い声が聞こえる、しょっちゅう誰かが服の裾を引っ張る」

あたしは指を折った。場所すら特定されない現象が六つ。

「計十三？　……うわ。本当に多い」

「しかもバラバラだしなあ。おまけに、足音が尾けてくるとか金縛りに遭うとか、気のせいじゃねえの、って話も交じってるし」

うん、その二つは限りなく「気のせい」っぽかった。

「でも、それを除いても十一だよねえ」

「それが全部、湯浅の関係者」言って、ぼーさんは頭を抱えた。「……やっぱ、偶然ってことはあり得んか」

あり得ないでしょう。……お疲れさま。

「しゃあないなー。依頼人はおいといて、先に原因の調査をするか？」

ぼーさんの言葉に、ナルは複雑な表情を作った。

「……そのほうが確実なんだが。しかし、そうもいかないな。人海戦術もやむを得ないだろう」

ウンザリした調子のナルの台詞《せりふ》に、ぼーさんが嫌味な口調で、

「真砂子《まさこ》ちゃんも呼んで？」

とたんにナルが何とも言えない表情を見せた。甘いと思って口に入れたものが苦かったような、そんな表情。

「どうして真砂子を嫌がるのかなあ？」

原《はら》真砂子（十六歳、霊媒、美人）をナルはどうも煙たがっているらしい。弱みを握られているのか何なのか、妙に真砂子に関することだけ歯切れが悪い。

「場合によっては、相談に乗ってやってもいいぜ？」

ぼーさんがにんまりした笑顔を向けると、

「他人の相談に乗れるほど、余裕のある人生を送っているようにも見えないけど？」

「……悪かったな」

「どういたしまして」

ナルが慇懃《いんぎん》に会釈したところで、一足遅れてリンさんがやってきた。学校周辺の聞き込みをしてきたリンさんによれば、特に妙な噂などは立っていないらしい。湯浅は私立の学校なので、基本的に生徒が近隣に住んでいるとは限らない。御近所といえど、湯浅に通う知り合いがいなければ学校内の噂までは届かない、ということらしかった。

「学校ってのは、多分に治外法権だからなあ」

ぼーさんが言う。確かに、学校の塀の中は地域から切り離されているもんな。家族や知り合いに生徒なり教職員なりがいなければ、塀の中の事情は窺えない。

「逆に言えば、それを越えて噂になるほどの大事にはなっていないということか……」

ナルの呟きにリンさんも頷いて、

「事件や事故の噂も聞かれませんでした。このあたりはあまり地域のネットワークが強いところでもないようなので、よほどのことがなければ噂にならないだけなのかもしれませんが。総じて可もなく不可もない学校で、特に問題があるという噂は聞かない、生徒は行儀が良くておとなしい——周囲はそういう認識のようでした」

……ってことは、周辺からも手掛かりなし、ってことか。

結局、その日はそれで調査を終え、明日改めてメンバーを集めて学校に向かうことになった。

どういうわけか結局集まることになるメンバー。ナルとその助手のリンさん、ぼーさん、巫女《みこ》の綾子《あやこ》（松崎《まつざき》綾子、二十代半ば）、霊媒の真砂子、そして神父のジョン（ジョン・ブラウン、十九歳、オーストラリア人）。

役に立つのか、立たないのか。

第二章

1

翌日午後、あたしたちは大挙して湯浅高校に向かった。「大挙して」は決して大袈裟《おおげさ》な表現ではないはずだ。あたし、ナル、リンさん、ぼーさん、真砂子に綾子、ジョンの総勢七人だから。

しかし、ナルの号令一下で、それぞれに仕事を持っているはずの人間が全員揃うとは。よほど暇なのか、それとも……まさかとは思うけど、ナルの人望かね？

ぞろぞろと手下を引き連れ、ナルはベースにしている小会議室に入るなり、事情の説明にかかる。一通り状況を整理して、

「とにかく数が多いので個別に調査をしていられない。手当たり次第、対処していくしかないと思う。効果がなければ、そのときに次の手を考えよう。ジョンとぼーさんは、ここに行ってくれるか」

ナルはメモを渡す。

「除霊すればよろしいんでっか？」

ジョンの言葉にナルが頷《うなず》く。お陽様色の金髪と晴れた空みたいな青い眼。初対面のとき、周囲をのけぞらせた関西訛《なま》り（それでも最初の頃に比べれば、ずいぶん普通の日本語になってきたと思うんだけど）。

「その最初の子は除霊してみてほしい。本人によれば狐が憑《つ》いたんだそうだ。そこにあるのが自宅の住所。家族には校長から話を通してもらっている」

「ハイです」

「その下に三つあるのは、病院だ。魔の席の最後の被害者、机から手が出てきたと訴えていた女生徒、高橋さんの担任。いずれもまだ、本人に聞き取りができていない。概略は分かっているが、本人の証言が欲しい。これも学校から連絡してもらっているので、事情を聞いて、除霊できるようなら除霊を。ただ、場所が病院ではそうもいかないかもしれないな。なんなら、護符を渡すだけでも構わない」言って、ナルはレコーダーを渡す。「できれば証言を録音してきてくれ。それから――原さん」

「真砂子、とお呼びくださいまし」あいかわらず和服姿の真砂子は、日本人形みたいな小さく赤い口許《くちもと》に笑みを浮かべる。「いつもそう申してますのに」

……何者だ、こいつっ。

どうやら真砂子はナルに御執心のようなのだ。楚々《そそ》とした外見のわりに強烈なアタック。これが真砂子以外の人間が相手だと、ピシャリと皮肉が返ってくるはずなのだが……。

ナルは小さく溜息を一つ。

「校内をお願いします。まだ授業中なので、とりあえず開かずの倉庫と屋上に出る階段、ミラーに霊が映るという訴えのあった車、陸上部の部室を。松崎さんもついていってくださいますか。もしも霊がいるようなら、除霊を」

綾子がニッコリ笑う。

「あたしも呼び捨てにしてくれて構わないわよ?」

ナルが冷たい眼を向けた。

「冗談を言う暇があったら、除霊の才能を発揮していただきたいものですね。そろそろ松崎さんの活躍を拝見したいんですが?」

……ほーらね。どうして真砂子には溜息一つで、綾子には皮肉なんだ?

綾子も不服そうに、

「なーんか、真砂子とあたしと待遇に差がない?」

「実力に相応の待遇をさせていただいているだけですが?」

「そういう言い方をされると、あたしが実力ないみたいなんだけど」

「残念ながら、敬意を払うに見合うだけのものを見せていただいたことがありません」

……そりゃそうだ。綾子って、ほとんど役に立った例《ためし》がないもんなあ。

綾子がふいにあたしを睨《にら》んだ。

「いま、心の中でなんか言ったでしょ」

「よくお分かりで」

「年長者に対する礼儀を教えてあげましょうか？」

「乗り物では席を譲りましょう、とか？」

「あのねーっ」

「いい加減にしないか」

ナルの冷酷無比な声が飛んできた。

「遊びたいのなら帰ってくれたほうがありがたいが？」

「……すみません」

ナルはあたしと綾子を冷ややかに見たあと、「それを」と言って、テーブルの上に並べたレシーバーを示した。

「持って行ってください。ここで麻衣が情報を受け取ります。校内にいる限りは通じるはずです」

今回は暗視カメラもサーモグラフィーもなし（今のところは）。自称霊能者たちの霊感と、無線機だけが頼りのゴーストハントだ。

綾子が不承不承頷いた。

「それで？　あんたは何をするわけ？」

「僕とリンは調査を継続する」

「そ。頑張って。御活躍を期待していますわ」

思いっきり皮肉な笑顔。

「期待していただくまでもありません」

……いつだって活躍してると仰《おつしや》りたいそうな。ま、そうだけどさ。

綾子はナルを睨みつけ、

「真砂子、行くわよ！」

乱暴に真砂子を引きずって出て行った。それをきっかけに全員が立ち上がる。

上手《うま》くいくのかなあ。

そう思いながら、あたしは昨日集めた情報メモの整理に取りかかったのだった。

2

大量のメモを整理する。怪現象と関係する場所があればその場所、証言の内容。カードに纏《まと》めながら、あたしは早くもウンザリしている。

霊能者じゃないから当然と言えば当然なんだけど、いっつも雑用ばっかなんだもんなー。わざわざ現場に来てるのに、やってることはオフィスでの作業と同じ。悪霊祓《ばら》いとは言わないけど（だってその能力がないし）、もうちょっと意義あるというか、個性を発揮できるというか、自分の可能性を試せるお仕事がしてみたい（なんてな）。

一人でボヤいて一人で突っ込んでいたときだ。いきなり会議室のドアが開いた。

「……!?」

驚いて腰を浮かすあたし。その様子を見て、さらに魂消《たまげ》た様子の高橋さん。

「……び、びっくりした……」

あたしが言うと、高橋さんも入口に縋《すが》りついたまま大きく息を吐く。

「お互い様よぉ。何事かと思ったじゃない。――ノリオは？」

「はあ？」

そんな人、いましたっけ？

「タキガワさん」

「ぼーさん？　ぼーさん、『ノリオ』って名前でしたっけ？」

「そっちのが正しい読み方らしいよ。一人？」

「御覧の通り。ぼーさんは除霊中です。坐ります？」

「坐るー」

高橋さんは、にぱっと笑って、ちょこちょこと部屋に入ってきた。人懐こい人だ。

「お茶でも淹《い》れますね。授業は？」

「授業は自習。担当、担任だから」

「あ、そうか。入院中ですもんね」

「そう。なのでホームルームもないから、今日は実質終わり。ありがたいやら、どうやら。――ところで、タニヤマさん、だっけー」

「麻衣、でいいですよ」

「じゃ、あたしもタカでいい。みんなそう呼ぶし」

「はあ」

タカさんのほうが年上なんだけどなー。思いながら、湯飲みを差し出す。ありがと、と笑って受け取って、

「麻衣も霊能者？」

「まさか。これが霊能者の仕事に見えます？」

あたしはメモとカードの山を示した。

「御覧の通り、単なる記録係と申しますか」

「ふうん？　じゃ、霊能者見習いとか？　現在修行中？」

「とんでもない。本当に単なる雑用係ですよ。バイトです、バイト。バイト先がたまたま霊能者っちゅーか、そういう関係だったって感じ」

「ええ？　じゃあ、ぜんぜん霊能力とか無関係？　なんでわざわざ」

「……話せば長いことなんですよ」

「ゼヒ話しなさい。聞いてあげる」

ふふふ。あたし、この人好きだな。

「実は……」

あたしはナルの事務所でバイトをするに至ったいきさつなどをメモの整理をしながら

話した。タカさんも手伝ってくれながら、

「波乱に満ちた人生を送ってるねえ」

「でしょう」

「じゃ、このバイトって結構危ないんじゃない。平気？」

「あんまし平気じゃないかなー」

「取り憑かれたりしない？」

「今のところは」

ふうん、と言って、タカさんは内緒話でもするように身を乗り出した。

「やっぱ、幽霊を見たりする？」

「まあ……そういうこともあるような、ないような」

あたしは曖昧《あいまい》に笑った。我ながら微妙な物言いになるのは、やっぱ一般的に「見た」と断言するような物言いってどうなんだろう、という気がするからだ。タカさんもそこを怪訝《けげん》に思ったのか、

「なんか、胡乱《うろん》」

えへへ、と笑って誤魔化してみたり。するとタカさんは、ぷくんと頬を膨らませた。

「ノリオもそういう物言いをするのよね。霊能者の端くれのくせに。勿体《もったい》をつけてるつもりはないらしいけど、霊感の欠片《かけら》もない凡人としては差をつけられてるみたいで面白くなーい」

「霊感……ないんですか？」

「ぜーんぜん。見えたらいいなあ、とは思うけど」

「見えたら怖いかも」

「怖くてもいいもん。死んだお祖母《ばあ》ちゃんとかさ、もっかい会えたら嬉しいじゃん」

タカさんは言ってから、あたしを見た。

「麻衣はあるんだ、霊感」

「ないない。ぜんぜん欠片もありませんっ」

「じゃあ、麻衣も見たことない？」

「えーと……どうでしょう」

「またそうやって胡乱な言い方をするー」

子供みたいに口を尖《とが》らせたタカさんを、あたしは上目遣いに見た。

「なんか、怪しいじゃないですか、見たとかって」

「怪しい？」

「世間的には怪しいというか。……ええと、オフィスにいたり、こうして調査に来ると、『いる』ってことが大前提なんですよね。そういうこともある、って。でも、それって世間の大前提にはなってないでしょ。幽霊なんていない、って言う人もいるし、そんなことを大真面目に言う人間は危ないって思う人もいる」

「まあねえ……」

「実際、あたしもバイトを始めるまではそうだったし。幽霊なんているはずない——なんてキッパリ思ってたわけじゃないけど、あんまり当然のように『いる』とか『見た』とか力説されると、やっぱちょっと引いちゃって」

　タカさんは笑った。

「引くねえ、確かに」

「だから、メンバー以外の人とそういう話になると、なんかハッと我に返っちゃうんですよね。いること大前提にしてた自分に気づいて、我ながらどうなの、みたいな」

「自分で自分に引いちゃうんだ」タカさんは言って、ころころと笑った。「その感じ、分かるけど可笑《おか》しいー」

「笑い事じゃないんですっ」

「でも、あたし、依頼者なのに」

「そんなの分かってますけど。でも、タカさんだって半信半疑なんじゃないですか？」

「タカ。——そうかなあ。かもねえ」

　首をひねって腕組みをする。

「魔の席に関しては、やっぱ絶対に可怪《おか》しい、って思うんだよね。あれだけ同じ事故が続くなんてあり得ないでしょ。しかも、そうそうあるような種類の事故じゃないし」

「確かに」

「やっぱ自然な流れとして、何かの祟《たた》りじゃないの、って思っちゃうんだよね。でも…

…そうだなあ。それは絶対に祟りで、霊がどうのこうので、だから除霊しないと、なんて初《しょ》っ端《ぱな》から言われたら意外に腰が引けたかも」

「……でしょ？」

「やっぱ本気でそうだと確信してるわけじゃないもんねえ。どっかに、そういうのって考えすぎで、何もかも偶然で、これは何でもないことなんだって思ってる自分がいる気がする。……そう言われたい自分がいるというか、そう言われる覚悟をしてるっていうか」

　……うんうん。

「それでも、やっぱ変だと思うんだよねー。偶然とは思えないんだけどなあ」

「でも、祟られるような心当たりってないんですよね？　教室にまつわる怪談があるとか、座席にまつわる怪談があるとか」

「ないねえ。……もっとも、あたしは詳しくないけど。そもそも、湯浅で怪談ってあまり聞かないからなー」

　あたしは瞬《また》いた。

「そうなんですか？　こんなにいろいろあるのに？」

「あ、最近はべつ。近頃は妙な話ばっかり聞くんだよね、どこそこで見たとか出たとか、そのせいで体調を崩したとか。……でも、それ以前はほとんど怪談って聞いたことない。湯浅って、七不思議がないんだよね」

　へええ。

「少なくとも、あたしは聞いたことないな。体育館かどこかに開かずの倉庫があるとか言ってたかなー。そういう話を小耳に挟んだことはあったかも。でも、それくらいかな。それも怪談って感じじゃなかったし」

「怪談じゃない？」

「うん。単なる世間話というか。ねえねえ、って制服の裾を引っ張って、こっそり耳打ちするような感じじゃないの。こんな怖い話があるんだよ、って感じじゃなくて……どっちかというと、こんな変な話があるんだってー、みたいな」

「聞いた方も、あ、そうなんだ、あはははー、みたいな？」

「そうそう、そういう感じ」

　タカさんは声を上げて笑った。そして、

「でも、だから逆に今は気味が悪い。今までは笑い話だったのが、なんか深刻な感じになっちゃって。あたしの行ってた中学校って七不思議があったんだけど、それとは感じが違うんだよね。ちょっと身に迫った感じがして」

「でしょうねえ。しかもそれが、これだけの数あるんだもんなあ。こんなの、初めて」

「どうなってんのかね、この学校は。オカルト学校か、っつーの。祟りに幽霊に超能力、これでＵＦＯがくれば……」

　——え？

「ちょっと待って。タカさん」

「タカ」

ぷくんと頬を膨らませたタカの声に被《かぶ》って、授業の終わりを告げるチャイムが鳴った。

ざわっと校内で喧噪《けんそう》が湧き起こる。

「タカ、今、なんて？」

「だから、オカルト大集合でしょ？ 祟りの席とか、幽霊が出るとか、超能力が……」

「ストップ！ その、超能力ってなに？」

あれ、と彼女は小首を傾げた。

「聞いてない？ カサイ・パニック」

「ううん。なに、それ」

タカは何でもないことのように言ってのけた。

「この学校の三年生にいるの。超能力少女が」

3

タカによれば、その超能力少女は笠井《かさい》千《ち》秋《あき》さんというらしい。

「時々テレビでやってるじゃない。スプーン曲げ。あれを見てて、スプーンを曲げられるようになったんだって」

「ひえー」

「夏休みが終わってすぐだったかな。あっという間に評判になって。みんなで入れ替わり立ち替わり見に行って。かく言うあたしも行ったんだけど。なんせ根が野次馬《やじうま》だから」

タカは屈託なく笑う。

「スプーンの首がくにゃっと曲がるの。あれはすごいよ。嘘だって決めつけてる人もいたけど、あたしは感動しちゃったな。それで一時期、話題騒然だったの。嘘だ本当だで、学校が真っ二つ。で、一部ではちょっとスプーン曲げが流行《はや》ったんだけど……」

「だけど？」

「うちは結構、厳しくて。そんなに生徒の生活に口喧《くちやかま》しい感じじゃないんだけど、話がオカルト系になると、妙にヒステリックになるんだよねえ。だもんで、そんなのまやかしに決まってるって、全校朝礼で笠井さんを吊るし上げちゃって」

「そりゃ、酷《ひど》い」

「でしょ？　それで、笠井さんの友達で沢口《さわぐち》さんって人が怒っちゃったのね。スプーン曲げくらいあたしだってできるって大見得切って。で、生活指導の吉野に曲げてみろって言われて。もちろん、スプーンはなかったんで鍵だったんだけど。先生の鍵を曲げちゃったのよね」

「みんなの見てる前で？」

「そう。全校朝礼の現場で」

「へええ」

不思議……。

「それからってもんは、先生の一派が、笠井さんと沢口さんを攻撃して。そんなのトリックに決まってるって。超能力なんてないとか、現実逃避だとか、ペテンだとか、大変だったんだよ、ほんとに」

「……だろうねえ」

普通あり得る反応だよな。

「それで、沢口さんが学校に来なくなっちゃったらしいのね。それをまた全校朝礼で取り上げて、お説教。誰とは言ってなかったけどね。騒ぎを起こして学校に来なくなった生徒がいるけど、そもそもそういう生徒は学校に来たくないから騒ぎを起こすんだ、みたいな。でも学校っていうのは勉強の場で、楽しくふざける場じゃないんだから、学校が面白くないから騒ぎを起こしてやろう、みたいな生徒は高校に来るべきじゃないんだ、って言うわけ。義務教育じゃないんだから、って。みんな自分で勉強することを選んで高校に来たんだってことを自覚しろ、って」

「それは正論だけど……なんか、釈然としない感じ」

でしょ、とタカは頷く。

「あたしもそう思ったよ。そもそも自分らが吊るし上げたからじゃない、って。説教するにしてもやり方があるでしょ。あんなやり方をしたら、そりゃ、学校に来たくなくなるよ。当事者はもっとムカッと来たんじゃない？　今度は笠井さんが怒って。呪い殺してやるって先生に言っちゃって、もう大騒ぎ」

「呪い殺すって言ったの？　まじ？」

んー、とタカは天井を見上げた。

「……そういうことになってるけど。マイクを通してたわけじゃないし、あたしのいたところからは何を言ってるのか、よく聞き取れなかったからなあ。ステージを降りた先生に誰かが駆け寄って何かを怒鳴ったんだよね。そっから口論になって」

「それが笠井さん？」

「あたしには見えなかったけどね。両方ともテンション高かったし、だから声は大きかったんだけど早口で。周囲だってザワついてたから。でも、覚えてろ、みたいなことは言ってたかなあ。なんか、脅すようなことを言ってる感じではあった。あとで近くにいた人に聞いた話だと、人を呪い殺しても殺人にならないんだから覚えてろ、とか。――それとも、呪っても犯罪にはならない、だったかな。聞くところによると、法律上はそうなんだってね。そういうの、不能犯って言うんだって」

うわーあ。大事《おおごと》だ、そりゃ。

「で、わざわざ授業を潰《つぶ》して全校集会をやって、超能力なんてないとか、霊なんていないとか、えんえんお説教」

「御愁傷様です」

「わざわざのお悔やみ、痛み入ります。――でも、それ以来なんだよね、変なことが起こるって話が出始めたのは。ここだけの話だけど、あれは笠井さんの呪いだって噂もあるくらい」

「ふうん……」

なんだろう、喉《のど》の奥がちかちかする。超能力少女と呪いの言葉……。

あたしはレシーバーを取った。

「――ナル、聞こえる？」

戻ってきたナルはタカの説明を聞いて、ひどく考え込んでしまった。

「……これ以上詳しいことは、分かんないんだけど……」

「その二人は、今？」

「沢口さんのほうは、ほとんど学校に来てないって噂を聞いたな。少し前までは、笠井さんに誘われて来ることもあったらしいんだけど……。朝礼で吊るし上げられて以来、笠井さんもほとんど周囲の人と口を利かないらしいし。まわりも話しかけにくいみたいなんだよね、当然だけど」

「そう……」

「たしか、笠井さんと沢口さんって生物部だと思うから、ひょっとしたらまだ学校の中にいるかも。生物部は生物準備室にいるはずだよ」

「ありがとう。行ってみよう。——麻衣、来い」

「えええ、あたしぃ？」

あたしが行って何をするのさ。そりゃ、噂の超能力少女に興味がないとは言わないけど。

「助手」

所長はあたしに冷ややかな視線を投げて、そうお呼びになった。上司の命令だと仰りたいわけですな。

「はあい……」

ナルは他人を扱《こ》き使うことに関しては超が付く名人だ。ちゃっかり無線機の説明をすると、あとをタカに任せて、あたしを引き連れ会議室を出た。

4

生物準備室は、他の理科系の特別教室が並んだあたりにあった。生物実験室の隣で、準備室という別の部屋になっている。

ドアの外まで来ると、中から話し声が聞こえた。複数の人間が中にいるのは確かなようだ。ナルがドアをノックすると、その声がぴたりとやんだ。

「はい？」

女の人の柔らかい声だ。ナルはドアを開けて、

「すみません、こちらに笠井さんはおられますか」

中にはいくつかの机や棚が所狭しと並んでいた。いかにも殺風景な長机に向かって、女の先生と女子生徒が一人坐っている。二人は「笠井」という言葉を聞いて、明らかに表情を変えた。

「……何の御用かしら？」

先生が立ち上がって訊《き》く。年齢不詳の、どこか文学少女っぽい雰囲気のある人だ。やんわりした声で、穏やかな笑みを浮かべていたけれども、すっと前に出たその仕草が、まるで女子生徒を背後に庇《かば》うみたいだった。先生の陰になった女の子のほうは、さっと顔を背けたけれども、ちらりと見えた顔や仕草がひどく神経質そうな感じ。

「笠井さんにお話を伺いたいのですが。——あなたが笠井千秋さん？」

ナルが女の子のほうを見ると、彼女は睨み返すような眼つきで振り返った。

「……だけど。なに？」

声にも表情にもあからさまな敵意が滲《にじ》んでいる。最初からナルのことをこんな眼で見る女の子に初めて会った。

「校長先生からお聞きかとは思いますが、校内の異常現象について調査を依頼されました渋谷サイキックリサーチの者です」

笠井さんはプイと横を向く。先生は少し困ったように首を傾げて、長机の一番手前を示した。

「……お掛けになってください。私は生物を教えています、産砂恵《うぶすなけい》と申します」

「産砂……珍しいお名前ですね」

産砂先生は柔らかな笑みを作ってから、

「サイキックリサーチ……ということは、心霊現象の調査事務所？　いわゆる霊能者のようなものだと考えてもいいのかしら。あなたがたはそこに所属する霊能者さん？」

「いわゆる霊能者ではありません。言葉通り、心霊現象の調査を行なっています。僕はその所長で渋谷と申します。彼女は助手です」

そう、と産砂先生は頷いた。

「では、調査の一環でいらしたのかしら？　校長先生からは、何か相談があれば伺うように、とだけ聞いています。調査に協力するように、という申し渡しは受けておりません。そして、私も彼女も相談するようなことは何もないのですけど」

「調査の一環です。――ある生徒から、校内で頻発する怪現象は笠井さんの存在が関係しているのではないかという話を聞きました。ですから笠井さんに事情を伺いたいのです。御協力願えませんか」

産砂先生が何かを答える前に、棘《とげ》のある声が割って入った。

「あたし、やだから」笠井さんは背中を向けている。「関係ない。ほっといて」

　産砂先生は困ったような笑みをナルに向けた。

「……だそうです。申し訳ありませんけれど」

「しかし」

　言いかけたナルをやんわりと遮って、

「あなたは強制力をお持ちではないのでしょ？　笠井さんは何も話したくないと言ってます。それが彼女の意向です。これ以上のことは誰にも無理強いできませんわね？」

　ナルはちょっとだけ言葉に詰まり、

「もちろん無理強いするつもりはありませんが。……ですが、そういう拒絶的な態度は、誤解を招くだけだとはお思いになりませんか」

　くすりと産砂先生は笑った。

「誤解とは、誤った了解のことですね？　誤っているとお分かりなのでしたら、あえて申し開きをする必要はありませんでしょう」

「誤解、はあくまでも言葉の綾《あや》として申し上げました。誤解かもしれないし、そうでないかもしれない。お話を伺わなければ、どちらなのか判断できません」

「重ねて申しますが、話したくない、と彼女は言ってます」

「それは、どう判断されても構わない、という意味ですか？」

「構わないはずはありませんでしょ？　けれども、判断するのはあなたです。笠井さんはすでに関係ない、と言ってます。それを信じられないのなら、何を言っても信じてはもらえませんでしょう。誰かの無責任な噂話を聞きつけて、わざわざ尋問しにいらしたぐらいですから、そもそも先入観をお持ちなのでしょうし」

……な……なんか、どんどん空気が凍っていくんですがー。

「僕は単に、お話を伺いたかっただけですが。そう申し上げましたね？　それとも、何か尋問される心当たりでもおありですか」

「ありません。ですから、尋問には応じられません。本人も嫌だと言っておりますし、私も生徒が不本意なことを強要されるのを黙認することはできません」

……寒い。

「……あのー……ですね」

寒さのあまり、つい口を挟んでしまった。産砂先生が怪訝そうな眼を向けてくる。

「……ええと、余計なことだったらすみません。所長の言い方が高圧的に聞こえたんだったらごめんなさい。でも、これって所長の素《す》でして、べつに笠井さんに対して含むところがあるわけではないんです、本当に」

産砂先生は、そうかしら、とでも言いたげに首を傾げた。

「あの、ぜんぜん力説するようなことじゃないんですけど、うちの所長は、いつでもどこでも誰に対してもこういう物言いしかできない御仁でしてー。そういう性格がなってない、と言われたらそれまでなんですけど……」

憮然《ぶぜん》とした所長の顔色を窺《うかが》ったり。

「不快な思いをさせてしまったみたいで、本当に申し訳ないんですけど、でも、ここまでのやりとりでもお分かりの通り、誰かが言ったことをまんま鵜呑《うの》みにするような好人物でもないんで。だから、特に尋問とかそういうんじゃなくてー、単に気になることを聞いたから確認しないとな、というか」

なんで、こんな言い訳をあたしがせにゃならんのだ。

「ええと、その……陰でいろいろ言われるのが不愉快だってことはすごく良く分かるし、それを聞きつけてやってきた奴がこんな物言いだと不愉快の上塗りだってことはさらに良く分かるんですけど、事情を聞かせてもらえれば誤解があるなら訂正できるし……ええと、校長先生から依頼されて調査にやってきたプロが誤解だって言えば、ずいぶん違うと思うんですよ。少しは不愉快なことも収まるかもしれないし……」

言いながら、すごく説得力がないな、と自分でも思う。

「ちょっとだけ、お話を聞かせてもらえないですか？　せめて正確な事情だけでも知っておきたいんで。伝聞だと、どうしても誤解とか曲解とかあると思うんで……」

どうする、と問うように、産砂先生は笠井さんを見た。笠井さんは無言で窓の外を見ている。あたしは肘《ひじ》でナルをつついた。

「所長も、もちょっと口の利き方を考えてください」

「……あたし、嫌なの」笠井さんの声だった。窓の外を見たまま、「嘘つき呼ばわりされるのは」

「あのう、なんで嘘つき呼ばわりするんですか？」

彼女は険のある眼つきで振り返った。

「だって胡散臭《うさんくさ》いと思うでしょ？　超能力とか超常現象とか」

あたしは思わず苦笑してしまった。

「世間の人は思うんでしょうねえ。あたしもよく言われます。心霊現象の調査事務所でバイトしてる、って言うと。詐欺師の一味か、でなけりゃ詐欺師に操られてる被害者みたいな眼で見られちゃって—」

……笑うしかないよねえ。

「確かに、霊能者が始終出入りしてる事務所で、幽霊とか除霊とかいう単語が当たり前のように飛び交ってるなんて、尋常じゃないよな、とは思うんです。さっきも別の人と話してたんですけど、そういう自分に気づくと、我に返って自分で自分に引いちゃう」

笠井さんはあたしをまじまじと見て、小さく溜息をついた。少し苦笑めいて見えた。

「……そうだね。で？　何を訊きたいわけ？」

ええと、と口籠《くちご》もりながらナルを見る。ナルが口を開く前に笠井さんが、

「言っておくけど、学校で何が起ころうが、あたしは関係ないから。べつにあたしが何かをしてるわけでもないし、何かを見たり聞いたりしたわけでもないし」

「笠井さんは、怪談めいた経験をしたことって」

「ないよ。なんだか最近、そういうので騒がしいみたいだけど。あたしに言わせれば、

出たとか祟るとか、そっちのほうが嘘っぽくて馬鹿みたい」

……なるほどなあ。

しかし、とナルが口を挟んだ。

「学校で怪事件が頻発するようになったのは、笠井さんと、お友達の沢口さんの件があったあとのことですね？」

笠井さんは忌々しそうにナルを見る。

「時系列的には確かに前。でも、無関係。あたしもミズホも」

「ミズホ？　沢口さん？」

「そう。沢口瑞穂」

「沢口さんも生物部だと聞きましたが」

「そうだよ。でも今日は来てない。そもそもあの子、最近は学校に来てないから。すっかり部屋に閉じ籠もっちゃって……不愉快なことが多かったから」

「全校朝礼の件ですか？」

「それも含む、かな」

「その全校朝礼で、沢口さんが不思議な力を披露したという噂を聞きました」

「鍵を曲げた話？　事実だよ。どうせ信じないだろうけど」

すごい人間不信。笠井さんは全身の毛を他の人間に向けて逆立てているように見える。

「笠井さんもスプーンを曲げられるとか」

ナルが言うと、彼女はキッと睨む。

「だったら？　どうせトリックだとかペテンだとか言いたいんだろうけど、そんなの、もう聞き飽きてるから」

「トリックなんですか？」

「違う！」

ナルは素っ気なく頷いた。

「そう。――スプーン以外のものを曲げたことはありますか？　試してみたことは？」

笠井さんはちょっと怪訝そうに、

「……ないけど」

「沢口さんもスプーンを曲げる？」

「ううん……瑞穂は、スプーンは曲げられなかった……」

「じゃあ、鍵だけ？」

「鍵なら曲げられる、って意味じゃなくて……」そう言ってから、笠井さんは心許なげに、「なんで、そんなに平然としてるわけ？」

「いけませんか？　ＰＫの存在を信じない心霊研究者なんかいないでしょう」

「信じてるの？　あんたも？」

「信じるとか信じない以前の問題です。ＰＫは存在しますよ」

「確信的だね。まるで自分でも曲げられるみたい」

「曲げられますが」

……え!?

産砂先生もあたしも、そうして笠井さんも、平然としたナルの顔を驚いて見た。ナルは皮肉っぽく、

「どうかしましたか？　そんなに珍しいことでもないでしょう。——笠井さんが一番よく御存じでは？」

笠井さんは立ち上がると、棚のコップに挿してあったスプーンを掴《つか》んでナルに向かって突きつけた。

「やってみせて」挑戦するような顔つきだった。「本当にできるんだったら」

ナルはそのスプーンを複雑そうな表情で受け取った。少し困惑してる感じ。——おいおい、本当かよ、とあたしのほうがハラハラしてしまう。ものすごく軽く「曲げられる」とか言っちゃったけど、本当に？　そんなことができるなんて聞いてないぞ。追い詰められちゃって、どうするのさ。ここでやるのを断ったり、曲げられなかったら、笠井さんはあたしたちを二度と信用してくれない。——話を聞けない、なんてことは何でもないことだ。問題は、ここで信用を失ったら、笠井さんはもう誰も信じられなくなるんじゃないか、ってこと。

軽くスプーンを持った手に、ナルは視線を落とす。一度だけ笠井さんとスプーンを見比べた。

「……仕方ないかな」

ごく小さく呟《つぶや》く。軽く息を吐いて、そっと指先でスプーンの先に触れると、ほとんど間髪入れずにスプーンの首が曲がって、千切れて落ちた。

かん、という金属が床に当たる音。あたしたちはしんと息を呑んで、床に転がったスプーンの一部を見つめた。

うっそー!?

真に驚くとかえって声が出ないものだ。あんぐりするしかないあたしの眼の前で、ナルは単なる棒になったスプーンを笠井さんに差し出す。彼女はおそるおそる、というふうにそれを受け取った。

「すご……」

「信用する気になれましたか？」

「……うん」

笠井さんはスプーンの柄を両手で握りしめた。

5

「そもそもは、夏休みに見たテレビだったんだ」

笠井さんが、ぽつぽつと話を始める。

「なんとなく点《つ》けてた深夜番組でたまたまスプーン曲げをやってて。へえ、と思って。……自分でもやってみたら曲がったりして、なんて……半分冗談だったんだけど、もしも曲がったら面白いなって。それで試してみたら、本当に曲がったんだ」

彼女はナルが落としたスプーンの首を、自分が持っていた柄にくっつけて見せた。五度くらいの角度を作って、

「大したことはないけど。このくらい。……だから、自分でも半信半疑。その程度なら使ってるうちに何かの弾みで曲がることだってありそうじゃない。最初から不良品っていうか、そのくらい曲がった品物だったのかもしれないし。だから、曲げたって確信があったわけじゃない。曲がったんだよって、はしゃいで翌日瑞穂に電話したけど、やっぱ勘違いじゃん、って笑い話になるのを予想してた気がする。単に面白がってただけで」

肩を竦《すく》めてから、千切れたスプーンを机の上に放り出した。

「あり得ないよ、って瑞穂も笑ってたし、あたしだって笑ってた。本当、絶対に本当、なんて言ってね。それで二人でスプーンをいっぱい買ってきて。でもってまた試してみたのね。そしたらまた、曲がったわけ。しかも試すと、そのたびにどんどん強く曲がるようになってきて。——あんたみたいに簡単にはいかなかったけど。一本を曲げるのに十分以上はかかったから。あんなふうに折ったりもできないし」

笠井さんは言って、複雑な音色の溜息をついた。

「嬉しかったな。最初は少し怖かったけど。……妙な話だけど、スプーンが曲がるのが怖かった。今でも曲がること自体は気味が悪いな。でも、回数が重なるうち、それを自分がやってるんだって思って。なんかすごく、嬉しかったっていうか……盛り上がった」

「ゲラリーニ現象だね」

ナルが言って、笠井さんはきょとんとした。産砂先生が、

「昔、ユリ・ゲラーという超能力者の放送を見たり聞いたりした人が、スプーンを曲げたり超能力に目覚める現象が起きたの。そういう人のことを、ゲラリーニと呼んだのよ」

ナルは意外そうに産砂先生を見た。

「……お詳しいですね」

産砂先生は何も言わずに微笑んだ。ナルは笠井さんに視線を戻し、

「今でも曲げられる？」

そう訊いた。笠井さんは少し険しい表情をする。ナルの言葉を挑戦的に受け止めたのかもしれない。

「できるよ！」

笠井さんは叫ぶように言って、スプーンをもう一本手に取る。右手に握ると顔の前に掲げ、左手をスプーンの首のあたりに添えた。

「いい？」

ナルが無言で促すと、彼女はスプーンを睨みつけた。そっと指の先で小刻みに擦《す》る。指先にはあまり力が入っているようには見えない。むしろ軽く、そっと擦っているように見えた。その代わりに肩のあたりに力が入っている。気持ちを集中しているせいだろう、身体がだんだん前屈《まえかが》みになる。少し息が荒い。椅子に坐ったままほとんど二つ折りの状態になったときだ。

「そんなことをしてはいけない」

ナルが笠井さんの肩を掴んだ。ぱっと彼女が顔を上げる。その顔が真っ青だった。

「……なによ」

「分かっているはずだ。そんなことをしていると、本当にゲラリーニたちの二の舞になる」

……なんのこと？　あたしはナルと、笠井さんを見比べる。笠井さんは白い顔で産砂先生を振り返った。

「……ごめんなさい」言ったのは、産砂先生だった。「でも、この子のは嘘じゃないんです。ただ、いつも必ず曲がるというわけにはいかなくて」

……話が見えない。

「あのう……」

あたしは、おそるおそる口を挟んだ。ナルが鬱陶《うっとう》しそうに振り返る。

「今のはトリックだ。身体を屈めたとき、椅子を使って曲げようとした」

「えっっ」

「スプーンが身体の陰に入ったところで、先を硬いもの——今の場合は、椅子の縁に当てて曲げるんだ」

ナルは真剣な眼をした。

「ゲラリーニたちは、ほとんどが極めて短い期間で超能力を失った。力を失ったうえに、それをカバーしようとしてトリックに頼った。そのうちのいくつかが暴かれて、ゲラリーニたちはペテン師の烙印《らくいん》を押されたんだ。今、彼女がやろうとしていたのは、そのときゲラリーニたちが使った典型的なトリックの一つ」

でも、と笠井さんが叫んだ。

「曲げたことがあるのは本当だから!」

「そういうトリックを一度でも見つかってしまうと、何を言っても信用されない。分かるね?」

「……うん」

「ゲラリーニの能力が恐ろしく不安定なのは、研究者なら誰でも知っている。できないときは、できないと言っていいんだ。それで信用しない人間は、頭から超能力なんて信じる気がないんだから無視していい」

「……分かった」

「スイスのシルビオ・メイアーのように、ゲラリーニから出発して、世界的に公認のPKになった例もある。……二度としては駄目だ」

笠井さんは身体を小さくしてしまった。

「私が教えたんです」産砂先生が申し訳なさそうに口を挟んだ。「他の教師から睨まれて、曲げろと言われたら何がなんでも曲げてみせなきゃならない状況だったんです。笠井さんの力は不安定で……。まわりの不信感が強ければ強いほど、萎縮《いしゅく》してできなくなるものですから」

ナルが頷く。

「先生はずいぶん理解がおありですね」

産砂先生は答えない。やはり柔らかく微笑んだだけだ。笠井さんが低い声を漏らした。

「……最近、うまく曲げられなくて」

「無理もない状況だと思う」

「……うん。最初はみんなが曲げて曲げてって言ってきて、こっちもそれが嬉しくて……その時にはいくらでも曲げられたんだけど。でも、そのうち、あんなのペテンだって言う人が現れて……そういうのを意識すればするほど曲げられなくなって……」

笠井さんは俯《うつむ》いたまま、

「恵先生に相談したら、じゃあ、ってあのやり方を教えてくれた。最近は、ほとんど曲げられない。できてもちょっとしか曲がらないんで、いつもあの方法」

「……そう」

「瑞穂はずっと、自分にもできたらいいのにって言ってた。恵先生から集中の仕方とか習ってトレーニングしてたんだ。それであたしも慌てて一緒にやってみたんだけど、もうぜんぜん駄目で」

「沢口さんは？　それでできるようになった？」

「んー。最初は駄目だったの。何回やってもぜんぜん曲がらなくて。それが……九月にあたしが全校朝礼で吊るし上げられて……。生活指導の吉野が出てきて、超能力だなんだと騒いでる大馬鹿者がいるが、って、結局あたしを前に引きずり出して。そのとき瑞穂が怒っちゃって、自分にだってできる、とか言って」

「鍵を曲げた？」

「うん。吉野の車の鍵だったんだって。それが最初で最後。みんなの前で先生に逆らっちゃったでしょ？　以来、先生の風当たりが厳しくて……あたしよりおとなしいから、学校に来るのが嫌だと言い出して」

　ナルは考え込む眼をする。笠井さんは俯いた。

「……スプーンを曲げるとか、そういうのだって考えたくないって。だからあれきり、スプーンにせよ何にせよ、曲げようなんて試してみたこともないし。ひょっとしたら、あれだけが特別だったのかも」

　言ってから、笠井さんは軽く息を吐いた。

「あたしも最初に曲げたとき、怖いって言うか——ショックだったし。曲がればいいって思ったくせにね。信じられなかったし、信じたくなかった。きっと瑞穂もそうだと思う。しかも状況が状況だったから、もうスプーン曲げのことなんか考えるのも嫌だ、って言いたくなる気持ちは分かる……」

「だろうね」

「それきりだから、やっぱりペテンだ、って言う人も多いし。あたしより瑞穂のほうが風当たりはきつかったぐらい。恵先生にだって厳しいんだよね。生物部は何をやってるんだ、とか言われちゃって。部が睨まれたもんで、他の部員は辞めるとか言って来なくなるし。あたしは……あいつらに負けるの、悔しいから。だから意地でも学校をサボったりするもんか、とか思って」

「それで——例の発言？」

　ナルが訊くと、笠井さんは舌を出した。

「そ。——思い知らせてやる、ってやつでしょ？　あんまし先生がやなことを言うから、思わず言っちゃった」

「呪い殺しても罪にはならない、とか」

　笠井さんは肩を竦めた。

「そういう話になってるみたいだけど。あたしが『呪い殺してやる』って言ったとか。でも、あたしはそんなことを言った覚えはないし」

言ってから、笠井さんは自分の指先に視線を落とす。

「約《つづ》めるとそういうことかも。瑞穂のことで嫌なことを言われて腹が立ったから。瑞穂が学校に来なくなったのは、勉強が嫌いだとか、学校がつまんないとか、そういうことのせいじゃないから。……そう当て擦《こす》りみたいに言われたんだ。それですごく腹が立って、先生に文句を言ったら口論になって。売り言葉に買い言葉で……」

「正確には？」

笠井さんは小首を傾げて宙を睨む。

「あたしもカッとしてたから、正確な言い廻しを覚えてるわけじゃないけど。『覚えてろよ』みたいなことは言ったと思う。『いつか思い知らせてやる』って言ったのか、『いつか思い知ることになるんだから』って言ったのかはハッキリしない。自分の気持ちとしては、こんな吊るし上げみたいな真似《まね》をする奴、いつか酷い目に遭うんだから、って感じだったかな。だから、気分としては後者だけど……『思い知らせてやる』って言っちゃったかも」

あたしは感心した。笠井さんは冷静だ。

「そしたら先生が、やれるもんならやってみろ的な態度だったんだよね。実際に何て言ったのかは忘れたけど。たぶん暴力を振るうとか、そういうのを想定してたんだと思う。そうなったら警察に突き出すとか、少年院だとか、お前の人生は終わりだ、みたいなことを言ったと思うから。でもって『それとも超能力でやるか？』って言った。それは鮮明に覚えてる。だから、それは罪にはならないんだ、って言い返したと思う。呪いの藁《わら》人形で人が死んでも罪にはならないんだ、とか。……そんな話を聞いたことがあったから。藁人形で人を呪って、それで相手が死んでも罪にはならない、って話。それが頭にあったから、そういうことを言ったんじゃないかな。そしたら先生が、『今度は呪いか』って、すごく馬鹿にしたように言った。超能力の次は呪いか、みたいな。それも確か」

……なるほどぉ。

「全体を平たく纏めると、あたしが先生を『呪い殺してやる』って脅したことになるのかもしれない。でも、あたし個人としては、そんなことは言ってないつもり。そう受け止められても仕方ないとは思うけど」

「呪いか、と言われて、それで終わり？」

「そう。だって返す言葉がなかったから。そうよ、って言ってやれば良かったな」

「でも言わなかった？」

笠井さんは呆《あき》れたような顔をした。

「だって……呪いなんてあり得ないし、それじゃあまりに馬鹿馬鹿しいじゃない」

ナルは、そう、と低く呟いた。

6

ナルと一緒に会議室に戻ると、中から賑《にぎ》やかな声が聞こえてきた。みんなが戻ってきているようだ。

「ちゃんと除霊できたかな」

あたしが呟くと、

「……麻衣」

「はあい？」

「頼みがあるんだが」

あたしは思わず足を止めてナルを振り返ってしまった。頼み？　この坊ちゃんが、あたしに？

「……ゆってごらん」

「さっきの……スプーン曲げだが」

「うん」

「みんなには秘密、ということで」

「どうして？　すごいのに」

「頼む。特にリンには」

……はあ。いいけど、なにゆえ？

問い詰めてやろうかと思ったのだけど。ナルが心底困っている様子なので、心優しい少女であるあたしは、やめておいてあげた。

「いいともさ」

一点貸しておくのも悪くない。感謝するように。

軽く頭を下げるようにして、ナルが会議室のドアを開く。ほんの一瞬、年相応の子供の顔に見えた。すぐにいつもの綺麗《きれい》な無表情に戻ったけど。

会議室の中では、綾子とぼーさんがいつもの痴話喧嘩《げんか》の最中だった。

「無能なら無能で役に立てませんと素直に言ったらどうだ？」

「あたしのどこが無能なのよっ！」

あいかわらず仲いいねえ。あたしにとってはお馴染みの風景だけど、タカは驚いたのか、隅っこで小さくなって眼を真ん丸にして固まっていた。

「何の騒ぎだ？」

ナルの問いかけに綾子がプイと明後日《あさって》のほうを向く。

「……どしたの？」

あたしがタカに訊くと、代わりにぼーさんが、

「この馬鹿は、何もせずに見物だけして逃げてきたんだ」

「どこから？」

「ポルターガイストの部室」

おやま。

「綾子って霊能者にはあるまじき怖がりだからなあ」

あたしが言うと、綾子が眦《まなじり》を吊り上げる。

「冗談じゃないわよ！　どこが怖がりよ！　あたしはね、真砂子が何もいないって言うから……」

「逃げてきたんだ？　でもいちおう、念のために除霊しておこうとかさー」

「なんでそんなこと、しなきゃならないのよ。何もいないんなら必要ないでしょ」

綾子の声に、首を傾げたのはジョンだ。

「せやけど……そんなはずはないです」

お陽様色の髪に白い包帯。

「ジョン、どうしたの！」

「あ、これですか？　大したことないんです。ちょっと掠《かす》っただけですよって」

ジョンが微笑《わら》うと横からぼーさんが、

「槍《やり》が飛んできたんだ」

「……槍って……槍投げの槍？」

「そうだ」

「けど、ほんまに掠っただけですし」

ジョンはそう言って微笑うけど、だって、そんなの、ひょっとしなくても滅茶苦茶《めちゃくちゃ》危ないんじゃないの？

ナルが冷静な声を挟んだ。

「飛んできた、というのは？」

ジョンは困ったようにぼーさんを見る。ぼーさんが、

「外から帰ってきて、綾子たちの様子を見ようと陸上部の部室を覗いたら、ドアを開けるなり槍が飛んできたんだ。もちろん、部室の中には誰もいなかった」

そんな危険な。しかも頭に包帯ということは、顔をめがけて飛んできたってことなんじゃあ。

ナルは冷たい声を出した。

「それで？　結局、何ヵ所除霊できたんです？」

綾子は決まり悪そうに、

「……真砂子は霊がいる場所は、一つもないって言うんだもの……」

ナルは真砂子を振り返った。

「いない？」

「ええ」

真砂子は真っ直ぐ顔を上げて頷く。ほんのわずかの迷いもない表情だった。

「そんなはずはないと思いますが」

「でも、いませんでしたわ。問題の箇所は全部見て廻りましたけど、霊はいませんし、悪い気配も感じられませんでした」

ぼーさんが口を挟む。

「そんなはずはねえだろ。ぜんぜんいないはずがない」

「いないものは、いないとしか申し上げられません」

つん、と真砂子はそっぽを向く。ぼーさんは呆れたように真砂子を見たあと、綾子に向かって、

「で、真砂子ちゃんの霊視を真に受けて、何もせずに逃げ帰ってきたのかよ。自分の頭で判断してみようって気はねえのか？」

「頭で判断したの。真砂子がいないと言うんだったら、いない。それが冷静な判断ってものでしょ」

「お前のは、怠惰な判断だ」

「なーんですってえ？」

「要は面倒なだけだろが」

……また始まりましたな。あたしにはお馴染みすぎる光景だけど、タカはテニスの観戦でもしているかのように、ぼーさんと綾子を見比べている。

「気にしなくていいよ。あれ、半分レクリエーションだから」

あたしがそっと言うと、眼を丸くしたまま頷いて、

「……そだ。どうだった？」

「あ、笠井さん？　あんまり関係ないんじゃないかなあ」

少なくとも、笠井さんの祟りとかそういうのは考えにくいと思う。

「例の『呪い殺してやる』は、やっぱりガセみたいだよ。そもそも本人が、呪いなんて馬鹿馬鹿しいって言ってたし」

「そっか」

タカはちょっと安心したように笑ったけど。聞きとがめたように眉根を寄せて割り込んできたのは綾子だ。

「なに、その剣呑《けんのん》な発言は」

「単なる噂。——そういうことを言った人がいるって噂だったけど、そうじゃなかった、って話だよ」

そう要約してもいいんだよね？　ナルのほうを見ると、とりあえずナルも頷くふうだ。

綾子もぼーさんも、あたしたちを不審そうに見る。それを受けて、ナルが鬱陶しそうに笠井さんの事件について解説をした。スプーンを曲げたこと、それが学校を騒がせたので吊るし上げを喰《く》らったこと、結果、口論になって、それが「呪い殺してやる」と言った、という噂になっていること。

「なによ、それ」綾子は険のある表情をした。「その子、滅茶苦茶怪しいじゃない」

あたしはムッとした。

「怪しくないよ。笠井さんはそんなことを言ったつもりはない、って言ってたし、それは本当だと思うな」

「そんなの、信用できるわけないでしょ」

「信用できるよ。笠井さん、すごく冷静だったし、自分の不利になることだって正直に話をしてくれたし。ま、頭に血が昇った綾子よりぜんぜん信用できる感じ」

「あーら、それってどういう意味かしら？」

あたしは答えず、笑ってやった。綾子は口許を曲げて、

「まさかナルまで、印象論で信用できる、なんて大甘なことを言わないわよね？」

これに対して、ナルは、

「彼女の為人《ひととなり》を論じても仕方がないだろう。ただ、彼女の件が事件に関係あるのか、あるとすればどういう関係があるのかが、まったく見えない」

「関係あるに決まってるじゃない。呪い殺してやるって言って、実際に変なことが起きてるわけだし」

「では訊くが、実際にどんな関係があると言うんだ？」

綾子は軽く詰まって、すぐに指を弾《はじ》いた。

「陸上部の部室！　あれはその子のＰＫ」

笠井さんがポルターガイストを起こしてる、ってか？

ナルは冷ややかに言った。

「彼女と陸上部の部室の間に何の関係があるんだ？」

綾子は何かを答えようと勢い込み——結局、何も言えずに黙り込んだ。

「行く先々でロープの影が見える——これもPKだと？」

それは、と綾子は言って、会議室の中を援護を求めるように見渡したけど、あいにく、どこからも助けの手は差し伸べられなかったようだ。

ぼーさんが聞こえよがしの溜息をつく。

「ここで起こってるのは霊現象で、念力で起こせそうな現象なんてねえじゃん」

……だよな。

「確かに陸上部の部室はポルターガイストっぽいが、PKとは思えない。RSPKにせよ外在化現象にせよ、犯人はむしろ部員の中にいないと平仄《ひょうそく》が合わないよな」

そりゃ、そーだ。

ナルは息を一つ吐いて、ぼーさんとジョンに、

「そっちはどうだった？」

ぼーさんはレコーダーを差し出して、

「とりあえず、いつも訊く程度のことは訊いといた。場所が病院じゃ、さすがに除霊ってわけにもいかないんで、話を聞いて護符を渡しただけ。狐憑《きつねつ》きの子はジョンが除霊してみたんだが——」

言ってぼーさんはジョンを見る。ジョンはすまなさそうに、

「けど、あの狐憑きの子は駄目でした。何の効果もあらへんのです。最後には暴れ出してしもうて、お母さんも帰ってくれ、ゆうことなんで引き揚げてきましたんです」

「そう……。机の中から手が出てくると言っていた子は？」

「英香鈴《はなぶさかりん》——通称、エイちゃん、な。あの子は、開かずの倉庫の祟りだと言ってたぜ。やっぱそこで首を吊った生徒がいるって話なんだそうだ。倉庫に入るとその幽霊を見る、という噂を聞いたことがあって、それで机から出てくる手がその幽霊だと思っているようだが、根拠があるわけじゃない。魔の席の被害者からは目新しい証言なし。すでに聞いたことの繰り返し」

「美術準備室のほうは？」

「ああ、あのウラナリくん」

　ぼーさんが言ったとたん、横でタカが小さく噴き出した。

「いやいや、もとい、繊細そうな若い先生な。青木《あおき》くんだっけか。ものすごい、普通の怪談だったぞ。一人でいると、物音がしたり人の気配がする。寝ていると金縛りに遭う。ときに女が足許に立ってる。金縛りが解けると消える。あるいは、暗い物陰なんかに女の姿があって、ぎょっとして見ると、もう消えてる。その繰り返しなんだそうだ。霊が何者なのかは不明。美術準備室に固有の怪談はないが、出るらしいよ、と生徒に言われたことがあるんだそうだ。そのとき、幽霊なんかいるはずがない、と笑ったんで霊を怒らせてしまったんでしょうか——だとさ」

「最初に見たのは、美術準備室？」

「だそうだ。最初は準備室オンリーだったが、次第に家やその他の場所でも見るようになった。病院にも出るそうだぜ。頻繁に金縛りに遭って、すると女がベッドを区切ったカーテンの隙間から覗いてる。念のためにこっそりベッドに護符を貼って、本人にも護符を持たせといた」

ナルは考え込む風情だ。

「……で？　その証言はどの程度、信憑性《しんぴょうせい》があると思う？」

ナルに訊かれて、ぼーさんはジョンと顔を見合わせた。

「正直言って、ウラナリくん——青木くんの『見た』は、かなり疑わしい感じ」

「え？　嘘ってこと？」

タカが口を挟むと、

「本人は真剣だと思うぜ。見たつもりなのは確かだろ。ただ、多分に気のせいっぽい」

「そんなの、話を聞いただけで分かるの？」

「断言はできんけどな。たとえば、夜中に金縛りに遭う。でもって妙なものを見る。恐怖のあまり気が遠くなって、気がついたら朝だった、とか。悲鳴を上げて金縛りが解けると同時に消えた、とか。……こういうのは気のせいの可能性が高いんだよな、経験則で言うと」

あたしは首を傾げた。

「でも、金縛りに遭ってるわけでしょ？」

「金縛りって、そんな大したことか？　よくあることぢゃん」

「よくあるの？」

ぼーさんは、あっけらかんと頷く。

「仕事で――本業のほうな――地方のイベントに駆り出されたり、ツアーに同行したりするとたまにあるぜ。旅先のホテルとか旅館で、リラックスできるような環境でなし、なのに身体は滅茶苦茶疲れてて、でもって興奮してたり緊張してたりで気が立ってると」

……ほえええ。

「金縛りに遭ってるときって、自分は確かに起きてるって気がするんだけどさ、金縛りが解けると、眼が覚めた感覚があるもんな。起きてる気がしてるだけなんだろ。夢の中で、起きてる気がしてるみたいなもんで」

ぼーさんは意見を求めるようにまわりを見た。ナルが軽く息を吐く。

「……金縛りとセットになった霊体験は気のせいの可能性が高いだろうな」

「そうなんだ……」

なんだか、ちょっとガッカリするような。

「金縛りというのは、要は意識は覚醒《かくせい》しているのに身体は寝ている、ということなんだ。脳と身体とで覚醒のレベルがずれている。これは寝入りばなに起こりやすく、寝入りばなの半覚醒状態では幻覚を見やすい。単に金縛りに遭った、そのときに妙なものを見た、というだけなら、寝惚《ねぼ》けたと考えたほうが合理的だろう」

……へええ。

「じゃ、実は寝てました、って話なんだ。だから、気がついたら朝だったり、金縛りが解けると幽霊も消えるんだね」

　でしょうね、と綾子も頷いた。

「確かに、気がついたら朝、はかなり疑わしいのよね。あと、間違いなく見たって力説するパターン」

「本当に見たなら、力説して当たり前じゃないの？」

　あたしが訊くと、綾子は首を傾ける。

「んー……どう言えばいいのかしら。たとえば、何かをしてて、そしたら視野の端に人影を見た、みたいなパターンね。確かに女が横切っていった、間違いなく女だった、なんて本人が真剣に力説するときは怪しい。だって、視野の端にちらっと見えただけでしょ？　見間違いの可能性が高いわけじゃない。よしんば本当に何かいたとしても、それではっきりした姿が見て取れるはずがない。本人が、女だって思い込んじゃっただけなのよね。思い込みが強かったから、はっきり見えた気がしてるだけ」

　さいですね、とジョンも同意した。

「チラリと見えただけなら、見間違いやと思うのが冷静な判断ですやろ？　それを確かに見たんや、と力説するお人ゆうのは、それだけ冷静さを失ってる、ゆうことですし」

「あー。……そっか」

「もちろん、冷静やなかったから、全部が気のせいやとは言われへんわけですけど。ただ、そういう証言ばかりやと、気のせいの可能性が高いですね」

そうそう、とぼーさんも頷く。

「ウラナリくんは、かなり思い込みの強いタイプくさいんだよな。確かに見た、と力説する。チラっと見たと言っていながら、蒼白《あおじろ》い顔の女で三十前くらいで、すごい形相で白いワンピースに長い髪——と、妙に細かい。そのくせ類型的なんだよな」

そだなあ。白いワンピースに長い髪の女じゃ、いかにもすぎるかも。

「教師になって二年目で、担任を持ったのは今年が初めて。最近の女の子は分からない、と盛んに愚痴も零《こぼ》していたし、どうも女子高が合ってない感じなのさ」

「ああ」とタカは小さく手を打ち合わせた。「分かるなー。女子高に妙な夢を持ってたみたいなのよねー。勝手に自分が夢を見てただけなのに、何かというと、こんな女子高生、あり得ねえよ、って文句を言うのさ」

「なんだ、そりゃ」あたしは呆れてタカを見た。「女子高生にどんな妄想抱いてたんだ？　やな感じー」

「でしょお？　きっと漫画とかアニメでしか女子高生を知らないんだぜー」

「そうでなきゃ、懐かしのテレビドラマとか映画じゃないの。気持ち悪ーい」

「あり得ないのはお前だ、っつーの」

「ねえ」

手を取って頷き合うあたしとタカを、ぼーさんは苦笑気味に見て、

「ま、こういうリアクションはウラナリくんの常識の範疇《はんちゅう》になかったってことさ。いかにも神経質で気が小さいんだよな。視野が狭くて、その狭い視野から見た世界が常識なんだと勝手に思い込むタイプ。ところが、それと現実が折り合わなくて、ストレスが溜まりに溜まって疲労困憊《こんぱい》してた。そこで『出るらしい』とか言われたもんだから、見た気になってる――そんなとこじゃないかねえ」

ぼーさんは同意を求めるようにジョンを見た。しかしながら、ジョンは首を傾げ、

「……そういう気もしますけど」

「あれ？　異論あり？」

「準備室で見た、ゆうのは信憑性がある気がしませんでしたか」

「机に向かって作業してたら、横に女が立ってた――ってやつ？」

はい、とジョンは頷く。

ウラナリくんは机に向かっていた。すると、視野の端に白いものが見えたのだそーだ。先生が向かっていた机の、右側の端に下腹をくっつけるようにして白い服を着た誰かが立ってた。えっ、と思ってそちらを見ると、誰もいない。見えたのは白い薄手の服を着た誰かのウエストから腰のあたりだけだが、水玉模様の入った服に覆われた柔らかい下腹のラインがものすごくリアルだった、と主張しているようだ。

「どこがどうとは言えへんのですけど。それ聞いたときは、これはホンマや、という気

がしたんです。何度かそういうことがあって、それでだんだん神経過敏になってしもうたんと違いますやろか」

「うーん。どうだろうなあ」

首をひねるぼーさんを見やって、ナルは溜息をついた。

「想像で話をしても始まらない。とにかく、今の状況をなんとかするほうが先だ。——高橋さん」

唐突に呼ばれ、タカは椅子の上で跳ねた。

「は……はいっ」

「青木先生に、出るらしい、と言ったのが誰だか、調べてもらえませんか」

「ああ……はい。分かるかどうか怪しいですけど、訊いてみます」

「お願いします。——あとは陸上部の部室と開かずの倉庫、それに念のために美術準備室、ここだけは機材を置いてみよう」

これは、無言でメモを取っていたリンさんに。リンさんは頷き、

「どの程度の機材を？」

「予備調査の程度でいい。マイクとカメラ、深夜帯のみで構わない」

「準備します」

「ぼーさんとジョンは、残る被害者に会ってみてくれ。松崎さんと原さんはもう一度、校内を見てみてください」

真砂子は不快そうに眉をひそめた。

「そんなことをしても無駄ですわ」

ナルは冷ややかに真砂子を見る。

「では、お帰りになってもらって結構です」

……うわ。厳しい……。

真砂子は顔を強張《こわば》らせ、ぷいと顔を背けた。何か言いたそうにしたけど、結局綾子を促し、

「参りましょ」

短く言い捨て、会議室を出ていった。綾子とぼーさんも顔を見合わせ、

「……じゃ、一働きしてくっか」

「そうね……」

気を呑まれたように呟いてジョンの背中を押し、会議室を出ていく。ナルはそちらへは一瞥すら与えず、

「リン、機材を準備しよう」

リンさんを促して会議室を出ていった。あとには、あたしとタカが残された。

「……いっつもこんな感じなの？」

タカが声を潜めて訊いてくる。

「そだよ」

「なんか、いろいろ予想外」

「予想外？」

「うん。霊能者って、もっと『いる』こと前提なんだって思ってた」

「ああ……そうだねえ。あたしも最初はびっくりしたかな」

心霊現象は起こりうる、それが大前提ではあるんだけど。

あたしはタカに苦笑してみせる。

「現象として『ある』ことと、今ここに『いる』ことは別物なんだよね。なんか、いつもこんな感じ。本当に何か異常なことが起こってるのか、そこから検討するんだ。依頼者を信じないわけじゃないんだけど、やっぱ誤解とか気のせいとかあるから」

「ふうん……」

「本当に何が起こってるのか、ちゃんと調べて診断を下してからでないと治療できない、みたいな。程度の差はあるけど、不思議にみんな、そういう態度なんだよね……」

だから、何のかんのと言いつつ、協力態勢が取れるのかなあ。

「ふうん」と、タカは首を傾げている。「それ以外にも。霊能者って、見えて当然なんだと思ってたし」

「見る霊能者と、祓う拝み屋は別業種なんだって。ぼーさんがそう言ってたよ」

「霊能者の集団作業も珍しいよね」

「かもねえ」

「弟子や助手を侍《はべ》らせるってのなら分かるんだけどなー。ちょっとこういうのはイメージになかったなー」

でしょう、でしょう。

「なのにあんまり、チームメイトっぽくはないのね。アットホームとはいかないまでも、もうちょっと、みんなで頑張ろうな、みたいな感じなのかと思った」

あたしはタカを真正面から見る。

「ボスがあの性格で、それ、成り立つと思う？」

「無理かな……無理だよねえ」

「でしょ？」

人間関係を円満に調整できる人間がいないんだもんな。ジョンだけは、その気になれば可能だろうけど、ジョンって前に出てみんなを引っ張っていこうなんて、そんな気になる性格じゃないし。

あたしがそう言うと、

「それより以前に、アクが強すぎ。渋谷さんぐらいじゃないと、纏められないと思う」

「だよねー……」

「別の意味で麻衣のバイトって大変かも」

「かも、は必要ないっす」

だね、とタカは溜息をついた。

第三章

1

ナルとリンさんが機材を揃えて運んでくると、機材の設置だ。霊能者の皆様は校内に散っているし、タカも帰ってしまって、結局、あたし一人で機材運搬のお手伝いをせねばならない。そりゃ、これが仕事なんだけど。

三カ所に集音マイクを繋《つな》いだ暗視カメラを一台ずつ。学校を横断するほど長いケーブルはないので、それぞれの場所で録画も録音も行なう。記録メディアの都合上、夜通しの録音録画は不可能なので、タイマーをセットする。

陸上部の部室は、プレハブでできた部室棟の一郭にあった。ごたごたとものが溢《あふ》れ、お世辞にも片付いているとは言い難い。女子高といえども、体育会系の部室なんてこんなものか。これまでの調査ではコンセントとは別に電源を確保してもらっていたけど、ここは単純にコンセントから電力を供給していただく。

次いで向かったのは、美術準備室。ここも、どこにでもありそうな先生の控室、という感じだ。開かずの倉庫だけは、ちょっぴり荒《すさ》んだ感じが漂っていて、それふうだったけど、いかにも「出そう」という雰囲気ではなかった。単なる「使ってない倉庫」という感じ。使途不明のものが折り重なっていて、埃《ほこり》にまみれているだけ。

……本当に何かあるのかなあ。

不審に思いつつ機材を設置して、セッティングを手伝って。ようやく全部が終わってベースに戻ると、三々五々、霊能者たちが帰ってきた。

「どうでした」

ナルは真砂子と綾子のペアを見る。綾子は無言で肩を竦《すく》めた。

「……いない、と？」

いませんわ、と真砂子は硬い声で呟いた。

ナルはそんな真砂子を見やってから軽く溜息を一つ。

「他は？」

ナルに問われ、ぼーさんとジョンが両手を挙げた。

「やっぱり怪しいのは、自称・超能力者の女の子なんじゃないのぉ？」と、綾子が言った。「何をどうやって怪現象を起こしているのかはさておき、その子が何かやってるんだと思うわよ。あてもなく学校を嗅《か》ぎまわるより、その子の周囲を調べたほうが早くない？」

「どうしてそう疑うかなあ」

あたしが綾子を睨《ね》めつけると、

「だって、胡散臭《うさんくさ》いじゃない。そもそもスプーン曲げだなんて」

「胡散臭い？」

あたしが訊《き》くと、

「でしょ。スプーン曲げで、インチキだって言われなかった人、いないもの」

それは知らなかった。

しかしここは、綾子に訊くよりもぼーさんかジョンに訊くほうが無難だろう。

「そうなの？」

ジョンは頷《うなず》く。

「さいですね。スプーンを曲げるゆうのは、ユリ・ゲラーが始めたことなんです。ユリ・ゲラーは二十世紀最高のサイキック——超能力者やと言われてます。ＰＫ——日本語で念力ゆうのでしたか——から透視、予言、できないことはないオールラウンダーの能力者なんです。そのゲラーがあちこちでスプーンを曲げてみせて、それを見た子供らが真似《まね》をしてスプーンを曲げたんやそうです」

「えーと、ゲラリーニね？」

「さいです。けど、ゲラリーニの能力はものすごく不安定で。すぐに能力をなくしてしもうた例も多くて、それで困ってトリックに頼る人もいたりして、それがあちこちでバレて、ゲラリーニゆうのはインチキなんやないかと」

「ふむふむ」

「そう言われ出したときに、ゲラー自身がインチキやて叩かれたんです」

「ユリ・ゲラー本人が？」

「はい。一時はアメリカの超心理学会でも、ゲラーはインチキやゆう見解が公式発表になったくらいで。そやから、スプーン曲げいうたらインチキや——そういう印象がどうしても付きまとってしまいますのんです」

「……なるほどお」

そうなのか。

「でもさ、ジョン、実際のところ、ゲラーってどうなの？」

ジョンは困ったように笑う。

「僕ではなんとも……。ただ、ゲラーは派手すぎて。どうしてもイリュージョンを見てる気ぃになるんですけど」

「イリュージョン？」

「ええと……大がかりなマジックいうか」

「あ、なるほど」

あたしとジョンの会話を聞いていたぼーさんが、首を傾げる。

「俺もゲラーは眉唾《まゆつば》だという気がするけどな」

「なんで？」

「うーん。サイ能力——超能力が人間に隠された力なら、音を聴く能力、ものを視《み》る能力、そういうのと同じに、できることとできないことがあって当然、という気がするんだよな。ゲラーってのは、挑戦を受けると何でも受けて立つ。何でもできるわけで、それってかえって妙な気がするんだなー」

「さいですね」ジョンも頷いて、「そもそも超能力ゆうのは、ＥＳＰとＰＫと二つ種類があるんです。ＥＳＰは――超感覚ゆうたらいいのか、普通の人には分からへんことを特別な能力で知ることです。透視とテレパシーに分かれますけど」

「ふむふむ」

「ＰＫゆうのは念力ですね。普通の人にはない特別な能力で、ものを動かしたりする力です。普通サイキックはどっちかに分類できるもんなんです。ＰＫやったらＰＫ。ＥＳＰやったら、ＥＳＰ。たまに、どっちもいう人もいてますけど、だいたい分かれます」

　ぼーさんも頷く。

「そうだよなあ。エドガー・ケイシー、ジーン・ディクソンなんて、神をもビビらせるほどの予言者だって触れ込みだが、スプーンを曲げたという話は聞かない。反対に偉大なＰＫでも――ニーナ・クラギーナとか、オリヴァー・ディヴィスなんかはかなりのＥＳＰをやってのけるが、あとはＥＳＰの能力を持ってるなんて聞かないよな。クラギーナもディヴィスも能力は限定されるみたいだし」

「さいですね。けど、ゲラーゆうたら、ＰＫでも一流なら、ＥＳＰでも一流ですやろ？制限なしになんでもできます。それが僕は、かえって妙な気がしますのんです」

「――ということは、そもそもPKって眉唾っぽいの？」

あたしが訊くと、

「それは違う」と、ぼーさんが断言する。「PKってもいろいろあってな。分類法にもいくつかあるが――現象による分類とか効果の範囲による分類とか。機能から言うと三つあるんだっけか。PK-MT、PK-ST、PK-LT」

……うわあ、頭、痛いっ。

「スプーン曲げは、このうちのPK-STという力なんだよな。静止した物体に影響を与える力なんだが。派手な力だが誤解も多い。インチキだって報告も一番多いな。実際は、PK-MTの力を持っている念力能力者が最も多いとされてる。これは動いているものに影響を与える力で、たとえば、サイコロの目を変えたりする。『二よ出ろ』と念じて本当に二を出す能力だな」

「へええ」

「PK-MTは、そもそもほとんどの人間が持っている力なんだとさ。能力の大小はあれ、誰もが潜在的に持っている」

「……あたしにもできる？」

「かもな。――PK-STにしても、必ずしもインチキばかりじゃない。ゲラリーニあがりのPKにシルビオ・メイアーってのがいるけどさ。彼は金属曲げが専門なんだが、あれは結構、信憑性《しんぴょうせい》高いと思うぜ」

「へえ？」

「だいたい超能力っていうと、……ゲラーの場合もそうだったんだが、手品師が出てきて、そんなことだったら手品でもできるとか言って文句を垂れるんだよな。手品でできるからって、必ずしもそいつが手品をやったとは限らないんだが、やっぱ、胡散臭い気がするだろ？　たしかメイアーもなんとかいう手品師に攻撃を受けたんだよな。ところがこの手品師が最終的にはメイアー擁護に廻っちまった。つまり、手品師がメイアーの能力を肯定したわけ」

「ほえー」

「あと、旧ソ連のニーナ・クラギーナ。彼女は強烈だぜ。PK－STのほかにPK－LTの能力もある。PK－LTってのは生物に影響を与える力なんだが。ものを動かすなんてのは、おちゃのこさいさい。手を触れるだけで病気は治すわ、蛙の心臓は止めるわ、人間の心臓は止めるわ」

「心臓を止めるーっ⁉」

「そ。実験をしてた研究者が、妙な好奇心を起こしてさ。蛙の心臓を止められるなら、人間の心臓だって止められるだろうと。自分が実験の相手を買って出て、結局危うく心臓が止まるところだった。実験に立ち会った医者が止めたんで助かったけど」

どひゃー。

「……他にPKの大物といったら、イギリスのオリヴァー・デイヴィスかな。彼もPK

ーＳＴだ。普通、ＰＫでものを動かすといったら、マッチ箱とかスプーン、そういう小物が多い。彼はちょっと桁外《けたはず》れだな。ディヴィス博士はＰＫの能力者と言うよりも、非常に真面目な超心理学の研究者で、あまり表舞台に登場しないんだが。たしか、何年か前にビデオを撮ってる。そのときの実験で、五十キロもあるアルミの塊を壁に叩きつけたと言うからなー」

「大人一人ぶんじゃん」

「そ。そんなふうに、同じＰＫでも能力が限られてたりするもんなんだな。シルビオ・メイアーもオリヴァー・ディヴィスも、ＰＫ－ＬＴはできないようだ。生き物をどうにかしたという話は聞かないからな。ところが、ゲラーってのは、あらゆるＰＫ、だろ？　おまけにあらゆるＥＳＰ。俺としちゃ、胡散臭いと言わざるをえんなー」

「ふうん……」

綾子は身を乗り出して、

「あたしさあ、いつも不思議なんだけど、どうしてスプーンなの？　金属を曲げるんだったら、何もスプーンでなくてもいいわけでしょ？　なのにＰＫで曲げると言ったら、必ずスプーンじゃない？　そのへんが不思議なのよねえ」

「イメージの問題じゃねえのかなあ」

ぼーさんが言う。

「イメージ？」

　あたしが訊くと、ぼーさんは頷いて、手許《てもと》にあった湯飲みを示した。

「この湯飲みが邪魔だから、もうちょっと左に寄せようと思うとするだろ？　そのとき、人間って当然のように湯飲みを動かしてる自分とか、動かした結果、移動した湯飲みなんかをイメージするわけじゃん」

「うん……まあ、そうかな」

「そこにできるだろうか、なんて迷いはないんだよな。邪魔だ、こっちのほうが邪魔にならない、じゃあこっちに動かそう。そう当然のように思うし、思った瞬間、もう手が動いてる。動かしたかったら手で押しやるのが当然だ。全部、意識に昇るまでもない」

「ああ、それと同じでスプーンが曲がるってことをイメージできるか、って問題？」

「そうそう。それって、単に想像できるってのとは、ちょっと違うんだよな」

「できることを大前提にできるか、ってこと？」

　あたしが言うと、ぼーさんが手を叩いた。

「それだ。——だから、ゲラリーニなんてのが出てくるわけだろ。だいたいは影響されやすい子供でさ、テレビなんかでスプーン曲げを見て、ああ、そういうことができるんだ、と呑み込んじまう」

「子供だから抵抗なく受け入れちゃうんだ。すると、スプーンは曲がって当然のものになるってこと？」

「そうそう。実際には、能力者が曲げる金属はスプーンに限らない。金属曲げが得意な能力者ってのがいるんだよな。けども子供たちはスプーン曲げを見て衝撃を受ける。だから、スプーンは曲がる。スプーンが曲がるならフォークも曲がるよな。少なくとも、そう思い込みやすいだろ。ところが、鉄の棒を出されると、『当然』がぐらつく」

「曲がって当然だと疑いなく思えるかどうか、って問題なんだ？　強度は同じくらいなんだから曲がるはずだ、なんて頭で考えたら、もう曲がらない」

「だと思うんだけどな。当たり前のように曲がったところをイメージできるかの問題。だからゲラリーニってのは、否定的な態度に弱いんだと思うぜ。周囲が疑いの眼で見ると、自分でも不安になっちゃうんだろうな」

ああ、とあたしは頷いた。

「笠井さんもそう言ってた。みんなが疑うようになったら曲げられなくなったって」

「だいたいゲラリーニってのは、超能力ブームの中で登場したわけじゃん。テレビかなんか見て曲げられるようになった。当然、本人も周囲に言うし、周囲もすぐさま騒ぐ。ブーム中だから」

「うんうん」

「すると、間髪入れず否定的な連中が出てくる。――普通はさ、もっと自分と力の間に折り合いをつける時間があるもんなんだよな。曲げられたり曲げられなかったりしながら、自分でも信じたり信じられなかったりしつつ試行錯誤して、だんだんそれが『当然』になっていく。その時間がほとんど皆無で、わーっと騒がれてわーっと叩かれるから、本人的にはそれを『当然』だと思い続けてられないんだと思うぜ。だから、ゲラリーニってのは、能力を失いやすい」

「……なるほどねえ」

ナルが口を挟んだ。

「それは——ともかく。笠井さんの能力については疑問もあるが、とりあえず考慮しなければならないのは、彼女が自分の能力を信じていたということだ。彼女は教師の攻撃を非常に不当だと感じていた。その結果が……」

「呪ってやる？」と、ぼーさんが人差指を立ててあとを引き継いだ。

「そう」

「しかし、実際に超能力で他人をどうこうなんてことができるかね。クラギーナぐらいのＰＫ－ＬＴならできなくはないだろうが」

……そりゃまー、人の心臓を止められればねえ。

「第一、起こってる現象と平仄《ひょうそく》が合わなさすぎ」

確かにな、とナルは溜息をついた。綾子は口を尖《とが》らせる。

「でも、他に突破口がないじゃない。少なくとも、復讐《ふくしゅう》を考えても不思議はないと思うのよね。前後の事情から考えると」

……それはまあ、そういう気もしないでもないけど。でも、笠井さんって、そういう陰湿なタイプには見えなかったんだけどなあ。

ジョンが首を傾げた。

「むしろ、そっちのほうが妙なんと違いますやろか」

「そっち？」

はあ、とジョンは頷く。

「学校の先生が超能力を否定する、ゆうのんは珍しくないというか……常識的な反応やと思うんですけど、それにしても、この学校のやり方ゆうのは、少し大袈裟《おおげさ》すぎませんやろか？」

確かになあ、とぼーさんも顔をしかめた。

「全校集会で吊るし上げるってのは、かなりやりすぎな感じだよな。話題が話題だけに、外部に漏れて問題になるようなことはないだろうが、これがごく普通の非行とか不品行だったら、下手すりゃ吊るし上げた学校のほうが父兄や外部の集中砲火を浴びるぜ」

「そう言えば、そうだよね……」

「ものすごくヒステリックだよな。否定するにしても過剰というか」

綾子が首を傾げた。

「もともと、すごく生徒の生活に煩《うるさ》いとか」

「そんなでもないって、タカは言ってたよ。確かに、オカルトとか、そういうのには煩いとは言ってたけど」

「じゃあ、堅固な否定派？　それが校風ってことなのかしらね。それとも逆に、異常なことがいろいろあって、学校はそれを是が非でも隠したいから、過剰に反応する」

「それもないと思うよ。湯浅って七不思議がないって言ってたもん」

生徒も概《おおむ》ね信じてない。そもそもはそういう気風だったのだ。——あたしがタカの話を引いてそう言うと、綾子は不審そうに腕を組んだ。

「なんか、気持ち悪いな。生徒はそもそも信じてない。否定派というより、眼中にない、って感じよね。だったら超能力ぐらいで、そこまでヒステリックになる必要もなさそうなもんだけど」

ですね、とジョンが頷く。

「超能力やゆうのんで、生徒が騒いでただけですやろ？　それが原因で何か問題が起こったゆうのんならともかく……」

「よねえ」

ナルも考え込むふうだ。

「——ひょっとしたら、そこが突破口なのかもしれない」

2

秋の日は釣瓶《つるべ》落としだ。何かを急《せ》かすように暮れていく中、呼び出されて生活指導の吉野先生がやってきた。先生はやってくるなり、嫌そうに陽の落ちた窓を見る。自ら窓の全てのブラインドを降ろした。

「……すみません。落ち着かないもので」

「構いませんが」ナルは言って、「もう、ノックの音が聞こえますか？」

「いいえ。今日はまだ。陽が落ちたばかりですし。……いや、それとも護符のお蔭《かげ》かもしれないですね」

　吉野先生はちょっと笑みを浮かべる。その、少しばかり安堵《あんど》したような顔を見て、あたしは内心で首を傾げた。

　あたしの乏しい経験から言っても——依頼者がこういう顔をすることは珍しくない。依頼してくる人は、みんな不安で、しかも孤立を恐れてる。自分の訴えが周囲の人に理解されないのじゃないか、変な眼で見られるのじゃないかということを、怪現象以上に恐れているものだ。だから、自分の不安を吐き出して、しかもそれを相手が真剣に聞いてくれたというだけで少し楽になったように見えたりする。さらには、お祓《はら》いをしてもらったりすると、無条件に「これでもう大丈夫なんだ」という気分になるものらしい。きっと期待の裏返しなんだろうけど、効果のほどはまだ不明なのに、一気に表情が明るくなる。

　だから、吉野先生の顔色が同じように明るいことには何の不思議もないのだけど。でも、笠井さんの話を聞く限り、吉野先生は完全否定派では。たしか、笠井さんの友達の沢口さんは、吉野先生の車の鍵を曲げたんだよね？　だとしたら、二人を吊るし上げた張本人で。その人がノックの音に怯《おび》えるのも、お札を貰って安心するのも、なんだかすごく奇妙なことのような気がする。

　実は、とナルは机の上に指を組んで切り出した。

「……一連の騒ぎの前、女子生徒がスプーン曲げをした、という話を聞きました」

　吉野先生は虚を衝《つ》かれたように瞬《またた》いた。

「それに対して、学校側が極めて厳しい対応をした、ということも」

「……ああ。ええ、……はい」

「僕などから見ると、スプーン曲げ程度のことで、そこまで厳しい対応をなさるというのが、少し意外に思えたのですが」

　吉野先生は、ちょっと険しい表情をした。

「スプーン曲げ程度、ですか」

「スプーン曲げぐらいなら、手品や大道芸でもやりますね？　その際、決して『これはトリックです』などとは言わないものです。あくまでも不思議なことだという態度を貫く。観客のほうも、それを受け入れる。そういう芸だと思うのですが」

「生徒は、手品としてやっていたわけではありません」吉野先生は断固とした口調で、きっぱりと言った。「超能力だと吹聴《ふいちょう》していたし、見るほうもそうだと信じていました。――スプーン曲げ程度、と言いますが、超能力を無批判に肯定する態度は、少なくとも理性的ではありません。学校は理性と教養を身につける場です。教師としては放置できません」

……正論だ。とは、思うものの。

「にしては、否定するやり方が、いささか理性を欠いたものに見えるのですが」

ナルの言に、吉野先生はむっとしたようだ。

「それは立場の違いでしょう。君たちは当然、超能力だのを肯定する立場にいるのでしょうし、だからそう見えるだけです」

「そうでしょうか？」

吉野先生の顔がさっと赤くなった。

「超能力などというものは、常識の中には存在しない。学校は生徒に常識を身につけさせる場でもある。何が常識なのかは、教わらなければ分からない。だから、ない、と教えただけだ。まず常識を知る、常識にないものに出会ったときには理性的に検討する、決して鵜呑《うの》みにしない――そうでなければ人は容易《たやす》く雰囲気に流されるし、騙《だま》される。特にこの年頃の生徒は雰囲気で雪崩《なだれ》を打つ。実際、あの時もそうだった。学校全体が集団催眠にかかろうとしていたようなものだ。だから目を覚まさせる必要があったんだ」

まるで説教でもするような高圧的な調子だったけれども、ナルは極めて冷静に、

「幽霊などというものも、常識の中には存在しませんね？」

言ったとたん、吉野先生が一気に萎《しぼ》んだように見えた。

「常識的に考えるなら、先生が聞こえると主張しているノックの音は、何でもない単な

る物音です。先生が過敏になっているだけ、さもなければ幻聴でしょう。見たと仰《おつしや》っている手は、明らかに見間違いか幻覚です」

「……それは」

しかも、とナルはあくまでも冷静な声で続ける。

「怪異の原因に心当たりがないか伺ったとき、たしか先生は、『妙な場所に足を踏み入れた覚えはない』と言っておられたように思います。『気づかないうちに何かしたのかもしれないが』というような疑いも口にされませんでしたか？」

「そんなことを……言ったでしょうか」

ナルは頷き、

「これは、怪異をもたらすような場所、怪異を引きつけるような行為がある、という考えを前提にした言葉だと思うのですが、いかがでしょう」

吉野先生は額にうっすらと汗を浮かべて黙り込んだ。

「念のために申し上げておきますが、僕は先生を責めたいわけではありません。もとより僕は部外者ですから、学校の教育方針に異論を申し上げる立場にありません。先生の仰ることが一種の正論であることも認めます。超能力や幽霊や、そういう超常現象がある、あるいは、あるかもしれないことを常識だと考えるより、ないことを常識だと考えるほうがはるかに実害がない」

吉野先生は意外そうにナルを見た。

「ただ、全校生徒の前に引き出して一生徒を弾劾することは、教育と言うには少し乱暴なやり方のような気がします。それを良しとする思想は極端すぎるように思われる。もしも先生が狂信的な否定派ならば、そんなものだと納得もしますが、どうもそうとは思えない。先生の態度は典型的なマジョリティの態度——超常現象について正面から問われれば否定するが、けれども幽霊がいるのではないか、怪異をもたらすような場所、怪異を引きつけるような行為、そういうものがあるのではないかという思いからも逃れられない——そんな態度に見えるからです」

「……その通りかもしれません……」

「個人的な気持ちはさておき、生徒に対しては絶対に超常現象を認めるわけにはいかない——これは、学校の方針ですか？」

「……そうです。特に申し渡されているわけでも、意思確認がなされているわけでもありませんが。それこそ、常識として」

「しかし、その態度と、学校に霊能者を呼ぶ、という行為も矛盾しますね？」

「それは……そうですが」吉野先生は言って、困ったようにナルを見る。「けれども、そちらは心霊現象の調査事務所だと聞いています」

　なるほど、とナルは頷いた。

「霊能者ではなく、調査人を呼んだつもりだった、と？」

「そうです」

「そこに、なにかしら欺瞞《ぎまん》を感じるのは僕だけでしょうか」

吉野先生は少しの間、黙り込み、そして頷いた。

「もっともです。……そうですね、霊能者でなく調査人だというのは、言い訳でしょう。我々の真情としては、怪異を収めてくれる霊能者を求めていたんです」

落ち着いた声で言ったから、そんなに分からず屋でもないんだな。でも、だったらなぜ、あんな吊るし上げみたいなことを？

「先生をはじめ学校全体が、超常現象は絶対に認めない、という信念で凝り固まっているわけではない。だとしたら、なぜあそこまで極端な糾弾をしたのでしょう？」

「分かりません。……必要だと思われたからです。この状態を放置していてはいけない、という危機感は教師の大多数が共有していたと思います。もちろん、一部の例外はありますが」

「たとえば、産砂先生のような？」

「だけではありません。厳しく否定すれば、かえって火に油を注ぐのじゃないかと言う先生もいました。こういうことは放置しておいたほうが鎮火が早いのだ、という考え方です」

「でも、少数派だった？」

「少数派だと思います。あるいは口にしにくかっただけかもしれません。放置するにせよしないにせよ、早くなんとかしないと、という態度が大勢でした。全校集会のあと、あれはやりすぎではないか、という声も二、三ありましたが、表立った異論はほとんど聞かれませんでした」

「なぜそこまでの危機感を感じられたのでしょう」

吉野先生は首を傾げた。

「はっきりとした理由があるわけでは……。強いて言うなら、生徒の様子が理由でしょうか。生徒がすっかり信じているようだったので……」

「そうでしょうか？　僕が聞いた限りでは、ここには学校に付きものの学校怪談が流布していません。生徒は概ね否定的――と言うよりも、超常的なものに対する関心が低い。笠井さんの件に関しても、ずいぶんと否定的な態度を取る生徒が多かったように聞いていますが。少なくとも、本当だ嘘だで意見が二分される状態ではあった」

吉野先生はぽかんとした。

「そう……でしたか？」

ナルが頷くと、吉野先生は困ったように、無言で見守っていたあたしたちのほうを見た。あたしたちがてんでに頷くと、考え込むように俯《うつむ》く。

「……本当に、よく分かりません。言われてみれば、否定的な生徒もいたような気がします。けれどもあの時には、生徒がみんな雰囲気に流されて、すっかり信じ込んでいるような気がしたんです。今にもそうなりそうだ、というか……」

呟くように言って、吉野先生は困ったようにあたしたちを見廻した。

「なぜ我々は、あんなことをしたんでしょう？」

3

「……なんか、一筋縄ではいきそうもない感じになってきたなあ」

げんなりと言うぼーさんに、だよね、とあたしも溜息をついてみる。

「なぜあんなことをしたんでしょう、って訊かれてもねえ」

部外者のあたしたちに分かるはずがない。

「教師の側がパニックを起こしたように見えるんだよな。……これはまあ、分からないでもないが」

「そう？」

「吉野先生、言葉に詰まってただろ、車の鍵について訊いたとき」

ああ、とあたしは頷いた。吉野先生が帰る前に、ナルが訊いたのだ。沢口さんが車の鍵を曲げた件について。本当に曲がったのか、それを見てどう思ったのか。これについて、吉野先生は進退窮まったように言葉を失った。

「鍵は確かに曲がった。あり得ないと思った——それが先生の答えだったろ」

うん。吉野先生の眼の前で鍵は曲がった。曲がる様子を子細に観察していたわけじゃないけど、鍵を沢口さんに渡して、沢口さんがそれを両手で持って念を込めて、それが先生に突き返されたときには、鍵は中程から三十度以上曲がっていたのだそうだ。その場ではとっさに、トリックだ、と思ったようだけど、あとでどう考えてみても、仕掛けが分からない。他の先生とも話し合ったけど、みんな首を傾げるばかりだったそうだ。鍵は確かに曲がっていたし、誰が挑戦してみても人の力では曲げることができなかった。スプーンのような長いものならともかく、鍵のように短いものでは、どんなに力持ちの男性でも、充分に力を加えることができないのだ。曲げるには道具がいる。ペンチか何かで支える必要がある、という結論には達したけど、ルーペまで引っ張り出して観察してみても、工具が付けたような傷は見当たらなかった。第一、あの状況では道具の使いようもない。そもそも、沢口さんが鍵を曲げる破目になったのは、完全にその場の成り行きで、事前に予測して準備することは不可能だった。唯一考えられるのは、鍵そのものを曲がったものにすり替えることだが、最初から用意できたはずはないうえ、吉野先生が家に帰ってスペアキーと比べてみたら、完全に刻みが一致した。間違いなく吉野先生の車の鍵だったわけだ。

「やっぱごく普通の大人で、世間並みに否定派なら、それだけでパニクると思うぜ。そこまでの常識が崩壊するわけでさ」

「そうだねえ……」

「でも、改宗したわけじゃない、って言ってたじゃない」

そう口を挟んだのは綾子だ。

確かに、それをもって、やはり超能力はあったのだ、と考えを改めたわけではない、と吉野先生は断言した。依然として超能力なんて信じられない、けれども、だったらこの鍵をどう解釈すればいいのか途方に暮れる——そういう感じだという。

「それは落ち着いてからの反応だろ。当初はパニクって当然だと思うぜ。なべてそうだったんじゃないか？　教師たちは超能力少女のスプーン曲げを見て、常識を突き崩される気がしてパニックに陥った。だから過剰に反応した。学校側が焦ったのは、生徒が信じそうだったからじゃなく、自分が信じそうだったからじゃないのか？　これは拙《まず》い、と反射的に思って、ヒステリックにバッシングを行なった」

「そうかしら……」

「言わば、見たくないものを突きつけられて、とっさに手で払いのけた状態だろ。そうやって常識のほうを修復した。修復できたからこそ、今でも超能力は信じられない、と言えるわけだ。ただし、そうなると曲がった鍵をどう取り扱うか、という問題が宙に浮いて残るんだけど、とりあえず途方に暮れて棚上げにしてある」

うーん……そだねえ。

「本当に超能力で曲げたのかしら」

綾子は不審そうに言う。あたしは、

「だって、吉野先生も」

否定派なのに否定しきれなかったわけで。

「でも、仲のいい友達同士が二人してPKの能力者って、話が出来すぎじゃない？　しかも沢口さん？　その子のほうは、そのとき初めて曲げたわけでしょ？　窮地に陥って、それまでできなかったことがいきなりできるようになるなんて、ドラマみたい」

　そう言われてみれば……そうかも。

「さっきの、できることを大前提にできるかどうか、という話からすると、余計にできそうもない状況じゃない。さっきまでできてたのに、できなかった、なら分かるけど、逆はありそうにないわよ」

　うーみゅ？　返答に困ってボスのほうを見ると、ナルは首を傾げた。

「確かに沢口さんの件は唐突な気もするが。……ただ、話を聞いただけでは断言できないものの、どうもトリックを使ったのではなさそうだ。だとしたら、追い詰められたから、という可能性は排除できない。それよりもっと可能性として高いのは、実は無意識のうちに笠井さんがやった、ということだろうな」

　あ、そうか。

「その場にいて成り行きを見守っていた笠井さんも、間違いなく曲がるよう念じただろう。彼女はそれまでスプーンを自分の手に持って曲げてきたから、曲がったキーと自分の能力が結びつかず、だから沢口さんがやったのだと思っている」

「そのほうが自然だけど……でも」

　綾子はやっぱり釈然としないふうだ。ナルは、

「それよりも、ぼーさんの言う通り、それを見てしまった教師陣の心理のほうが問題だろうな。これは出来すぎだ、と思えたのならいいが、笠井さんだけでなく沢口さんも、と思ったところでパニックが加速された可能性はある。だから沢口さんに対する処遇が、さらに極端なものになった」

……うん。

だったら、と声を上げたのは真砂子だ。

「それが下地になって、何でもない怪談話が大袈裟《おおげさ》に捉《とら》えられている、ということはございません?」

ナルは眉をひそめて真砂子を見る。

「つまり、ここで起こっている怪異は、思い過ごしだと?」

「それはないだろ」言ったのは、ぼーさんだ。「少なくとも魔の席だけは、思い過ごしのせいにはできんぜ」

「それは……」

「ただ、超能力少女の存在が、そのあとの怪談騒動に影響はしていると思うんだよな。スプーン曲げという下地があったから、事故が続いたとき、ごく自然に祟《たた》りじゃないかという話になった。あちこちで怪談話が持ち上がっても、誰ももう気のせいや笑い話にはできなかった」

「うん」

吉野先生も、ノックの音が気になるようになって、これは心霊的な現象なのでは、と思ったことについて、多少は鍵の件が影響しているかもしれない、とは言っていたもんな。

　しかし真砂子は諦《あきら》めない。

「確かに、生徒さんが電車に引きずられた事故は、気のせいとは言えませんわ。けれども、たまたま同じような事故が続くことはありますわ。気にすると、かえって同じミスをしてしまうことも」

　ぼーさんは顔をしかめた。

「つまり何かえ？　電車に引きずられた生徒がいて、それを知ってる別の生徒が、電車を降りるときに手を挟まれたんだよな、気をつけないとな、と思って、気にしすぎてかえって自分も挟まれた？　いくらなんでも――そりゃあ、無理だ」

　だよな。気にしすぎて、かえってミスしちゃうことはあるけど、電車のドアに手を挟まれるのはミスのレベルを超えてるもんな。

「気のせいと言って言えないこともない話が多いのも事実だが、全員が全員、枯れ尾花を見てるとは考えられん」

　吉野先生はこうも言っていた。繰り返されるノックを意識するようになって、どうも可怪しい、あり得ないことが起こっているのじゃないかと思い、そして当然のように、そんな馬鹿なと否定してみたけれども、そのときに鍵の件を思い出してしまったことは事実だ、と。けれどそれ以前に、吉野先生は気味悪く思っていた。あり得ないことに遭遇しているという感触があったのだそうだ。理性で確認する前に、直感的に、これは不気味なことだと感じていた。理屈も何もない、とにかく気味が悪い。それを理性で否定しようとしたけど、鍵の件があるから否定しきれなかった。

……やっぱり、まず最初に怪しい何かありき、なんだよな。

　ナルは指先で軽く机を叩く。

「魔の席の事故を、気のせいにすることは不可能だろう。ただし、笠井さんの件が下地になって、学校関係者が超常的なことを信じやすい傾向にあることは充分に想像できる。起こっている事件の全てを超常現象だと考えていいものかどうか……厄介だな」

　さいですね、とジョンが頷いた。

「これだけ妙な事件が続いたら、自分にもなんぞ起こるんやないか、あれもこれも異常なことなんやないかと、みんなが不安に思いますやろ。ましてや、ここは女子高ですし」

　んんん？

「それって重要？」

　あたしが訊くと、はい、とジョンは頷く。

「高校生ぐらいまでゆうのは、周囲の影響を受けやすいです。まだ心が柔らかい——ゆうたらええんですやろか、頑《かたく》なところがおまへんから。でもって、同世代やとか同性やとか同じ趣味嗜好《しこう》やとか、同じような傾向の人間が集まってる集団やと、影響が増幅されやすいんです」

「あ、そうか」

周囲の影響を受けやすく、しかもその影響が増幅されやすい、ってわけだ。

「不安やから、それでいっそう幻覚を見たり、勘違いを起こしやすくなるわけですね。単なる染みも霊に見えるし、見た、ゆう話になれば、それを聞いた生徒さんがさらに不安になります。すると、さらに何でもないものまで怪しく見えて——」

「その拡大再生産か……」

ぼーさんが呻《うな》った。そして、

「この怪談の何割が本当に起こってる現象なんだろうなあ」

ナルも溜息をついた。

「それは実際に調べてみればいいわけだが、こうも数が多いとそれすら満足にできない。しかも、現象の起こる場所も校内に限るわけじゃない。むしろ場所を特定するのが難しいという有様だ」

「だよな。だからって異常を訴える人間全員に四六時中付き添ってたら、時間も人手もどんだけかかるか分からんもんな」

「そういうことだ。今回は原さんの霊視が頼みの綱なんだが……」

真砂子は不快そうに眉をひそめる。

「霊はいませんわ」

断言されて、ナルは溜息をついた。

「……と、いうことだ。早くも行き詰まってしまったな」

その場にいかにも憂鬱《ゆううつ》な沈黙が降りた。

4

その翌日。午後になって学校に集合したあたしたちは、すぐさま校内に散って作業を開始することになった。ぼーさんとジョンは学外へ。昨日渡した護符の効果を確かめに。あたしたちは、設置した機材を回収して、データのチェックをしなければならない。残る綾子と真砂子はまだ姿が見えない。ぼーさんによれば（どうやら、ぼーさんがみんなを車で拾ってきているらしい）真砂子が臍《へそ》を曲げているようだ。学校には霊はいないし、そう言っても信用されないのだから行くだけ無駄だ、と言っているとか。

「綾子が残って説得してるけどさ」

そう報告したぼーさんは、

「なあ、ナルちゃんや。真砂子の奴、意地になってるぜ。ちょこっと機嫌を取ってやれよ。真砂子がああじゃ、話にならん」

ナルの返答は極めて素っ気ない。

「来るも来ないも、原さんの自由だ」

「それはそうだが、この場は真砂子が必要だろうがよ。真砂子が霊視してくれなきゃ、本当に霊が憑《つ》いてるのか、単にそういう気がしているだけなのかすら見分けがつかん。おまけに除霊の効果があったのかどうかも分からんときてる」

　これに対してナルは平然と、

「原さんが頼りにならないのなら、別の霊媒を雇うという手もあるが？」

……木で鼻をくくるような返事。

　あたしは真砂子が苦手だ。時々、イラッとすることがないわけじゃない。でも、こういう言い方をされちゃ、真砂子だって浮かばれない（べつに死んだわけじゃないが）と思うのよ。

　この、冷血漢。

　ぼーさんは呆《あき》れたようにナルを見やってから、肩を竦めて立ち上がった。あたふたとジョンが困ったように立ち上がり——そうして会議室を出て行った。

　残ったのはあたしとナルと、いるのかいないのか分からないリンさん。

「ナル、今の言い方はちょっと酷《ひど》いよ」

「当然のことを言ったまでだ」

……ほう。当然のこと、ねえ。

「あんた、それ、真砂子本人に向かって言える？」

なんでだか知らないけど、真砂子には頭が上がらないくせに。

ナルはちょっとひるんだ様子だ。

「いったい、真砂子になんの弱みを握られてるわけ？」

「そんなことはない」

「……ほう。じゃ、さっき言った言葉、真砂子に面と向かって言ってごらん」

言えるの？　言えるもんなら言ってみろよ。あたしは知ってるんだもんね。ナルってば、嫌そうな顔をしつつも、あいかわらず真砂子と出掛けてるんだって。

ナルはちょっとあたしを睨《にら》んでから立ち上がる。

「リン、回収に行こう」

逃げたな、こいつっ！

あたしはそそくさと去っていくナルの背中を見送って、しみじみ首をひねってしまった。何に対してでも悪口雑言の限りを尽くし、一刀両断に斬って捨てるナルが、あそこまで歯切れが悪いからには、何か事情があるに違いない。やはり弱みを握られているとみたね。問題はその弱み。

一瞬、スプーン曲げのことを思い出したけど、あたしに対してはべつに下手に出たりはしないもんな。スプーン曲げのようなことではあるまい。

あいかわらず、ナゾの多い奴……。

　あたしの疑惑の眼差《まなざ》しをよそに、機材を回収してきたナルとリンさんは、二人で録画のチェックをする。終業チャイムが鳴った頃、ようやくそれを終えた。結論は——何もない。妙なものが映っていることもなければ妙な音が入っていることもない。妙な機材の停止もない（霊が現れると、不自然に機材が停まることがある）。

「何も？　ぜんぜん？」

　あたしが重ねて訊くと、ナルは溜息をつく。

「まったく何も。……美術準備室や倉庫はともかく、陸上部の部室にも何もない」

「美術準備室や倉庫はともかく？」

「この二つは場所に何かが憑いているとは限らないだろう。むしろ青木先生や三浦さん個人に憑着していると考えたほうが理に適《かな》っている」

　あ、そうか。

「ただ、陸上部の部室だけは、場所に憑いているはずなんだが……」

　ナルは言って、リンさんを振り返る。

「不明音も一切なし？」

　ありません、とリンさんは頷いた。

「ただ、現象はポルターガイストのようですから、部外者を嫌って鳴りを潜めているのかもしれません。少なくとも、二、三日は様子を見てみないと」

　うーん。……今日もすでに難航の予感。ベースの中が倦怠感《けんたいかん》に包まれたとき、放課後らしい喧《けん》噪《そう》の中、バタバタと複数の足音が駆けて来るのが聞こえた。

ノックするなり返答も聞かずにドアを開けたのは、話題になっていた陸上部の面々だった。硬い表情をした久我山さんが先頭に立っている。

何か、とあたしが問う前に、久我山さんの後ろにいた女の子がまくしたてた。

「また砲丸が散らばってたんだけど」

あたしは、ぽかんとした。あからさまに怒っている彼女は、たしか久我山さんの先輩――年長さんだ。

「しかも、それが足許に転がってきたんだけど、どういうこと」

年長さんはあたしたちを責めるふうだ。

「ええと……」

あたしは対応に困って久我山さんの顔を見た。久我山さんが、

「部室に行ってみたら、床に砲丸が散らばっていたんです。部室に入ろうとすると、足許を狙うみたいに転がってきて。三《み》池《いけ》先輩はそれに足を取られて転ぶところだったし、佐《さ》埜《の》先輩は足の指を痛めちゃったんです」

年長さん――三池先輩本人らしい――は憤慨したように頷いた。

「大会が近いし、佐埜は短距離のエースなのに。昨日、機械を置くとか言ってなかった？　それで変なのは、いなくなったんじゃなかったの!?」

「あの……それって、今ですか？」

「ついさっき。授業終わってすぐ」

でも、とあたしはナルとリンさんを見た。陸上部には終業前に機材を回収に行ってる。そのときには何もなかった。あいかわらず——失礼ながら——散らかっていたけど、少なくとも砲丸が床に散らばっていたようなことはない。

ナルが、

「昨夜、部室に設置させてもらったのは、夜間に異常がないかを監視するための機材です。部活動に差し障りがあってもいけないので、それは終業前に回収しています。その際、部室には異常はありませんでした。昨夜の録画も確認しましたが、これにも異常は記録されていません」

久我山さんたちは顔を見合わせた。

「じゃあ——それから、さっきまでの間に起こったってこと？」

「でしょう。時間にして——二十分程度」

ナルは会議室の時計を見上げた。

「機械は単なる監視用？　いつになったらお祓いしてくれるわけ？」

三池先輩は苛《いら》ついたように言う。それに対してナルは、ポルターガイストの確認をして原因が分からなければ対処できないこと、闇雲に祓っても効果は期待できないこと、場合によっては事態を悪化させる可能性もあることを丁寧に説明した。もしも不安なようなら、機材を常駐させて監視することもできる、と言ったが、これはぴしゃりと拒絶された。

「監視されたり覗《のぞ》かれるなんて真っ平。――なによ、ぜんぜん頼りになんないじゃない」

言って、怒ったようにベースを出て行く。久我山さんが困ったように去っていく先輩たちと、あたしたちを見比べた。

「あの……すみません」久我山さんはちょっと申し訳なさそうにする。「先輩たち、次の大会が引退試合なんで……」

負傷者が出て頭に血が昇っちゃったかあ。でも、頼りにならない、とか言われてもな。

「もともと、霊能者を呼ぶの、反対だったんで……失礼な物言いでごめんなさい」

久我山さんに謝ってもらうようなことじゃないけど。同じくナルも、

「お詫《わ》びいただく必要はありませんが。――少し、いいですか？」

ナルは久我山さんに椅子を勧める。

「先輩方は霊能者を呼ぶことに否定的だった――一昨日もそう言ってましたね？」

久我山さんは頷く。

「久我山さん自身も、積極的ではなかったように思ったのですが。一年生が積極的だった、という話でしたね？」

「はい……そうです」

「久我山さん自身は部室で起こっている現象を、正直なところ、どう捉えていますか？」

「どう……捉えるというと……」

「最初から、何か異常なことだと思った？」

いいえ、と久我山さんは首を振った。

「あたしは、幽霊とかそういうの、信じないほうなんで。だから最初は、誰かの悪戯《いたずら》だろうと思いました」

「悪戯する人間に心当たりが？」

「いいえ。具体的に心当たりがあったわけじゃありません。でも、やっぱり運動部なんで、べつに虐《いじ》めるつもりはなくても、しごかれたと思って辞めちゃう子もいるし、先輩にきつく当たられてると感じてる後輩もいるだろうな、って」

「——今は？」

久我山さんは困ったように溜息をついた。

「正直言って、半信半疑です。絶対に可怪しい、と思うこともあるんだけど、今日みたいなのは悪戯とも取れるし……。昔だったら、絶対に誰かの悪戯だって考えたと思うんですけど、わりと最近は、そういうこともあるかもしれないって気がして……」

「それは、三年の笠井さんの件があったからですか？」

久我山さんは驚いたようにした。

「ああ……あの。……それはあまり関係ないと思いますけど。少なくとも、あたしは関係ないです。たぶん、先輩も。後輩なんかは、ひょっとしたら本物の超能力かも、なんて言って騒いでましたけど、あたしは超能力なんて信じてないし」

「しかし、笠井さんはスプーンを曲げるんですね？　沢口さんは車の鍵を曲げた」

「と言われてますけど、そんなの手品師だってやってることですから。先輩たちは露骨に馬鹿馬鹿しいって言ってたし、笠井さんは変わってるから、って。——先輩たちは同級生ですから。笠井さんって、わりと昔から超能力とかそういうのに興味があるみたいで。笠井さんが、っていうより、生物部が、かな。それでちょっと浮いてたらしいんです。だからって、自分は超能力者だ、なんて本気で言い出すとは思わなかった、とは言ってましたけど」

……ふうむ。

「そんなふうで、あたしたちはぜんぜん信じてなかったし、それは今でも変わらないです。あまり興味もなかったし、実際にスプーンを曲げるの、見たわけでもないですから」

「ただ、一年生はそうでもない？」

「はい。一年生は高校に入ったばっかりだし。ええと、中学生って、そういうの好きじゃないですか。わりと信じやすいし。だから、あれだけ騒ぎになると信じちゃう子がいるのも分かるんです。あたしも、中学生や一年生ぐらいならそうだったかな、という気もするし……」

そう言って、久我山さんは溜息をついた。

「わざわざスプーンを曲げるの、見に行ったりして、ひとしきり騒いでる子もいました。先輩に窘《たしな》められてましたけど。基本的に湯浅って、そういうの信じないんです。いつまでも子供みたいなこと言ってるんじゃない、って叱られて、あまり騒がなくなったんですけど、そしたら部室があぁでしょう？　ポルターガイストじゃないか、って言い出して。他にもどこそこで出たとか祟られたとかいう話をよく聞くし。馬鹿馬鹿しいとは思うんですけど、実際に先生がそれで入院したとかいう話を聞くと、あり得ないって言い切れないというか……」

久我山さんは不安そうに肩を窄《すぼ》めた。

「なんか……学校全体が妙なんです。以前だったら、どこそこに出たなんて話、そもそも話題にならなかったし、見たらしいよ、なんて聞いても、みんなで笑ってたんです。そういうことを言いたがる人っているよねー、なんて感じで。誰も相手にしない、っていうか。それが、最近は誰も笑わないんです。まさかねえ、なんて口を濁して……それどころか、そう言えば別の誰かも見たとか、どこかで何かあったらしい、とか。そういう話になっちゃって、それで……どうしても……」

ナルは頷く。久我山さんはもう一度、頭を下げ、ちょうど戻ってきたぼーさんとジョンを怪訝《けげん》そうに見てから出ていった。

5

「——何？」

気まずい雰囲気を察したのか、ぼーさんが久我山さんの消えたほうを振り返った。ナルが簡単に事情を説明する。それを聞いて、ぼーさんは首をひねった。

「たった二十分の間になあ……」

ジョンも釈然としない様子だ。

「なんや、狙い澄ました感じやですね」

だな、とぼーさんは頷く。

「監視の眼を避けてる感じ？」言ってから、ジョンに眼を留めた。「……とは言い切れないか。昨日は危うくジョンが串刺しになるところだったもんな」

「そんな大層なことや……」

困ったように笑ったジョンの包帯は取れている。絆創膏《ばんそうこう》を貼っていたけど、そんなに深い傷ではなかったんだろう。

ナルは考え込む様子だ。ひとりごちるように、

「監視の眼を嫌っているというより、誰もいないと動かない……？」

あたしは首を傾げた。

「そういうことってあるの？」

「普通は逆だが」

ナルは言って、黙り込んでしまう。ぼーさんも、ひとしきり首をひねってから、

「まあ、考えても始まらんか。……でも、新部長さんの言い分からすると、やっぱ湯浅って基本的に否定派なんだよな。吉野先生は生徒がすっかり信じて――なんて言ってたが、教師が焦ったほど、生徒は逆上したわけじゃなかった」

「だよねえ」

「ただし、超能力少女の影響は不明だが、学校の雰囲気は確実に変わってるな。肯定的なほうに変わろうとしてるし、雰囲気に呑まれた生徒もかなりの数いそうな感じ」

……うん。それは、確かに。

ナルは溜息をついて、

「それで、どうだった？」

ああ、とぼーさんはジョンと顔を見合わせる。

「まず、ウラナリくんは晴れ晴れとしてたぞ。昨夜は女が現れなかったんだそうだ。もう一人――エイちゃんといった子、あの子もなんか元気だった。入院してからも腹を撫《な》で廻される夢を見て、そのたび痛んでしょうがなかったらしいんだが、昨日は夢も見なかったし、薬もちゃんと効いて楽になったんだそうだ」

……おやま。

「エイちゃんのほうは快復期に入ったってことなのかもしれんし、ウラナリくんのほうも暗示にかかっただけなのかもしれんけどな」

ナルは頷く。

「ただ、狐憑きは駄目。ジョンでも効果なし。すっかり嫌われたらしくてなあ。部屋に入るなり大騒ぎで、何もさせてもらえず」

そう、とナルは呟いた。ジョンが申し訳なさそうに、

「よほど強い霊が憑いてますのんやろか。お母さんは、改めて、ゆうてはりましたけど」

「いや、いい」

ナルは軽く手を挙げる。

「あの子には病院に行ってもらおう。校長にそう勧めてもらう」

ぼーさんは怪訝そうにした。

「病院って……まさか精神科？」

ナルは頷く。

「最初からそういう気はしていたんだ。霊のせいではないんじゃないかと」

気のない声で言ったあと、

「憑き物というのは、一般に精神障害の一種として処理されることが多いし、実際、精神科の医者にかかると治ることが多い。もちろん霊による憑依現象は否定しないが、彼

女の場合、行くべきなのは拝み屋のところではなくて、カウンセラーのところだろう。解離性の憑依現象だと思う」

「はあ？」

「解離性障害の中には、あたかも憑依されたかのように振る舞う例がある。彼女もおそらくそれだろう」

「解離性障害っつーと、二重人格とかのあれか？」

「いわゆる二重人格——多重人格障害とか解離性同一性障害と呼ばれるものも解離性障害の一種だとされている。同様に、憑依性障害もその一種だ。精神医学的には、憑依現象は症状として扱われる。憑依症状は癲癇《てんかん》や統合失調症によっても起こりうるが、周囲の証言を聞く限り、彼女の場合はまず第一に解離性障害を疑うべきだろうな」

あたしは首を傾げた。

「てことは、湯浅で起こってる異常現象とは無関係？」

「完全に無関係と言うにはタイミングが良すぎる気がするが。——解離性障害は、強い葛藤《かっとう》や抑圧から逃れるために無意識のうちにそれに関する知覚や記憶、認識などを意識から切り離してしまうことによって起こる神経症だ。本人はえてして動機となる心因を自覚していなかったりする。逆に言えば、自覚できないほど強く抑圧されているからこそ障害として発現する、という言い方もできるわけだが。彼女がどういう抑圧に曝《さら》されていたかは分からないが、学校の妙な雰囲気、それ自体がストレッサーであった可能性もある。たとえば、周囲の怪談や祟り話を聞いて、彼女がそれを非常に恐れていた場合。彼女自身は、幽霊や祟りなどない、と思っているが、心の奥深くでそれを信じている、ということがある。自分にも恐ろしいものが見えるのじゃないか、祟りがあるのじゃないかと強い恐怖を感じていて、この恐怖は『幽霊や祟りなど存在するはずがない』という意識によって完全に抑圧されている。自覚できず、意識の表面にも昇らないから、この恐怖には捌《は》け口がない。無意識のうちに内圧が高まって、狐狗狸《こっくり》さんを見た、それが最後の契機になる——そういう場合」

「あ、そうか」

「あるいは、異常現象とは関係なく、それとは別の理由から来る非常に強いストレスがあって、それがすでに危険域に達していた、という可能性も考えられる。そこに学校の妙な雰囲気に影響され、狐狗狸さんを見たことで『祟られるのではないか』という不安が起こって、これが引き金になった可能性」

「にゃるほどー」

なるほどな、とぼーさんも頷いた。

「枯れ尾花のほうか。他には——何があったっけ」

あたしは自分で作ったカードに眼を落とした。

「気のせいっぽい、って指摘されてたのは、金縛りだね。それと、足音が尾《つ》けてくる、ってやつ？」

前者はありがちな、「近頃、毎晩のように金縛りに遭うんです」という三年生の訴え。後者はこれまたありがちな、「このところ、誰かが尾けてくる気がするんです」という一年生の訴えだ。

ぼーさんは「ああ」と頷き、

「あとは、寝入りばなに笑い声が聞こえるってやつも、かなり怪しい感じ」

これは神経質そうな年配の事務員さんの訴えだった。眠ると嫌な夢ばかり見る。夢の内容は覚えてないけど、寝入りばなに必ず、くすくすと忍び笑う声を聞くような気がする、と言っていた。

「印象だけでは分からない」

ナルがシビアに言ったときだ。ドアをノックする音がした。やっと綾子と真砂子が着いたのかと思ったのだが、これが新たなる相談者だった。

……まだいたのかぁ……。

6

相談者が続くうちに、やっとのことで綾子と真砂子が到着した。やってはきたものの、真砂子は完全に後ろ向きだ。それでも新たなる訴えに基づき、みんなが調査だの除霊だのに散って行って、あたしは会議室に取り残される。一人でいると、とっても退屈……。

夕暮れの気配が忍び寄ってきた会議室。黄昏《たそが》れた気配。さっきまで続いていた放課後の喧噪もやんで、生徒の気配も絶えてきた。人のざわめきのしない学校は、本当に寂しい。

……しかし、新たに七件かあ。

地下の物置に行って以来、どこに行っても子供の泣き声が付きまとうように聞こえるという一年生の訴え。夢の中で誰かが足を摑《つか》む、以来、足を引きずるようになったというバスケ部員。飲み物に髪の毛が混じるという先生。さらには、理由もなく眼が痛み、翳《かす》むようになったという三年生――みたいに、果たして心霊現象なのか怪しいものもあり。もっと怪しいのは、最近、金縛りに遭った、翌日理由もなく自転車で転んだ、という一年生と、近頃、行く先々でラップ音のような怪音がする、という先生。さらに、近頃不運が続く――そう訴えてきた二年生は限りなく冷やかしくさかった。

あたしはゲンナリしながらメモの整理をする。今でも充分、得体が知れないというか、混沌《こんとん》としてるのに。

なんてことを考えながら、だらだら作業をしていたら、軽いノックの音がした。

……まさか、また相談者？

恐れつつ返答したあたしの声に、ひょっこり顔を覗かせたのは笠井さんで、なにかと話題の人物だけに、あたしはちょっとドギマギしてしまった。

「あれ？　一人？」

彼女は部屋の中を見廻す。

「入ってもいい？」

「どうぞ、どうぞ」

「ありがと。……何をしてんの？」

「あたしはみそっかすなんで。ここで資料を整理したり、無線機のお守りをして連絡係をしてるんです」

「ふうん」

笠井さんはそのへんの椅子に坐って、あたりをもう一度見廻す。

「へえ……」

妙に感心した口ぶりだった。

「どうかしました？」

「こういうのって珍しいから。渋谷さんとかあんたって、霊能者じゃないの？」

「あたしは単なる助手です。雑用係。ナル……もとい、渋谷氏も違うって主張すると思いますよ。本人はゴーストハンターと呼ばれたいらしいです」

「へえ、恰好《かっこう》良い」

あたしはきょとんとしてしまった。今まで「ゴーストハンターです」と言って、それがなんだか了解された例は稀《まれ》だ。

そうか、笠井さんって超能力少女だもんなあ、と妙な納得の仕方をしてしまう。言わば、向こう側の人だもんな。一般人で無能力のこちら側ではなく。

「……でも変わってるな。本人がそう呼ばれたいんだ？」

「変わってます？」

「だって、ゴーストハンターって、どっちかと言うと蔑称《べっしょう》でしょ？」

ほえ？

「——そうなんですか？」

笠井さんは肩を竦めた。

「そうみたいだよ。蔑称と言うと語弊があるかな……。でも、揶揄《やゆ》するニュアンスの言葉だって聞いたことがあるよ。だから向こうでは、むしろゴーストバスターって言うのかな。でも、あたしらが聞くと、こっちのほうが馬鹿馬鹿しいニュアンスに聞こえちゃうね。前にそういうコメディっぽい映画があったから」

「ありましたねえ」

「あのニュアンスみたいよ、どっちにしても。今はゴースト・インベスティゲーターって呼ぶほうが普通じゃないかな」

へええ。そうなんだ。知らなかった。……あれ？　ナルはそれを知ってて自称してんのかなあ。知ってたら使わないよな、性格から考えて。……でも、知らないってあり得るかなあ？

「……実は陰陽師《おんみょうじ》なんじゃないかという噂もあるんですけどね」

あたしが言うと、へえ、と笠井さんは感心したように声を漏らした。

「それが本当だったら、すごいじゃない」

そんなもんなのかー。

「調査は？　進んでる？」

「うーん。難航してるかなあ。ナ……所長はまだ判断保留って感じ。うちのグループの霊媒さんがね、霊はいないって言い出して」

笠井さんは眉をひそめた。

「いない？　べつに噂を鵜呑みにするわけじゃないけど、ゼロってことはないんじゃない？　これだけ事件が起こってるんだから」

「そうなんですけどねえ。うちのメンバー、霊が見える人って、その霊媒さんしかいないんですよ。彼女はいないって断言するし、いないはずがないだろってみんなが責めるもんだから、すっかり拗ねちゃって。おかげで事態は混迷を深める一方なんです。――そうだ、笠井さんって、霊が見えたりしないんですか？」

笠井さんは手を振った。

「駄目。あたし、霊能力はないんだ。ＥＳＰの能力はないもん」

「ＥＳＰ？」

話の脈絡が摑めんぞ。

「あれ？　だから訊いたんじゃないの？　ＰＫの能力があるんなら、ＥＳＰの能力もあるんじゃないかって話だと思ったのに」

「ちゃいます、ちゃいます。もっと浅はかな考えで」あたしは頭を掻く。「ほら、超能力のある人って、凡人とは違う感じがあるじゃないですか。だったらもっといろんなこともできちゃったりするんじゃないかとゆう」

なあに、それ、と笠井さんは笑う。明るい笑いだった。

「ずいぶん大雑把《おおざっぱ》に纏《まと》めるなあ。——あのね、霊能力はＥＳＰの一種なんじゃないか、って話。普通、超能力と霊能力はちょっと別次元で語られるんだけど、実は霊能力って超能力の一形態なんじゃないかって説もあるみたいだよ。でも、あたしは駄目。ＥＳＰの能力はぜんぜんないから。ＰＫだけだし、それもメタルベンディングに限られてるし」

「メタルベンディング？」

「金属曲げ。要はスプーン曲げオンリー」

言ってから、笠井さんはちょっと自嘲《じちょう》するように笑って肩を竦めた。

「それも最近は怪しくなってきたけどね」

「すごーい。笠井さんって詳しい」

「恵先生の受け売り。恵先生は詳しいからね。超心理学の研究家になれるんじゃないかと思うくらい。先生に言わせると、怪しいライターが精一杯らしいけど」

「産砂先生？」

あらま。意外にお茶目。

「ん。それで、生物部はオカルト研究部だって説があるくらいで」

あ、そうか。久我山さんが言っていたのはそういうことか。

笠井さんは肩を竦めた。

「実際、部活じゃそういうことばっかりやってたからね。ESPのテストをしたり、PKの実験をしたり」

「ええ？」

「……透視実験とか言ってトランプしたり、念力実験とか言ってゲームをしてたことのほうが多かった気もするけど」

うわあ。健全。

「普通は？　もともと生物部って何をするんですか？」

「んー。本来はバードウォッチングをしたり、とか。いちおう、真面目な活動もしてたんだよ。学校周辺の植物とか昆虫とか、全部の写真を撮って調べて毎年図鑑を作ったり」

「あ、それは楽しいかも」

「人間観察もするかな？　去年の学園祭では実験をやったりしたよ。お客に錯覚の実験に参加してもらったり、行動実験をやったり。……楽しかったな」

笠井さんは本当に楽しい思い出を嚙《か》みしめているふうで、それがかえって寂しかった。

「生物部って、今はどうなってるんですか？」

「事実上の解散、かな。部員はもう、あたししかいないようなもんだもん。瑞穂も学校、辞めるみたいだし」

「辞めちゃうんですか？」

あたしが訊くと、笠井さんは寂しそうに笑った。

「なんだって。最後に話したときにはそう言ってた。働くって。――あたしがスプーンを曲げたせいで、あの子も人生、変わっちゃったなあ」

「そういう考え方って、不毛だと思う」

あたしが言うと、笠井さんはぱちくりした。

「だって。人間なんて、みんなそれぞれ自分のために一生懸命生きてるんだし、他人の影響なんて言っても、結局選ぶのは自分じゃないですか。自分が自分のためにベストの選択をするわけでしょ。深く考えるの面倒だから、この場は状況に流されちゃえ――そういう選択も含めて」

笠井さんはあたしを見つめる。

「……ありがと。あたし、少し責任感じてるんだ。瑞穂のことも、恵先生のことも、頻発してる事件だって……」

「そんな必要、ないと思う」

笠井さんは微苦笑を浮かべた。

「そうかな。でもね、恵先生も苦しい立場になっちゃったんだよね。あたしを庇《かば》ってくれたせいで、他の先生からは吊るし上げられるし、保護者からも抗議されるし。一時期なんか、完全に学校が信じる信じないで真っ二つになっちゃって、信じない派の人たち、先生も生徒も石でも投げそうな雰囲気だったもん。皮肉とか浴びせかけるみたいに言われて、完全に爪弾《つまはじ》きにされちゃって」

「なんじゃ、それ。酷いっ」

「うちの学校、校風として、そういうのを受けつけないんだよね。べつに禁止されてるわけじゃないんだけど……。誰も信じてないっていうか、そういうのって馬鹿馬鹿しい、相手にするまでもない、って感じなんだよね。怪談なんて、笑い話の一種になっちゃうんだ」

なるほどなあ。本当にそういう気風なんだなあ。

「生物部は伝統的にそういうの、好きなんだけど、そこは超心理学がどうこうとか、アメリカの学会がどうとか言って、いかにも科学です、みたいな顔をして誤魔化してたわけ。先生……っていうか、否定派の人って詳しくないじゃない？　だから、カメラ構えて念写の実験です、なんて言うと確実に馬鹿にされるけど、ソートグラフィーの実験ですって言うと通っちゃうわけ」

……うーむ。それはいかがなものか。

「……まあ、洒落《しゃれ》の一種だと思っている人もいたみたいだし、部員でもそう思ってた人が多いと思うけど」

「洒落？」

「うん。つまり、そんなの馬鹿馬鹿しいと本人たちも分かってて、その馬鹿馬鹿しいのを楽しんでるんだと思われてたんだよね。……実際、あたしもそうだった。大真面目に馬鹿馬鹿しいことをやるのが楽しかった、っていうか」

「そっか……」

笠井さんは苦笑する。

「変な話だよね。面白がって超能力がどうこうとか言いながら、信じてなかったんだよね。スプーンを曲げてみたのだって、曲がったりして——って完全に冗談のつもりだったし。なのに……曲がっちゃうんだもんなあ……」

最後のほうは、なんだか悔やむ調子だった。

「だから余計に風当たりがきつかったのかな。馬鹿を承知でやってたと思ってたのに、お前ら、本気だったのか、みたいな」

「……なるほどお」

「そういうことでもなかったんだけど。……でも、最近はちょっとましかな。なにしろ、幽霊なんかいない、超能力なんてあり得ないって言ってた人たちのところに幽霊が出てるんだし。内緒で恵先生のところに相談に来る人もいるんだって」

笠井さんは、今度は本当に笑った。

「産砂先生っていい人ですよね」

「うん」

笠井さんはニッコリした。

「……あたしは後輩だから、って。学校中から攻撃されてたときも庇ってくれたし。いくら学校の後輩で教え子だって、普通、あそこまではできないと思う」

「……ふうん。産砂先生、ここの出身なんだ？」

「でしょ？　ここの女の先生ってたいがいそうだし」

あたしはちょっと考えてから、

「ね、内緒の話、しましょうか」

「え？　なに？」

「あたしが言ったって内緒ですよ、叱られちゃうし」

「うん」

笠井さんが耳を寄せる。

「吉野先生のとこにも出るんだって」

ピクンと笠井さんが身じろぎした。

あたしは笑ってやる。

「全校朝礼で、笠井さんのこと吊るし上げたの、吉野先生でしょ」

「そう……だけど」彼女は会心の笑みを漏らした。「へええ、そうなのかあ。あいつ、ビビってた？」

「そりゃもう。不眠症だって、眼の下に隈《くま》、作ってた」

「いい気味——なんて言っちゃいけないか。でも、……ちょっとスッとした」

「ナイショよ、ナイショ」

あたしたちは額を寄せ合って、忍び笑いした。

笑いながらあたしは心にスプーンを思い描いた。先がちょっとだけ曲がったスプーン。いろんな人の運命を変えたものがあるとすれば、最初に曲がった一本のスプーンがそれだ。

……そう思えた。

あたしと笠井さんがしばらく話をしていると、下校の準備を終えたタカが会議室にやってきた。

「ありゃー。ノリオってば、またいないのね」

「残念でした。——お茶飲む？ 今、淹《い》れようと思ってたんだ」

「飲むともさっ。笠井先輩、こんにちは」

「……うん」

笠井さんは警戒したのか、少し表情を硬くした。口調もどことはなしにぶっきらぼうだ。でも、タカは気にしないのだ。もともと明るい性格なのか、気安く笠井さんに話しかけて、笠井さんのほうも少しずつ打ち解けた喋《しゃべ》り方をするようになって。あたしとタカが霊能者集団の人物紹介も兼ねて各々の性格の悪さをネタに、さんざん漫才をやると、そのうち笑顔さえ見せるようになった。

「……あたし、恵先生以外の人と、こんなに喋ったの、久しぶりだ」

笠井さんが帰り際、しみじみとした口調で呟いた。

タカはちょっと胸を衝かれた顔をする。

「……かわいそ……。あたしで良かったら、また遊びましょーね」

「うん、サンキュ。今日は楽しかった。谷山さんも、サンキュね」

「また、来る？」

「うん」

タカがぴょこんと立ち上がる。

「あたしも帰るっ！　笠井先輩、御一緒してもいい？」

「もちろん」

てこてこ付いて行きかけて、タカはハタと気づいたように足を止めた。

「おっと、いけねえ。肝心なことを忘れてた」

おデコを叩いて振り返る。

「所長さん、御依頼の件」

うみ？

「ウラナリくんに怪談を吹き込んだの、うちのクラスの江古田《えこだ》って子みたい。所属は演劇部。ひょっとしたらまだ部室にいるかも。——そう伝えといて」

「りょうかーい」

ひらひら手を振って帰って行く二人を、あたしは少し温かい思いで見送った。

7

タカの伝言をナルに報告して、そしたら演劇部の部室へ行って江古田さんを捜して来いと言われた。下っ端は辛《つら》いな。言われた通りに校舎内にさまよい出て、行き交う人に演劇部の部室を尋ね、特別教室の並ぶ一郭に入り込んだ。被服実習室と書かれたそこが、問題の場所らしい。教室の前まで行くと、中から数人が賑やかに話す声がしていた。ノックして中を覗き込む。

「あのう……こちらに江古田さんはいますか」

中は少し変わった造作になっていた。普通の教室の床が一段上がって、一面の板張りになっている。そこに座布団を並べて女の子が四人、集まっていた。

「あたしだけど」ショートカットの子が手を挙げ、すぐに両手を叩いた。「あ、霊能者の人でしょ」

あけすけに言われ、苦しくスマイル。

「……の助手です」

怪訝そうな周囲に江古田さんは、

「ほら、噂の。校長が相談があるなら訪ねてみろ、って言ってたやつ。うちのクラス、事故るって噂の席があるじゃないですか。それ、調べに来たんですって。相談しに行った子の話によると、所長さんが眉目秀麗《びもくしゅうれい》の男子だとか」

……そう来たか。

へえ、と興味深そうに言ったのは、長い髪を纏めた女史ふうの女の子だ。

「それは聞き捨てならないな。……江古田に何の用？」

「お話を伺いたいんですけど。美術準備室のことで」

言ったら、ああ、と全員が心得たように頷いた。

「例の。女の幽霊が出る」

「江古田の担任が祟られたやつ」

意外にも全員が周知している。てことは、噂の出所は演劇部か？

「良かったら、小会議室まで来ていただけると。——なんなら、みなさんで」

みんなで、と言ったのは、そのほうが少しでも噂話を拾えるかも、と思ったからなのだが、これは四者に大歓迎された。全員が嬉々《きき》として部室を出る。たぶん目当ては噂の所長さんなんだろうな。彼女たちの期待が長続きすれば良いが。眉目秀麗は確かだが、その評価には性格についての論評が抜け落ちている。

戸締まりする演劇部諸氏を見ながら、

「ずいぶん、変わった感じの教室ですね」

間がもたず、そう言うと、江古田さんは頷いた。

「ああ――でしょ？　稽古《けいこ》しやすくてありがたいけどね。もともと家庭科で着物を縫ってた教室なの」

「……着物？」

会議室に向かって歩きながら、

「そう。今はもうやらないけど、ちょっと前まで、家庭科で和裁もやってたんだって。板間に長机を並べて、みんなで着物を縫ってたらしいよ」

「へぇえ」

それは物珍しい。

女史がいかにも気取った仕草で眼鏡のフレームを押し上げた。

「我が湯浅は、良妻賢母たる大和撫子《やまとなでしこ》を育成することを宗《むね》としておりますから」

……はい？　きょとんとすると、女史は笑う。

「呆れちゃいけないなあ。ちゃんと建学の志に、そう書かれてる。少し前まで、ホームルームの前には運針の時間だってあったし」

「運針って……針でちくちく縫うやつですか？」

「もちろん、それだな。婦女子たるもの、運針ぐらいできて当たり前だ、ということらしいな。一日の最初に運針するのは心を落ち着かせて精神の修養になるそうな。以前には体育で薙刀《なぎなた》もやった――

……それ、ぜったい法螺《ほら》だ。

女史は噴き出した。

「嘘みたいだと思っただろう。でも、本当。今でも武道場があるからね。今は剣道部や柔道部が使ってるけど、倉庫に行くと薙刀があったりする。昔、稽古に使ってたやつ」

「ふえ……」

「もともとそういう学校だった、ってこと。いまだにお祖父《じい》ちゃんお祖母《ばあ》ちゃんの世代の人に湯浅だって言うと、感心されるからね。あの世代の人には、いい学校って認識なんだな。お堅い女子高」

へーえ。

江古田さんも、

「今時はそんなの関係なくて、偏差値とか通学の便とか制服なんかで選んで入ってくるわけだけど。あたしもぜんぜん、知らなかったし。でも、たまにいるよね、親が堅い学校だって信じてて、それで入れられた子」

いるいる、と別の子も声を上げた。

「祖母から三代湯浅、っていう希少種とか」

こほん、と女史が咳払《せきばら》いした。

「希少種の顔が見たければ、私の顔をじっくり見るがよいぞ」

「ええ、部長、そうだったんですか！」

「そうだったのだよ。ちなみに、叔母も従姉妹《いとこ》も湯浅だ」

へーえ。

「でも、今はあまりお嬢さん学校って言い方は聞かないですよね」

「当校はかつてほどの人気はないんだな。なにせ、上の大学がないからねえ。今や名門校の条件は有名大学への高進学率か、小学校から大学までの長いエスカレーターだ」

……あ、そうか。なるほど。

そんな話をしながら会議室に着いた。とりあえず、所長の見た目は演劇部諸氏のお気に召したようだ。全員が極めて興味深そうに眼をキラキラさせる中、当の所長は至って素っ気ない。淡々と椅子を勧め、

「青木先生に、美術準備室に出るらしい、という噂を聞かせたのは江古田さんですか？」

「そうです。何の弾みでそういう話になったのかは忘れちゃいましたけど。……ちょっと脅かしてやろうかなー、なんて」

「……なぜ？」

江古田さんは悪びれず、首を傾げた。

「たぶん、このところ怪談話が多くて、それについて説教されたのが面白くなかったから。べつに説教はいいけど、言い方が鬱陶《うっとう》しくて」

悪戯っぽく顔をしかめて、あっけらかんとそう言う。

「では、美術準備室に出る、というのは、江古田さんの創作？」

「違います」首を振って、江古田さんは他の子を見た。「たしか、準備室には女の人の幽霊が出るっていう噂があるんです。……でしたよね？」

江古田さんは、部長さんのほうを見る。部長さん——三年生で、中澤《なかざわ》さんというらしい——は、重々しく頷いた。

「私はそう聞いているけど。ずいぶん以前に準備室で亡くなった美術教師が出るのだと」

「亡くなった？」

「病死だと聞いてる。居残って作業をしていて、吐《と》血《けつ》したんだそうな。誰にも気づかれず、そのまま準備室で一人、息を引き取った」

そう、と別の三年生も頷いた。

「以来、その先生の霊が出るの。白い夏物のワンピースに、白衣を引っかけてる。ワンピースは水玉模様に見えるけど、実は吐いた血が飛んだ痕なんだって」

……へええ。あたしは驚いたし、ナルも意外そうだった。それを妙な意味に取ったのか、

「え？　あたし、変なこと言った？　こういう話を大真面目にするのって、危なすぎ？」

「そうではありません。——湯浅には学校怪談がない、と聞いていたので」

「ああ……そう。確かにそうかも」

　三年生は周囲を見た。

「不思議にこの学校って、みんな、そういうのにあまり興味を持たないんだよね。面白がって怪談なんてしようもんなら、露骨に変わり者だって眼で見られるし」

「ここまで足並み揃って興味がない、というのもかなり変わっている気がするが」と、中澤女史は言った。「まあ、そういう校風なんだろうな。とはいえ、十人十色と言うから、全員が全員、まったく興味がないわけでもない。我が演劇部は、伝統的に好きなほう。表向き、知らんぷりを決め込んではいるけどね」

　ですよね、と江古田さんも頷く。

「文化部はそんなに否定的でもないです。――んー、部にもよるかな」

「部にもよるし、人にもよる」中澤女史は言う。「ただ、生物部は嫌いではないらしい。あっちは怪談というより、超心理学系だけど」

「新聞部とか」

「あれは野次馬《やじうま》系だ」中澤さんは笑った。「ゴシップを含む、都市伝説。そこに怪談も含まれるだけで」

　ちなみに、とナルは訊いた。

「超能力少女の件については、みなさんはどう思われます」

「あたしは賛成派」江古田さんは手を挙げた。あたしも、と一年生が手を挙げる。中澤さんが怪訝そうに二人を見た。

「その、賛成派というのは何かな。肯定派、だろう」

「違いますよぉ。賛成派。だって、あったほうが面白いから」

江古田さんが、「ね」と一年生を見て、一年生も頷く。

「なるほど、そういう意味か」呆れたように笑って、中澤さんはナルを見た。「じゃあ、私は万歳派だな」

あたしは首を傾げた。

「大賛成？」

「お手上げってこと」中澤さんは笑う。「私などでは検証できないから、お手上げだ。あるかないかを決めるのは学者の仕事だろう。結論が出るまでは、意見保留だ」

「部長、怪談が好きじゃないですか」

「大好きだとも。まだ結論が出てないから、今のうちに興味本位でおいしいところだけ摘《つま》むことにしてるんだ」

……なるほど。ナルもちょっとだけ苦笑するふうだ。

「超能力騒動のあとのバッシングについてはどう思いますか」

中澤さんの返答は短かった。

「あれは異常」

「異常——ですか」

「学校が否定するのは当たり前のことなんだろうけど。でも、あのやり口は異常だと思う。酷すぎる、というだけでなく、保身に汲々《きゅうきゅう》としている大人らしくない」

「なぜ、あんな騒動になったのだと思います？」

「分からないけど――私には、学校側がパニックを起こしているように見えたな。何か事情があるのかとも思ったけど。学校の中に超能力少女がいる、そのことが誰かに知れると拙《まず》いのかな、と思った。理事会とかPTAとか。吊るし上げが知れたほうが、まだましなのだろうか、とか。何かそういう性質の事情じゃないかな。そうでないと、あんな危険な振る舞いはしない」

……確かになあ。

ナルも頷き、

「では――これはどうです？　体育館の倉庫について、何か怪談を聞いたことは？」

「自殺した生徒の幽霊が出る」

即答したのは江古田さんだ。中澤さんも頷き、

「成績を苦にしてあそこで首を吊った生徒がいるとか。だから、中に踏み込むと祟られるという話もあれば、身体は壊すが成績は上がる、という笑い話のような説もある。大昔の七不思議の一つ」

「……七不思議」

ナルが意外そうにするので、あたしは口を挟んだ。

「部長さんは、お祖母さんもお母さんも湯浅なんだって。叔母さんと従姉妹も」

そう、と中澤さんは頷き、

「その女系ルートからの情報によれば、それは虚報だけどね」

えええ、と周囲の子が声を上げた。

「本当じゃないんですかー？」

「嘘ぉ」

「期待している君たちが気の毒で黙っていたけど、そういう事実はないそうだぞ。実はそんな生徒は存在しない、というのは、有名な話だったそうだ」

「あたし、いざとなったら行こうとか思ってたのに」

江古田さんが言って、中澤さんは笑う。

「昔は、それが教師定番の冗句だったらしいな。勉強をしない生徒に、いっそ体育倉庫に一晩泊まるか、と嫌味を言う」

みんなは笑い崩れたが、ナルは真剣な顔をした。

「教師定番——ということは、昔は学校はあまり否定的ではなかった？」

ああ、と中澤さんは頷いた。

「べつに肯定的だったわけではないけど、極端に否定的ではなかったようだな。普通だった、という話。全体的に、どちらかというと好きなほう。——好き、というわけではないのかな。ただ、七不思議などはウジャウジャあったらしいな。そういうものじゃないかな。それなりに歴史のある女子高だし、教師も卒業生が多い。みんなで伝説を共有しているわけだから」

「では、近年、否定的になった？」

「だと思う。叔母のときには、普通だったそうだし。従姉妹は——私より三つ年上なのだけど、もう今のようだったと言う。この間に何人か校長が替わっているので、どこかで方針が変わったのかもしれないな」

そう、とナルは考え込み、

「では、陸上部の部室に何か噂話は？」

これには全員が聞いたことがない、と言う。

「坐ると祟られる席」

「江古田のクラスの話だな。——それも、怪談としては聞いたことがない」

「屋上に出る階段」

「聞き覚えがない。最近の話なら聞いたけれど」

「机から手が出てくる」

ナルが言うと、中澤さんはきっぱり答えた。

「それは校庭の桜の怪談」

中澤さんによれば、校庭の端に三本並んだ桜があって、そのうちの一本に触ると、手に付きまとわれるという。

「どの一本だったかは分からないけど、そのうちのどれかで生徒が首を吊ったことがあるらしい。その一本にだけ触ったり凭《もた》れたりすると良くないそうだ。触ってしまったら、三本全部に触ると祟りを逃れることができる」

あたしは、ぽかんとした。ナルは、

「ノックの音が付きまとう、鏡に女の顔が映る、誰かが服を引っ張る、何者かの足音が尾けてくる——」

江古田さんが言った。

「足音が尾けてくるのは、武道場の更衣室じゃない？」

そう、と全員が頷いた。中澤さんも、

「それも有名な七不思議だ。たしか、生徒を見初《みそ》めた学外の男か教師がいて、無理心中を目論《もくろ》んだが果たせず、更衣室で自殺したのだそうだ。その生徒が髪の長い女の子だったらしく、同様の女の子が更衣室を使うと、尾け廻されることがあると聞いてる」

「子供の泣き声が付きまとう」

それは地下倉庫、と全員が声を揃えた。中澤さんが、

「かつてのボイラー室。歳の離れた妹だか弟だかを連れて、忘れ物を取りに来た生徒がいたそうな。校庭で遊ばせて、自分は忘れ物を取りに行って、そうしたらはぐれてしまった。子供はボイラー室に迷い込んで、そこで事故に遭って亡くなったらしい。以来、ボイラー室では子供の泣き声がすると言われていたし、ときにはそれがあとを付いてく

ると言われていた」

「夢の中で誰かが足を掴む、飲み水に髪が混じる、眼が痛んで翳《かす》む」

　中澤さんは眉をひそめた。

「眼が翳むのは第一ピアノ室ではないかな。でも、あそこは閉め切りのはずだけど」

　開いてますよ、と一年生が言った。

「音楽室にある、アップライトのピアノがあるブースですよね？　三つ並んだ。三つとも開いてます。一つはピアノの調律が狂ってますけど、使えますよ。歌とか他の楽器とかの個人練習で使ってるみたい」

　ふうん、と中澤さんは険しい顔をした。

「怪談が伝わらなくなったから、誰かが開けてしまったのかな。ずいぶんと霊験あらたかな場所だったらしいのに」

「霊験――？」

　あたしが首を傾げると、

「よくそこを使ってピアノの練習をしていた生徒が事故に遭ったらしい。大した怪我ではないと思われていたけど、事故後しばらくしてから眼が見えなくなった。それを儚《はかな》んで電車に飛び込んだとか。以来、あのブースを使うと眼に障りがある。ずいぶん実例があって、それでブースを封印したんだそうな。私の母や叔母の頃の話。あれだけは本物だと二人は力説していたけど」

中澤さんは言って、少し溜息をついた。

「怪談も伝説なんだがなあ。伝説にはそれなりの意味があるんだから、残しておくにしくはないと思うんだけどね」

8

「怪談が、あった？」

戻ってきたぼーさんとジョンは、驚いたように口を開けた。

「そうなの。ぞろぞろ出てきた」

あたしはメモを見る。

「ひのふの……六つ。ひょっとしたら、もっとあるかも。他の部員や卒業した先輩にも聞いて怪談を集めてくれるって言ってた」

「……まじかよ」

中澤さんたちは、他にも知る怪談を教えてくれたけど、他のものはどこかで聞いたような話だった。勝手に鳴るピアノや、肘《ひじ》で這《は》って追いかけてくる女の子。本人たちも、こういうのは都市伝説だろう、と言っていた。

「美術準備室には、そこで死んだ先生の霊が出るんだって。——気になることを言ってたよ。その先生の恰好が、白い夏物のワンピースで水玉模様」

あたしが怪談を披露すると、ぼーさんとジョンは顔を見合わせた。

「ちなみに、江古田さんは『出るらしいよ』と言っただけ。どういう霊が出るのかは言ってないって」

最後に確認したとき、そう言っていた。てことは、吐いた血で水玉模様に見える白いワンピースの女性、という点で、青木先生の「見た」は、断然信憑性が高まる。

「別の誰かから聞いたのかもしんないだろ」

「それは、そうだけどね」

その他の怪談を披露しようとしたとき、綾子と真砂子が帰ってきた。ちょっと、と綾子はえらく勢い込んだ様子だ。

「——いる、って」

ベースに入ってくるなり言って、綾子は真砂子を振り返る。

「いたんでしょ？」

真砂子は頷いた。表情が、出て行ったとき以上に頑なな感じだった。

「地下の倉庫です。女性の悲鳴が聞こえました。それに……子供の泣き声と」

あたしはナルを振り返る。ナルは頷き、

「子供、ですか？」

真砂子はそれを、別の意味に取ったのだろう、

「仰りたいことは分かりますわ。子供なんているはずがない、というのでございましょ。

でも、聞きました。そうとしか答えられません」

　真砂子は言って、頑なな感じに俯く。

「泣き叫ぶ声ですわ。悲鳴のような。……痛々しいほど悲痛な女性の悲鳴と、子供の悲鳴……」

「どういう子供だか、分かりますか」

　真砂子は少し唇を噛み、

「……事故で亡くなったのだと思います。まだ幼稚園ぐらいの男の子です」

「なんでそんな子供が」胡散臭そうに言ったのは、ぼーさんだ。「しかも事故って」

「……分かりません。……けれど、熱い、と泣いています……火傷《やけど》のイメージです……お湯か蒸気が……」

「倉庫に熱湯？」

　言いかけて、とうとう真砂子は口を噤《つぐ》んでしまった。

　ぼーさんは、いっそう不審そうだったが、ナルが割って入った。

「それでいいんだ」

「——へ？」

　驚いたようにしたのは、ぼーさんだけではない。真砂子もだ。

「学校怪談にある。あの倉庫は昔、ボイラー室だった。そこに生徒が連れてきた兄弟が迷い込んで事故で死んだのだそうだ。事故の内容までは伝わっていないが」

ぼーさんもジョンも綾子も、あんぐりする。

ナルは立ち上がった。

「問題の場所を、もう一度、全部見てもらえますか。――いままで廻ったのは？」

「言われた場所ですわ。陸上部の部室と、体育館の倉庫、屋上に出る階段と、相談しに来られた先生の車と……」

綾子が補う。

「あと、念のために魔の席と、手が出てくるっていう席。場所に固定されてるのは、それだけだっけ」

「美術準備室がございますわ。ですが、昨日もさっきも部活動で使用中でしたから」

「改めて見てみてください。以上の箇所に加えて、校庭と武道場更衣室、音楽室のピアノブース」

全員（例によってリンさんを除く）が真砂子にぞろぞろついていった。そして出た結論。美術準備室、校庭の桜と武道場更衣室、第一ピアノ室には、いる。あたしもナルも真砂子に怪談を聞かせたりはしなかったけど、真砂子は怪談の内容を大筋で見通した。だが、その他の場所にはいない。真砂子には何者も見えず、何かを感じることもできなかった。

……これはいったい、どういうことなんだろう？

怪談があれば真砂子にも見える。そうでなければ真砂子には見えない。魔の席のように、あからさまに異常でも。

「訳が分からん」ぼーさんは頭を抱えた。「魔の席にはいて当然だろうがよ。四件も事故が続いているんだからな」

「でも、霊はいませんでした。不吉な感じはしますけど、何かがいる、というほどの感覚はありませんわ」

ちょっぴり真砂子は自信を取り戻した感じだ。態度が冷静で力強い。

他も見てもらったけど、いかにも都市伝説っぽい怪談に、真砂子は反応しなかった。真砂子が反応したのは、確かな由来があると思《おぼ》しき怪談だけだ。足音が尾けてくるとか、泣き声が聞こえるとか、眼が翳むとか、相談者の話だけでは限りなく気のせいっぽかったものも、怪談があればちゃんと見えた。——にもかかわらず、明らかに異常が起こっていると思われる場所でも、怪談がなければ何の反応もない。何もいない、と言うのだ。

「なんでそうなるんだよ、真砂子ちゃん」

恨めしそうにぼーさんに訊かれ、真砂子はつん、と顔を背ける。

「訊かれても分かりませんわ。……あたくしも、こんなことは初めてです」

真砂子は、本心から困っているようだった。

第四章

1

翌日。昼前、ちょうど霊能者の集団が、ベースに集まったところだった。

その知らせを持ってきたのは、吉野先生だ。昨日、先生の一人が車で事故を起こし、さらに、足を掴《つか》まれると訴えていたバスケ部の生徒は、ついに膝の靭帯《じんたい》を切って入院してしまったと。

ナルは眉をひそめる。

事故を起こした先生は、バックミラーに幽霊が見えると言ってきた先生だ。その車も本人も、バスケ部の生徒も、ジョンとぼーさんが除霊してる。

……つまり霊は落ちてなかったということだ。

そのうえ、吉野先生はすっかり憔悴《しょうすい》していた。やはりノックの音が聞こえる、という。ナルの言葉に従ってヘッドホンで音楽を聴くようにしているけど、それでもはっきりと聞こえる。自分にこれだけはっきり聞こえるのだから、さぞかし大きな音なのだろうと、周囲の人間に確認してみると、吉野先生以外にはあいかわらず「そう言えば聞こえた」

という程度なのだそうだ。ノックの音を打ち消すために音楽のボリュームを上げても変わらない。どんな音量で音楽をかけていようと、煩《うるさ》いというほどではないが無視もできない、という程度のノックがする。どうすればいいのか、と途方に暮れていた。

「……効果なし、か」

ナルは冷静な声を漏らした。

霊能者の集団は押し黙ってしまう。ぼーさんは情けなさそうに、

「これでもいないって言うのかよ」

真砂子は頷《うなず》いた。

「いませんわ。吉野先生に何かが憑《つ》いている様子はありません。あたくしの経験からすれば、ノックの音は先生の気のせいです」

きっぱりと言ったが、それでも不安そうな眼をしていた。

ナルは軽く溜息をつき、

「とにかく、できることをしよう。ぼーさんとジョンは、昨日、原さんが確認した場所の除霊を。松崎さんと原さんは、事故を起こした先生と入院した生徒の聞き取りをお願いします」

言われて、霊能者御一行が散っていって。ナルもリンさんもいなくなって、あたしは今日も一人になる。

昼休みが終わってチャイムが鳴って、学校内部のざわめきがひとしきり引いていって。

そうしたら、あたりはどこか息を殺したような静謐《せいひつ》さだ。体育館か武道場か、遠い感じに歓声が聞こえるのが、かえって寂しい。

授業に参加していないと、学校ってよそよそしい場所なんだなあ。居場所がないというか、寄る辺ないというか。なんとなく落ち着かなくて物寂しい感じだ。そこに一人にされてしまうと、本当に身の置き所がない。――そう思っていたら、パタパタと足音が聞こえた。ノックもなしにドアが開く。ひょいと顔を出したのはタカだ。そして、その後ろには笠井さん。

おっ、なんてタイムリー。

「やっほー。――あいかわらず麻衣ってば一人なんだ」

「一人なの。でも、今は授業中では」

「自習中。教室を出たら笠井先輩に会ったから、引っ張って来ちゃった」

タカが笑う。

「うれしーい。一人でいると、意味もなくブルーになって堪《たま》んない」

「そうでしょうとも。そう思って来てみたのさっ。感謝する？」

「する、する。感謝の気持ちを込めて、お茶を淹《い》れて進ぜましょう」

「やった」

タカは笑って、ほらね、と笠井さんを振り返る。

……む？　ひょっとしてタカってば、会議室を喫茶店扱いしてない？

あたしがそう言うと、

「おや。ばれましたか」

「ここは喫茶店ではございませぬ。そういう考えで入り浸らないように」

「だってえ、ママさんがいい人なんで、居心地がいいんだもーん」

……あら？

「その人のいいママさんというのは、あたしのことかなー？」

「他に該当する人物がいる？」

「どうぞお坐りくださいまし。ぜひとも粗茶など召し上がって」

ひとしきり笑ったあと、三人でお茶を淹れて並べた。タカはお茶菓子持参だ。湯飲みに口をつけて一息ついてから、タカは内緒話でもするみたいに身を乗り出してくる。

「ノリオは？」

「除霊の作業中」

「上手《うま》くいってるみたい？」

「どうだかねえ。……なんか、今回の事件は手こずってるな」

考えてみれば、いつもそれなりに手こずってるわけだけど。でもまあ、今回は得体が知れないからなあ。まだ、何が起こってるのかさえ、よく分かってない感じだし。

あたしがそう言うと、タカはさらに身を乗り出した。

「ね、ノリオって、どうなの？」

「どうって？」

「だから、霊能者なんでしょ？　頼りになる？」

「どうかなあ」

あたしも最初は、この役立たず、とか思っていたけど。本当はどうなんだろう。

「……結構、ましかなあ」

「へええ」

「それより、ぼーさんのバンドってどうなの？」

「うん、バンドね」

タカは腕組みをする。

「ボーカルはねえ……いまいち」

「ぼーさんは？」

「上手いよー。作曲もするけど、メロディーライン綺麗《きれい》だし。あたしは好きだな」

「へええ、上手いのかあ」

「そりゃそうさ。スタジオミュージシャンだし」

「はい？」

「あ、スタジオミュージシャンってね、半端な上手さじゃなれないの」

「そうなの？」

「少なくとも、そのへんのバンドでベコベコやってるレベルじゃ、問題外。だから、ノリオは問題ないのよ。ボーカルがね、歌も今一つでルックスも今二つ。作詞はボーカルの担当なんだけど、これがまたイマイチ」

「へえ……」

そうだ、とタカは声を上げて、笠井さんを振り返った。

「笠井さん、作詞しません？」

笠井さんはぱちくりする。

「あたしが？」

「うん。作詞できる人がいないって、あたしにまで声がかかってるんです。でも、あたしだと凡百のポエムになっちゃうし。その点、笠井さん、詩を書くの上手いもん」

「あれ？　そうなの？」

あたしが訊《き》くと、

「超能力少女の隠された才能。天は二物を与えることもあるのだよ。——文芸部の会誌で詩を書いてたでしょ？　あれ、すごく良かったです」

笠井さんは、ちょっと含羞《はにか》んだ顔をする。

「……ああ、あれ。あんなの、会員が少なくてページが足りないから、穴埋めに書いただけだし……」

「笠井さんって、文芸部にも入ってるんだー」

生物部と掛け持ちかな？

「うん……正課のクラブでね」

「理系も文系も、どっちもオッケーなのかあ。いいなあ」

「そんな大したもんじゃないから。文芸部は暇そうだから入っただけだし。本を読むのは好きだから。……高橋さんは褒めすぎ」

「謙遜《けんそん》、謙遜」と、タカはにこにこ笑った。「とても穴埋めとは思えない。歌詞っぽくなくて、すごく良かった」

　なんだ、そりゃ。

「歌詞っぽいと駄目なの？　歌詞を書けって話だったんじゃあ？」

「んー。だからー。——だいたい、クラブの会誌に載ってる詩って、ポエムか流行歌の歌詞みたいなんだよね。でも、笠井さんの書いたのって、そういうのとぜんぜん違うの」

　言って、タカは大家《たいか》のような顔で頷く。

「ああいう歌詞ってアリだと思うんだよね。そもそも、ボーカルの作った歌詞がつまんないのって、いかにも歌詞だからなんだよなー。どっかで聞いたようなフレーズの寄せ集めみたいで、ぜんぜん耳に引っかからない」

　そう重々しく断言してから、タカは小さく舌を出した。

「なーんて、偉そうなことを言ってみたりするわけですが。——でも、笠井さんの詩は本当にいいと思うな。イメージがすごく鮮やかで、言葉が尖《とが》ってて忘れられないの」

「そういう話はいいよ、もう。それより、バンドの話のほうが聞きたい」

言った笠井さんの顔がちょっとだけ赤い。

「あれえ。先輩ったら、照れちゃってー」

「違うって」

ひとしきり笑ってからタカは、

「んーと、バンドは、作詞はいまいちで、ボーカルもいまいちであると。キーボードもパッとしないかなあ。ギターもすごく上手いってほどじゃないし」

「……ベースだけがいいバンド？」

「ドラムもいいよ。すごい、上手い。ドラムの人もプロだし」

「リズムセクションだけがいいわけ？　そういうバンドってどうなの」

あたしがそう言うと、笠井さんも大きく頷く。タカは両手を広げた。

「まあ、総じて普通？　可もなく不可もないって言うか」

……うーむ。ぼーさんなら、そんなもんか。

「なのに追っかけてるんだ」

突っ込んでみると、タカは両手を合わせて頬に添えた。

「だって、あたしはほら、ノリオ至上主義者だからー」

「あ、そうなんだ。へーっっ」

なんてこったい。すごいじゃない。

「ま、それだけでもないのよ。……そりゃ、頭角を現すようなバンドでもないけど、気楽に聴けて楽しいし、だからファンだっているわけだし。ファンの雰囲気も良くて、和むんだよね。個人的な好みで言うと、もうちょっと偏ったバンドのほうが好きなんだけど、ノリオだって趣味でやってるんだし、楽しそうだからいいのー」

「あらまあ。健気《けなげ》な」

「乙女ですもの」

妙なポーズを決めたタカに大笑い。笠井さんと二人して冷やかしていたらば、当のぼーさんがナルと一緒に戻ってきた。タカの焦ること、焦ること。

ぼーさんは、あたしたちを眺め、「楽しそうだねえ」と言って、恨めしそうに机の上の湯飲みとお茶菓子を見る。

「えへへへ。――どう?」

「聞いてくれるな」

……おやあ?

「俺、この学校、嫌いになりそう……」

情けなさそうに言ってから、笠井さんを見る。誰だろうというように、ぼーさんが首を傾げたのであたしは、

「笠井さん」

名前を教えてやる。ぼーさんは、ああ、あの、というように頷いた。あたしはついで

に笠井さんにぼーさんを紹介する。

「こちらが、ぼーさん」

笠井さんがマジッとぼーさんを見た。

「……ああ、あの……」

微《かす》かに言ってそっとタカと見比べる。こころなし、タカが赤くなった。

「手こずってる？」

あたしが訊くと、

「まあな。――どうも手応《てごた》えがないんだよなあ。確認してもらおうにも、真砂子はあれだし。笊《ざる》で水を汲《く》んでる気がしちゃうね、俺は」

……それは、お疲れさまでございまする。慌てて、戻ってきた二人にお茶をサービス。

落ち着きをなくしたタカは、「じゃあ」とかなんとか口の中で呟《つぶや》いて、笠井さんを引っ張り、慌てたように戻っていった。

「ノリオ、頑張ってね」

そう、声を残して。ぼーさんは、

「おう。じゃあなー」

気軽に手を振ってから、深い溜息をついた。

「どうして見えたり見えなかったりするのかねえ」

ナルはカードを繰りながら、

「……普通では、考えられないことなんだが」

「だよな。見えるか、見えないか、どっちかだもんな」

　ふーむ。

「能力が半端で、見えたり見えなかったりするんなら分かるが、やっぱ真砂子の能力は半端とは言えんだろ」

　だよね。前回の事件のときも思ったけど、「見える」ときの真砂子ってすごいんだよな。今回も怪談の内容、ほとんど当てちゃったし。

「相手や状況によって得手不得手があるってこともあるが、そういうわけでもなさそうだ。露骨な現象を起こしてる相手でも見えないとなったら見えないし、些《さ》細《さい》な現象の相手でも見えるやつは見える。……そういうタイプの能力ってわけでもなさそうだしな。当の本人が困惑してるぐらいだから」

「こんなこと、初めてって言ってたもんね」

「真砂子の問題なのか、それとも、この学校の問題なのか……」

　ナルは黙ったまま、眉をひそめて窓の外に眼をやっていたが、ふと、

「……がいたら」

　小声で呟いた。それは声にするつもりのない言葉が漏れてしまった、そんな感じで。何を言ったのだろう、とナルを見ると視線が合った。何でもない、と言いたげに首を振る。

「信頼できる霊視の能力者がいたら、と言っただけだ」

言って、カードをぼーさんに渡した。

「――ぼーさん、これを頼む」

2

ぼーさんとナルが出ていって。あたしはまた、ぽつんと会議室に取り残されてしまった。陽が傾くにつれ、天気は雨模様。会議室の中も薄暗く翳《かげ》ってきて、妙にもの悲しい感じがする。

……メモの整理も終わっちゃったし。

することがないよー。退屈だよう。ものすごく「取り残され」感が強いんですけど。みそっかすって、つまんないな。……てなことを考えているうちに、欠伸《あくび》が一つ。一つが二つになり、二つが三つになり。噛《か》み殺すのに苦労する。空は薄墨を刷いたようで、いっそ真っ暗なのよりも気が滅入《めい》る。

――そうしてあたしはふと気がつくと、遊園地にいた。

なんで遊園地？

……もちろん、夢に決まっている。

あんまし冴《さ》えない、小さな遊園地だった。それでもあたしはワクワクしている。わくわくした自分を懐かしく感じている。

そうか、ここはうんと小さい頃、たった一度だけお母さんに連れて来てもらった遊園地だ。何歳のときだか、どんないきさつで行ったのかは夢の中でも思い出せなかったけど、ミラーハウスがあって、そこで自分が泣き出したのは覚えてる。

建物の中は鏡とガラスで迷路になっていて、小さいあたしはその理屈が分からなかった。薄暗いところに自分の姿がいっぱいあって、それが突然現れたり消えたりするのが、すごく気味が悪かった。それが怖くて泣いてしまったんだ。

夢の中のあたしは煤《すす》けた建物の前に立ってる。あのミラーハウスだ、と思い出した。こんなしょぼい建物だったんだ。——そう思えるくらい、あたしはもう大きくなっている。虚仮《こけ》威《おど》しの迷路なんかへいちゃらだ。

それであたしは、気持ちの上で腕まくりして、ミラーハウスに飛び込んだ。

鏡の続く迷路をあたしは走る。なにも走る必要はないんだけど、とにかく走る。まわりは鏡の洪水だ。走る、あたしの影たち。迷路中をあたしが走っている。妙に焦って躓《つまず》いて、見えないガラスにぶち当たって転がって。

なんでこの迷路、こんなに広いのよ！

身を起こしたら、自分がどっちから走ってきたのか分からなくなった。前にも後ろにも真横にも長い通路が続いているように見えるけど、手を伸ばせば前にはガラスの感触。

さて、これはガラスなのか、鏡なのか。ガラス越しに向こうの通路が見えてるんだろうか、それとも背後の通路が映っているだけなんだろうか。

考えているうちに、迷路はだんだん暗くなる。……ああ、そうだ、この迷路は時間が経《た》つと暗くなるんだ。急がないと、本当に出られなくなってしまう。出られなくなったら、捕まってしまう。

（……って、何に？）

首を傾げているうちに足許《あしもと》は真っ暗になってきた。どこまでも続く暗闇の中、遠くに見える戸口のように、鏡だけが煌々《こうこう》と光を反射している。

どうしよう、出られない。やっぱりこんなとこ、来るんじゃなかった。

あたしは立ち上がって、とにかく闇雲に走る。鏡の中のあたしも走る。迷路の中をあたしの姿が幾百と走り廻って、その中心に一つだけ動かない影。

あたしはそれを目指す。あれは、迷路を出るための手掛かりだ。たった一つ、動かない影に駆け寄る。

……ナル。

闇の中、黒ずくめのナル。顔と手だけが月光のように白い。

「出られないよ」

あたしはナルに訴える。

ナルは何も言わず、ただ横を指差した。白い指が闇の中に軌跡を描くようだ。それにつり込まれたように指先が示すほうを見る。

ここは……学校だ。写真のネガみたいに白黒が逆になった学校の内部の風景。壁は黒く、黒板は白い。壁も床も、輪郭の白い線だけを残して透けて見える。影の学校。

そしてそこに、蒼《あお》い鬼火。

それは光の塊のようで、微かに揺らめきながらその場に留《とど》まっている。光といってもひどく暗い。蒼白い光は闇に溶け入るようだ。

学校のあちこちに、蒼白い鬼火が見えた。じっと闇に蹲《うずくま》り、何かを窺《うかが》っているような。

「あれは……何？」

あたしは傍らのナルを見上げた。

ナルは答える。

「分かっているはず」

……分かって？

そうだ、もちろん、分かっている。――あれは邪悪な意志だ。しかも、この世のものではない。

あたしはぞっとしてしまう。数え切れないぐらいの、たくさんの鬼火。あれは全て、邪悪なもの。

憑《つ》かれたように見つめる。なんて底冷えのする色だろう。微かに揺らめくのが炎のようで、なのに凍えたように冷え固まった感じがする。冷気の塊が眼に見えたら、あんなふうに見えるかもしれない。

見つめているうちに、少しずつ光が戻ってきた。だんだん翳《かす》むように色彩が戻って、すうっと壁が見えてきた。

「……？」

壁だ。ごく薄いグリーンの。どこにでもある、なんの変哲もない壁だ。

「麻衣！」

へっっ？

顔を上げると、ナルが険のある表情であたしを見降ろしていた。

「お前、今、眠ってなかったか？」

え？　眠って？　もちろん……。

あたしはあたりを見廻す。当たり前の会議室だ。窓の外は雨模様、今にも暮れそう。戻ってきたらしい霊能者様御一行。ナルは腕組みをしてあたしを見降ろし、その背後には白々とした表情の皆様が控えている。

「……すみません。寝てました」

ま、……拙《まず》い。

「眼を開けたまま眠るとは、つくづく寝穢《いぎたな》い奴だな」

「申し訳……」

ナルが冷たい眼を向ける。

「メモの整理は」

「……終わりました」

「それで優雅に昼寝をしていた、というわけか？　働いている人間のことを考えて心が痛まないか？」

……こ、こいつっ。

「ちょっとウトウトしてただけでしょ！　眠いときはしょうがないじゃない。眠っちゃいけないと思って止まるもんなら、居眠り運転なんか起きないよ！」

さらに冷たいナルの眼。

「居直ったな」

「当たり前さっ。一国の運命を担う国会でだって議員が寝てんだぞ。崇高な使命を背負ってるはずの総理だって、堂々と寝てる。一介の小市民にすぎないあたしが居眠りこいて何が悪い」

「……見事に歪《ゆが》んでるな、お前は」

「あァら、所長ほどではございませんわ」

「僕はいいんだ」

……ほう。

「このうえ性格までよかったら長生きしない」

……一瞬の、この衝動を何としよう。どーせあんたは有能でおまけに顔だっていいよ。

それで性格までよかったら、できすぎで早死にするだろーさ。

怒鳴りたい自分を押し殺していたら、ナルはあたしを無視して全員を見渡す。

「馬鹿者は放っておこう」

居眠りしたら馬鹿なのか？　その台詞《せりふ》、国会議事堂に行って言ってみろよ。

「──松崎さん、どうでした」

ああ、と綾子は呟いて、

「事故った先生のほうは、幸い軽傷。左折しようとしてミラーを見たら女の顔が見えて、それでハンドル操作を誤って歩道に乗り上げちゃったみたい。ガードレールの切れ目にフロントから突っ込んだけど、徐行してたんで、打撲傷程度だそうよ」

言ってから、綾子は渋い顔で、

「でも、ちょっと気になることを言ってた。──宗城《むねき》先生？　彼が言うには、これまでは、ミラーの中を女の顔みたいなのが、すっと横切るだけだったんだけど、今回は、へばりつくみたいに、はっきり見えたって言うのね。明らかに宗城先生を見て笑ってたって。しかも、声が聞こえた」

「──声？」

綾子は頷く。

「なんて言ってるのかは分からなかったけど、耳許で女の声がしたんだって。何か口の中で呟くみたいな声。声が聞こえたのと、見え方がいつもと違うので、完全に気を取られちゃったようよ」

あたしは首を傾げた。

「強くなってる……ってこと？」

かもね、と綾子は言って、

「宗城先生も、事故車も、念のために真砂子に見てもらったんだけど」

綾子は真砂子を見る。真砂子は無言で首を振った。

「……だ、そうよ。あいかわらず、何もない。——もう一人、バスケ部の小峰《こみね》さん。彼女は右足の靭帯が切れちゃったそう。寝てる間に足を摑まれる……こう、ぐーっと膝を摑んで押される夢を見て、激痛で目が覚めたんですって。飛び起きたら足に力が入らない。みるみるうちに腫《は》れ上がって、それで家族が病院に連れていったら靭帯が切れてた。普通、寝てる間に切れるなんてこと、どんなに寝相が悪かろうとあり得ないわけで、医者は、昨日の部活で切れたんじゃないかって。まれにその当初は強い痛みがないこともある、って言うんだけど、本人は転んだ覚えもないし、違和感も感じてない。すごく怯《おび》えてたわ。さらに夢が続いたらどうなるんだろう、って。とりあえず、護符を渡したけど……」

それで効果があるかどうか。綾子は溜息をついた。

「これも、真砂子には何も感じられないってよ」

ナルは頷き、

「ぼーさんは？」

「地下の倉庫と、武道場の更衣室、でもって音楽室のブースと校庭の桜に美術準備室。これは全部、ジョンと手分けして祓《はら》っておいた。効果のほどは分からないが。でもって、ウラナリくんとエイちゃん、この二人は依然として無事。ウラナリくんは退院していいとお許しが出たそうだぜ。エイちゃんも明日の検査の結果次第では、近日中に退院できるらしい」

　へえ。……なんとも目出度《めでた》い。けど、護符程度で効果があったり、祓っても効果がなかったり。なんでこう差が出るのかなあ。

「ウラナリくんは、やっぱ怪談の内容については聞いてないそうだ。出るらしい、有名だ、と言われただけなんだと。もちろん、本人は怪談についても、過去に教師が死んだ件についてもまったく知らなかった」

「英さんは？」

「やっぱ桜だ。肝試しをやって、三浦さんが具合が悪くなったって言ってたろ。友達二人が三浦さんを連れて帰ることになって、方向の違う彼女はいったん校舎を出たんだが、三浦さんのことが気になって、しばらく校庭で三人が出てくるのを待っていたんだそうだ。木に凭《もた》れて」

　……問題の桜。真砂子は左端の一本を示した。枝にしがみついて女の子がぶら下がっている、と言って。伝説では自殺ということだったが、彼女の死因は微妙なようだ。ただ、彼女は学校が辛《つら》かった。家にも世間にも居づらかった。辛い自分を理解してくれず、手を差し伸べてくれない同級生や教師や家族が憎かった。そして今も憎んだままだ。——真砂子はそう言った。

「やっぱ、元凶は桜なんだろうなあ。ただ——あの三本の下にベンチがあっただろ。あれは近年、据えられたものみたいだが、あのベンチがあるせいで、桜付近は生徒の溜まり場だったんだと。伝説を知らない生徒は平気で桜に凭れたり抱きついたりしていたし、エイちゃんもそうだったらしいんだな。それでも、こんなことはなかった、と言う。桜に触れちゃいけないとか、何かしたから具合が悪くなったとか、ましてや妙な体験をしたなんて話、一度だって聞いたことがない、とさ」

……ふうむ。

「あとは——」

言って、ぼーさんはジョンを見た。ジョンは、

「眼が翳むと言ってはった三年生——盛谷《もりたに》さんですね、彼女は合唱部なんやそうです。大学は音楽大学の声楽科志望で、第一ピアノ室はよく個人練習に使うてたそうなんです」

「やっぱ、それか」

ぼーさんが言うと、

「はい。けど、もう二年以上、盛谷さんが自分の練習場所として使うてはったようで。

因果関係は確認できましたけど、なんで今頃、怪談に祟《たた》られたのか、不思議でおます」

「だなあ。……尾《つ》けられるって子は」

「やっぱり剣道部の所属でおました。毎日のように武道場の更衣室を使うてます」

そして、たしか彼女は髪が長かった。彼女だってずっと更衣室を使ってきたんだよな。彼女は一年生だから使用期間は半年程度だけど、これまたなぜ今頃になって被害に遭ったのか分からない。

「どうも、分からないな……」

ナルは忌々しそうに指先で机を叩く。

「どうやら、学校で起こっている現象は三つに大別できる」

ジョンが頷いた。

「七不思議に由来するものと、せえへんもの、ですね？　それと、気のせい」

ぼーさんも、

「枯れ尾花は由来する怪談もなく、真砂子にも見えず、現象も限りなく気のせいっぽい。対するに、怪談に由来するやつもある。これは現象の程度にかかわらず、真砂子に見える。そして、明らかに現象が存在するくせに真砂子には見えないやつ。これは由来する怪談がない」

あたしは首を傾けた。

「前からある怪談に由来するやつって、とりあえず護符で効果があったんだよね。でも、もともと怪談がないやつには効果がない」

かもな、とぼーさんは頷く。

「まだ必ずそうと言い切れる状態じゃないが」

「でも、青木先生もエイちゃんも快方に向かってるわけでしょ？　護符を渡してから、怪異はやんでる。なのに吉野先生は同じく護符を渡したのに効果がない。でもって、バスケ部の子とか、ミラーの先生とか、起こっていることが強くなってない？　どっちも実害がなかったのに、実害が出てきてる」

言いようによっては、陸上部の部室だってそうだ。思って、あたしはふと、ついさっき夢で見た学校の風景を思い出した。あちこちに点《とも》っていた鬼火。あれは邪悪な霊。そう思えた。——あの夢にさほど意味があるとは思えないけど。べつに邪悪ってほどのことが起こってるわけでもないし。

「あ、でも、魔の席があるか……」

思わず声にすると、なんだ、というように全員から注目されてしまった。

「なんでもない、なんでもない。実害が出てきてるし、魔の席みたいに重大な実害に繋《つな》がったら大変だな、って思っただけ」

まあね、と綾子は頷いた。

「宗城先生の場合、たまたま左折するために徐行してたから良かったけど、スピードが出てたら大事故だもんね。場合によっては命にかかわっちゃう」

「でしょ？　陸上部の部室だって、砲丸が転がってきただけだから良かったけど、頭上から落ちてきたら大変だよね？　ジョンだって、槍の当たり所が悪かったら大変なことになってたわけで」

ぼーさんは呻《うな》った。

「バスケ部の子にしても、押さえ込まれたのが膝だから靭帯を切ったわけで、普通、そんだけの力で首を押さえ込まれたら死ぬよな」

……やめてよう。思いっきり嫌な顔をすると、

「でも、ありがちぢゃん。眠ってると幽霊が首を絞めるんです、っての。目が覚めると首に手形が……」

実際に靭帯を切った例があるだけに、ものすごーく生々しくて嫌な感じ。

「確かに、強くなってるとは言えるよな。それも重大な実害に向かってる感じ？　でもって実際、新怪談のほうで護符や除霊で効果があった例は一つもない」

さいですね、とジョンも頷いた。

「夢で足を摑まれる、せやから足が痛むやなんて、なんでもなさそうなことやったのに。……旧怪談かて実害はあるんですけど、新怪談に比べたら、なんや手触りが違います。実害があるかないか、はっきりしてるゆうか」

「かも。ウラナリくんが倒れたのは、本人がデリケートだから、ということかもしれんが。でも、エイちゃんにしても、眼が翳むと言ってた子にしても、最初から実害がある。

強くなってるというより、規定の実害が続いてる感じ」

「ですね。続いた結果、入院することになっても、べつに出てくる手が、より悪さをする、ゆうわけやおまへんし」

……だよな。

「枯れ尾花と旧怪談と新怪談、この三つはぜんぜん別系統だ。問題は、なんだってそんなことが起こってるのか、ということなんだよな」

「枯れ尾花には不思議はございませんでしょ？」真砂子が口を挟んだ。「怪談が蔓延《まんえん》していて、実害だってあるのですもの。生徒さんは不安に思って当然ですし、だとしたら、何でもないことだって異常に思えて当然ですわ」

ナルが頷いた。

「枯れ尾花は、完全に副次的に現れている現象だと見ていい。問題は旧怪談と新怪談か。なぜ性質が違うように見える怪異が、同時並行的に現れているのか――」

あたしは首を傾げた。

「なんか……湯浅って不思議だよね」

何をいまさら、とぼーさんは失笑する。

「えーと、そうじゃなく。今現在起こってることは、確かに不思議だけど。その話じゃなくて旧怪談のほう。ほら、学校の怪談って、もっともらしく言われるわりに、実はそんなことなかったってオチ、多いじゃない。あったかどうか分からない、とか」

「ああ……まあ、そだな」

「でも、湯浅の場合、実際に事件とか事故とかあって、それが怪談になってて、しかもそれが本当に起こったりするわけで。出自が明らかというか、由緒正しいというか。それがいくつもあるって、すごくない？」

「すごい、ねえ」ぼーさんは笑い、「まあ、湯浅は歴史があるからなあ。歴史があれば、事故や自殺や、いろんなことがあるだろうさ」

「うちの学校だって、結構、歴史はあるよ」

「条件の違いじゃないか？　歴史があって、しかも女子高だ。怪談に対しては好き嫌いがあるだろうが、女の子ってのは、基本的に噂話が嫌いじゃない。だから過去の事件についての伝承もわりと良く保存されるってことだろ。結果として怪談話も保存されやすいわけだ。ましてや、教師にも卒業生が多いってことになると、ますます保存状態は良くなる」

「そっか……」

　しかも、演劇部の部長さんのように、家族が代々卒業生だったりするんだもんな。

「学校怪談ってのは、たいがいの場合が単なる噂にすぎないし、えてして都市伝説だったりするわけだが、中には本物もあるんだよな。実際に事故や事件があって、その霊が留まってる。それが本当に怪異を起こすし、だから怪談になって残る」

　言って、ぼーさんは腕を組んだ。

「怪談は生徒の恐怖心を喚起する。でもって、恐怖心は現象にエネルギーを与えるんだ。だから怪談がよく残っていてシリアスに受け止められれば受け止められるほど怪異は発現しやすくなるし、そうするとさらに怪談としてのリアリティは高まる」

「するとさらに怪異が起こって――どんどん強くなる？」

「なりそうなもんだが、そういう例はあまりないよなあ」

ぼーさんが言うと、ナルが、

「強まり続けることはない。祟る場所だという噂になれば、当然のことながら忌避されて生徒は遠ざかるようになるからな。ピアノ室の例のように、封鎖されてしまったりする。すると怪異の目撃頻度は減少する」

「あ、そうか」

「出会う頻度が減れば、次第に怪談はリアリティを失っていく。同時に、場所に対する畏怖《いふ》心も失われるし、そうすれば怪異自体も沈静化していくことになる。ところが、畏怖心が失われると、必ずまたタブーを犯す生徒が出るんだ」

「ああ……、ピアノ室が開放されちゃったみたいに？」

「そう。エネルギーを失った怪異でも、そこに足を踏み入れる生徒が増えれば何かの弾みで発現することがあるだろう。目撃される可能性が高くなるわけで、そうやって怪異が起これば再び怪談が掘り起こされる。――これを繰り返すことで、怪談は恒常的に保存されるし、怪異もある頻度で繰り返されることになる。学校怪談とは、本来そういうものなんだ」

なーるほど。

「……ところが、湯浅はどこかの時点で堅固な否定派に変わった。怪談は失われ、現象はエネルギーを失い、休眠状態に陥った」

「それが笠井さんの件で、変わった？」

「かもしれない。それにしては、吉野先生にせよ、陸上部や演劇部の子たちにせよ、肯定派に転じたというふうではないのが気になるが」

ぼーさんも、

「どっかで潮目が変わったんだよな。校内に怪談が蔓延する。それは休眠していた怪談を揺すり起こす。さらに怪談がはびこる。これに感化されて何でもないものまで異常に思える。枯れ尾花を見るようになって、さらにこれが怪談を生む。不安やら恐怖心やらが高まって、これがまた怪異を発現しやすい状態にする。ピアノ室にしても、武道場の更衣室にしてもずっと使っていたのに、これまでは何でもなかった。ここに至って怪異が起こったのは、確実にこのメカニズムの上に乗っかってる。——問題は、何を契機にして潮目が変わったのか、ってことか」

綾子が口を尖らせた。

「やっぱり、超能力少女の件しかないじゃない」

「しかしなあ。怪談と超能力じゃぜんぜんカテゴリーが違う。超能力少女がスプーンを曲げて、それで生徒が怪談を恐れるようになるか？」

「ならないか……」

だよな。……吉野先生の言が全てを言い表している、という気がする。たとえばどこかに祟ると言われる場所があって、そこに足を踏み入れるとき、あたしは超能力少女の存在を思い出したりはしないと思う。超能力があるなら幽霊だっているかもしれない、だから更衣室は危険かもしれない、なんてことを考えるとは思えない。ただ、更衣室に入って、実際に異常なことが起こってしまったとき、超能力少女の存在は意味を持つと思う。きっと気のせいだ、幽霊なんているはずがない――そう言い聞かせようとする根拠を揺さぶられてしまうから。幽霊なんているはずがない、でも、超能力があるなら幽霊だっているのじゃないか、だとしたら気のせいとは言い切れないんじゃないか――そういう迷い方をする気がする。

あたしがそう言うと、全員が黙り込んでしまった。ナルは深い溜息をつく。

「面倒だが――怪異の起こった順番を整理してみる必要がある」

……あああ。また、聞き取りの繰り返しですか。

3

翌日も昼前にベースに集合したものの、全員が聞き取りのために出ていって、連絡係は取り残される。今日は自習がないのか、タカも笠井さんも姿を見せないし。途中で一度、江古田さんが授業の合間に顔を出して、部員やOGから集めた怪談を書き取ったのを持ってきてくれた。ほとんどは一昨日聞いたもので、いくつか追加されているものもあったけど、それはどれもどこかで聞いたような話ばかりだ。

とりあえず、それをカードに纏《まと》めて、一件一件個別に検索できるようにした。怪談の場所や起こっている現象を、訴えのあった事件と対照して、ちょっとでも関係しそうなのはマークを付けたりして。……べつに、所長からやれって言われたわけじゃないけど、このくらいはしておこうかな、なんて（単に、することがなくて時間を持て余しているだけ、という説もあるが）。

そうやって纏めてみると、中澤さんが言ったように怪談なんて「ウジャウジャ」ある。七不思議とされているものだけでも十八あった。そこに「七不思議を全部知ると呪われるらしい」とあるのは、お約束ってものか。律儀に必ずどこの学校にもあるんだよな。

怪談の場所と内容を確認していて、あたしはふと、昨日見た夢を思い出した。あれは確かにこの学校だった。陰画の学校。そこに蹲っていた鬼火。

「……うーん？」

分かんないなー。でも、どうせ夢だしなあ。あたしなんぞが考え込んでもしょうがないか。かと言って、誰にも相談できないし（夢の中に誰かさんが出てきたなんて言ってごらん、末代までの笑いものだ）。今度、夢判断の本でも買って来ようっと。

そうやって一人、遊んでるんだか働いてるんだか分からない状態でだらだらしている。霊能者様御一行は帰ってこない。じっと無線機を温めているのに、連絡もない。置き去りですか、そうですか。

やっとのことで終業チャイムが鳴って、学校が賑やかな雰囲気に包まれて。軽い足音を立ててやって来たのは、やはりタカと笠井さんで。

「……や、やっと船が……」

あたしが机に突っ伏すと、

「船？」

「無人島に船。……人恋しかったよーう」

「よしよし。救援物資の水と食料だ」

タカは言って、ジュースとお菓子を差し出した。

「わーい。ひもじかったー」

連絡係は会議室を空けられないから、お昼もおやつも抜きだ。

「今日も留守番？　大変だね」

笠井さんは言う。あたしはチョコを咥《くわ》えて頷いた。

「ハチ公の気持ちが、ハチに成り代わって作文書けるぐらい分かるっす」

タカは膨れた顔で腕を組んだ。

「……そして今日もノリオはいない」

「仕事で来てるんだから、こんなとこにいないって」

「それはそうなんだけど。顔合わせても一瞬だし。がっかりー」

「何を期待してるのかなあ？」

それはもう、とタカは夢見るポーズ。

「あんなことやこんなこと。危険地帯に踏み込む彼をサポート、とか。迫り来る敵から庇《かば》ってもらったり、負傷した彼を手当てしたり」

……敵って何さ。

「乙女だ。乙女病が発生してるぞ」

あたしが言うと笠井さんまで、

「妄想性乙女病だ」

「伝染性があるらしいっすよ。御注意召されよ」

「なにおう」

タカは言って、あたしを冷たく見る。

「そういう麻衣も、とっくに感染済みじゃないかなー。性格に難のある所長さんでも素敵に見える、とか？」

……ぎく。

「……なんのことやら」

あたしはできるだけ平静を装ってみたのだが、タカはあたしの顔をまじまじと見てか

ら声を上げて笑って、

「無駄無駄。オンナの勘を舐《な》めてはいけない」

笠井さんがものすごく楽しそうな顔をした。

「へえ。そうだったのかー」

……あーう。ううう。

「……分かっちゃう？」

「分かるとも」

断言したタカに続いて、笠井さんがしみじみと、

「言われてみれば、あの人、顔いいもんねえ。結構、優しそうだし」

あたしは思わずジュースを噴いてしまった。

「な、なに？　どうかした？」

「笠井さん、ナルのこと、完璧に誤解してる」

「だって……結構、優しいかな、とか思ったよ、あたし」

「御冗談。ナルが優しかったら、この世は善人ばかり。天国みたいなもんだよお」

「そ……そうなの？」

「性格悪い、悪い。口は悪いし冷淡だし、おまけにナルシストで秘密主義」

笠井さんはあたしの顔を覗《のぞ》き込んだ。

「でも、好きなんだ？」

……うっ。あーううう。わん。

「言ってごらん。怒らないから」

「……かもしんない」

「かもしんない？　他人事みたいに」

あたしは二人に顔を寄せた。

「自分でも時々分かんないんだけどさー。夢の中にしばしば出てくるっていうのは、やっぱそうなんだと思う？」

「完璧。それは恋愛というやつだね」

笠井さんにキッパリ断言されてしまった。

……そうかあ。やっぱりそういうことになるのかあ。……そうだよねえ。

「前途多難な恋かもね」

笠井さんにしみじみ言われてしまって、

「なのよね。その点、ぼーさんはいいよね」

どうやら硬派のナルと違って、基本的に軟派だもんな。

あたしがちょっと恨めしく見ると、タカは大きく手を振った。

「だめだめ。ぜーんぜん。妹みたいなもんよぉ。追っかけするようになって、楽屋とかも入れてくれるようになって、近づけてラッキーとか思ってたんだけど、妹分になるくらいなら、やめとけばよかったと思って」

「なるほど。タカも多難なのね」

「でも、あたし、負けないっ。この試練に耐えて栄光の星を掴むわっ」

握り拳に力を込めてのガッツポーズ。

「がんばってねっ。あたし、陰ながら応援していますわ！」

あたしが叫ぶと、笠井さんまでが、

「麻衣もがんばるのよっ」

「まあっ、嬉しいっ。あたくしも二人の幸せを願っていましてよ！」

「麻衣っ」

しっかと手を握り合って、あたしたちは大笑いしてしまった。涙を流して笑い転げていたところに、控えめなノックの音がする。思わず焦ったけど、よく考えたら、メンバーがノックなんてするわけがない。誰だろう、と思ってドアを開けると、演劇部の中澤部長だった。

「おや。今日は顔ぶれが違うな」

中澤さんは言って、タカと笠井さんに会釈をする。

「今日、江古田さんが怪談を届けてくださいました。ありがとうございました」

「うん。集めるのは面白かったよ。追加情報を持ってきたけど、所長さんは」

「出てます。――呼び戻しましょうか」

いや、と中澤さんは言った。

「べつに君でもいいよ。眼の保養ができるぶんには拒まないが」

眼の保養、とタカが笑う。あたしも苦笑しつつ、無線でナルを呼んでみたが応答がなかった。リンさんを呼んでも応答なし。

「……すみません、圏外に出てるみたいです」

「要点さえ誤らずに伝わるのであれば、それで構わない。従姉妹《いとこ》の人脈から聞いたことを伝えておこうと思って」

それを聞いて、タカと笠井さんが席を外そうとしたけど、中澤さんは止めた。

「べつに他聞を憚《はばか》るようなことじゃない。むしろあなたは聞く権利がある」

そう、笠井さんに言う。笠井さんは怪《け》訝《げん》そうにした。

「同じクラスになったことはなかったかな。笠井さんでしょう」

だけど、と言った笠井さんが警戒する様子を見せたのを、意に介すふうもなく、

「どうやら、八年ほど前に何かがあったらしい。正確に八年かどうかは分からないけど。十年未満なのは確かみたいだ」

「——何か？」

あたしが問い返すと、中澤さんは頷く。

「この学校はもともと、特別、怪談に対して堅固な否定派だったわけじゃない。それが現在では御覧の有様なのだけど、どうも卒業生の話を総合すると、徐々に否定派になったわけでもないらしい。明らかにどこかで一変したようなんだ」

「それが、八年ぐらい前？」

「とりあえず、今のところ調べた範囲では。ちょうどその頃、何かの不祥事があったらしい。従姉妹の人脈からもうちのＯＧからも、その頃に在籍した卒業生に辿《たど》り着けないんだけどね。どうしても連絡のつく人物を見つけられなくて」

「不祥事、って」

「内容は分からない。重大な事故があったようだ、という説もあるけど。ただ、その不祥事で校長が替わっている。次に校長に就任したのは教頭だから、単純に校長が替わったせいで学校の雰囲気が一変したわけではないと思う。どちらかと言うと、不祥事のほうに原因がありそうだな」

……不祥事。

「校風が一変する前には、怪談ばかりでなく超能力にも寛容だったようだ。その証拠に、十年前には、学祭に超能力者がゲストで呼ばれたことがある」

中澤さんは名前を挙げたけど、あたしには分からない。首をひねると、笠井さんが、

「有名なゲラリーニだ……。たぶん、日本で最も有名なゲラリーニ」

「ええ？」

中澤さんは頷く。

「のようだな。もっとも、その頃は半ば色物扱いだったようだけれど。呼んだのは新聞部だったらしいが、これが物議を醸した形跡はない。だから十年前までは寛容だった、

それは確実なんだ。ところが、数年前、超魔術が流行《はや》ったとき、校内でそれを賛美吹《ふい》聴《ちょう》していた一派が吊るし上げにあっている。当時はまだ超魔術は超能力扱いだった」

中澤さんは言って、厳しい顔をした。

「生徒数名を全校集会で壇上に引き出して、徹底的に叩いたそうだ。なので、それ以後、話題にする生徒はいなくなった。世間では流行語になっていたけど、それを使う生徒すら絶えたそうな」

「極端……」

「だろう。その、いわば端境《はざかい》にあたるのが、どうやら不祥事のあった年のようだ。——参考になるかな？」

「はい。ありがとうございます」

中澤さんは頷いて立ち上がる。タカが、

「所長さんに会って行かないでいいんですか？」

べつにいいよ、と中澤さんは言う。

「せっかくのチャンスなのに。重要情報だから感謝されちゃうかもー」

中澤さんはあっけらかんと笑った。

「感謝されても仕方ない。明らかに、あれは観賞用だ」

4

その観賞用の所長さんが無愛想な助手を引き連れて戻ってきたのは、それからいくらもしない頃だった。中澤さんの話を伝えると、ナルは考え込む。

「……八年ほど前」

中澤さんが出て行ってから、何か引っかかる様子だった笠井さんが、ああ、と唐突な声を上げた。

「そうか。……恵先生だ」

ナルが問いかけるように見ると、

「前に、別の誰かからも、雰囲気が変わった、みたいな話を聞いたことがあるような気がして。思い出した。恵先生だった。——恵先生は、そういうの好きなんだよね。怪談にはあまり興味はなさそうだけど、超能力とか、心霊学の歴史とか詳しいし。そんなふうで学校から睨《にら》まれませんか、みたいな質問を一年の頃にしたことがある。そのときに、似たようなこと言ってたと思う」

「……具体的には？」

「はっきりとは覚えてないな……。でも、昔はそういうのに鷹揚《おうよう》だったんだ、みたいな。だから自分のような人間にも居やすかったんだけど、教員になって少しして空気が変わったって」

「産砂先生はいくつ？」

　笠井さんは首を傾げた。

「正確な年齢を聞いたことはないかも。でも三十過ぎぐらい。八年前だと二十二前後だから、計算は合うな……」

「なぜ空気が変わったかは聞いた？」

「いや。——でも、ニュアンス的に、仕方ないって感じだった」

　笠井さんは考え込む。じっと足許を見つめていたけど、諦《あきら》めたように首を振った。

「駄目だ。聞いたかもしれないけど、思い出せない。イメージとしては、何かあって、だから空気が変わっても仕方ない、みたいなニュアンスだった気がするけど」

　そう言ってから、

「言えない、というムードだったのかな。ひょっとしたら、これ以上は訊くな、って空気を感じたから、それ以上のことは訊かなかったのかも」

　ナルは立ち上がり、リンさんを見る。

「吉野先生に訊いてみてくれ。僕は校長に当たってみる」

「……何があったのかな」

　タカが不安そうに呟いた。

「……何だろね」

でも、確実に何かがあったのだ。学校の雰囲気を一変させるようなこと。肯定的な生徒を吊るし上げてしまうような――そういう反応を学校側にさせてしまうような何か。

笠井さんが小さく溜息をついた。

「あたし……自分が悪いんだって思ってた……」

あたしもタカも、驚いて笠井さんを見た。

「悪いって」

「何が？」

笠井さんは困ったように微笑む。

「何なのかな。自分でもよく分からないけど。……吉野なんかに吊るし上げられて、学校の子にも悪し様に言われたから。なんでそんなこと言われなきゃならないんだ、って腹も立ったけど、でも、どっかできっと自分が悪いんだって思ってた気がするんだ」

「そんなはずないじゃないですか」

そうそう、とタカも語気を強める。

「学校側が可怪《おか》しいよ。絶対にやりすぎ」

「……かな。でも、そんな気がしちゃうものなんだと思う。ほら、叱られるのは、『悪い子』でしょ？　叱られたんだから、『悪い子』なんだって。きっと、理屈じゃないんじゃないかな。あたしが何をしたっていうんだ、って思う反面、叱られるような自分は悪いんだ、駄目なんだ、って思ってた気がする」

あたしもタカも黙り込んだ。

「確かに、自分が軽はずみだった気もするし。そもそもテレビ番組に感化されて気軽にスプーンを曲げようとしたところから。それを嬉しがって瑞穂や恵先生に言ったり。他の人から曲げてって言われて、いい気になって曲げてみせたり」

「そんな……言い方」

あたしが言うと、タカがどすんと足を踏み鳴らした。

「それ、違う」

笠井さんは驚いたようにタカを見る。

「それは後悔、って言うんだもん！」

タカは子供みたいに仁王立ちしている。

「笠井さん、後悔してるんでしょ？　辛いことがいっぱいあって、あんなことしなかったら、こんな目に遭うこともなかったのに——って。後悔するのは分かるけど、悪いことをしたっていう罪悪感とゴチャにしちゃ駄目。後味悪いのは一緒だけど、それ、ぜんぜん別物だもん！」

まったくだ。

「タカの言う通りだよ。笠井さんが辛い思いをしたのは、笠井さんのせいじゃなくて、学校が変だからだよ。中澤さんも、あれは異常だって言ってた。ぼーさんは学校がパニックを起こしたみたいだって。たぶん、そうなんだよ。学校のほうに何か事情があって、それで過剰に反応したんだよ。吉野先生、生徒がみんな信じ込んでた、なんて言ってたけど、生徒はみんな半信半疑で、そんな事実、どこにもないし。それこそ、枯れ尾花。ありもしないものを見て、勝手にパニックを起こして、それを笠井さんにぶつけたんだよ。だから笠井さんのせいじゃない」

　笠井さんは、ちょっと笑った。

「うん。……そんな感じだね。さっきの話を聞いて、なんかそういう気がしてきた」

なんだ、とタカは坐り込む。

「悪いと思ってたけど、そうじゃなかったかも、って話だったんだ」

　笠井さんは苦笑した。

「そう。……いや、違うかな。悪いと思わなくてもいいのかなって。自分のせいじゃないとは言い切れないけど、少しは学校のせいにしてもいいのかなって」

「少しじゃない。迷わなくていいんですっ」

　あたしが言ったときだ。

「——そのようだな」

冷静な声がして、あたしたちは跳び上がった。驚いて振り返ると、涼しい顔でナルが戸口に立っている。

「リンは？」

「まだ戻ってきてないけど」

そう、と言って、ナルは坐る。笠井さんを見た。

「八年前、重大な死亡事故があった」

……出てきたんだ。あたしたちが注視すると、

「原さんが言っていた、『女性の悲鳴』だ」

「へ？」

「地下倉庫。言っていたろう。子供の悲鳴と女性の悲鳴」

……ああ、確かに。

「でも、それは兄弟を連れてきた生徒の声じゃないの？　自分のせいで弟が死んで」

「彼女が死んだなどという事実はない。なのになぜ、その場に悲鳴が残るんだ？」

……言われてみれば。なんとなく、弟が事故にあったのを見つけてしまって、悲鳴を上げるシーンをイメージしてしまっていたのだけど。

「中澤さんも言っていたように、湯浅はかつて堅固な否定派ではなかった。歴史のある女子高という条件のせいもあって、怪談はよく保存されていたし、怪談もひっくるめ自校の歴史について強い自意識を持っていたし、学校も生徒もそういう気風に対して肯定的だった。怪談も伝説の一種だから、怪談そのものに対しても許容的で、むしろ生徒も教師も一緒になって語り伝えていこうとする傾向が強かったんだ」

「校長先生が、そう……？」

ナルは頷く。

「中澤さんの話にもあったろう。教師もよく怪談を話の種にしたし、生徒もよく話題にした。――ところが、それを聞いて肝試しをしようと夜の学校に忍び込んだ生徒たちがいたんだ。肝試しの舞台は地下倉庫だった。子供の泣き声が聞こえるという噂を聞いて、学園祭の準備期間、学校の警備が緩んでいたのを幸い、校舎内に潜んで深夜まで居残った。そうして地下倉庫に忍び込んだわけだが、そこで彼女たちは子供の泣き声を聞いたんだ」

……うわ。

「彼女たちは悲鳴を上げて逃げ出した。そのとき、とっさに誰かがドアを閉めてしまった。仲間の一人を倉庫の中に取り残したまま」

「……えっ」

「パニックを起こした彼女たちは、我先にと倉庫を逃げ出し、そのときにドアを叩きつけて閉め、そのまま三々五々学校からも逃げ出した。誰もメンバーが一人欠けていることに気がつかなかった。ドアは、叩きつけられた弾みで掛け金が降り、たぶん残された生徒はそれでさらにパニックを起こした。閉じ込められたと信じ込んで闇雲にドアを叩き、そこで倒れた。逃げ出した生徒たちは、翌日になって友人が一人、家に帰っていないことを知る。家族から、娘が家に帰ってこないと学校に連絡があったんだ。それを知って、慌てて教師に昨夜の顚末《てんまつ》を告白し、聞いた教師が地下倉庫に駆けつけたとき、彼女はすでに死亡していた。パニックから嘔吐《おうと》し、吐物を気管に吸い込んで窒息死していたのだそうだ」

あたしたちは声を失った。

「もちろん、これは大問題になったし、学校側は責任を問われた。閉じ込めてしまった生徒が誰だったのかは本人たちにも分からなかったが、分からないことが肝試しに参加した生徒たちを必要以上に苦しめた。ひょっとしたら自分が死なせた、という思いから、生徒の一人はその後、自殺未遂を繰り返したし、別の一人はひどい鬱《うつ》状態に陥って、結果として家を出ることができなくなった」

「……悲惨……」

ナルは頷く。

「あまりにも惨憺《さんたん》たる成り行きに、学校側は無責任に怪談を肯定し、流布させてきた自分たちを強烈に責めた。ここで学校は百八十度、態度を変えたんだ」

……無理もない。起こってしまったことはあまりにも悲惨で重大だ。

ナルは溜息をついた。

「たぶんこの事件が、当時を知る教師には強い罪悪感とともに刷り込まれてしまったんだろう。怪談やそれに類することを生徒が喜んでいるのを見ると、反射的に当時の罪悪感が立ち上がる。これを放置すると重大な悲劇が起こる、という危機感、恐怖感を無条件に抱いてしまうんだ。その結果、吊るし上げのようなことまでやってしまう。教師たちの無意識からすれば、生徒の人権を踏みにじるような振る舞いも、生徒を死なせ、生徒の人生を破壊してしまうような悲劇に比べれば問題ではない、ということなんだろう」

あたしは息を吐いた。……そう、確かにそうなのかもしれない。あまりに悲惨な事件を繰り返すことに比べたら。それを未然に止めるためなら。

だから、とナルは極めて冷静に言った。

「笠井さんのせいではないんだ。教師は明らかに過剰な反応をした。これは過去の事件に由来する罪悪感と恐怖心に基づく反射だ。当時を知らない教師も、理由を知らないまま、他の教師のあまりにも強い否定的な態度に感化されて同様に振る舞った。マスヒステリーを起こしていたのは教師のほうで、事件を知らない教師や生徒はそれに巻き込まれたんだ。君はそのスケープゴートになったにすぎない」

「……うん」

「ただ、教師たちの危機感の根底にあるのは、二度と生徒にあんな悲劇を経験させてはならない、という強い使命感だ。笠井さんや沢口さんを含む、自分たちの教え子を、何としても守らねばならないという意識が、結果として逆に、君に辛い経験を強いたのだということは理解してあげてほしい」

笠井さんは頷いた。

「……うん、分かった」

「校長は、笠井さんや沢口さんに対し、非常にすまないことをしたと、今になって思い至ったようだ。近々、正式に謝罪があると思う」

「……ありがとう」

ナルは軽く眉を上げる。

「僕が感謝される謂《い》われはないと思うが」

「そうかな。……でも、なんとなく」

そう、とだけナルは答えた。

5

それからすぐにリンさんが戻ってきた。吉野先生は結局口を濁して、事故があったとしか言わなかったようだ。そのうちに他のメンバーも戻ってきた。改めてナルが事情を説明する。それぞれが複雑そうな反応を見せた。

「……ま、起こったことを聞くと極端に走るのも仕方ないって気もするか」

ぼーさんは頭を掻《か》く。ですね、とジョンが頷いた。

「当時のことを覚えてはる先生方が極端に走って、それ以後入って来はった先生方もそれに影響された、ゆうことなんですやろな」

「先生ばかりじゃなく、生徒もな。それが続いた結果、教師の間では否定的な態度が常態化したし、怪談だのが流布し始めても早々に芽を摘まれるから続かない。興味を持つ生徒も演劇部みたいに表向きは口を噤《つぐ》むし、すると怪談は消える。生徒も否定的——というより無関心になるってわけだ」

「そして、今度はその逆のことが起こり始めてるわけでおますね」

ナルは頷き、

「最初に起こった怪異は何だろう？」

全員がカードや、今日それぞれが集めてきたメモを引っ掻き廻す。あたしは、

「たしか、吉野先生が早かったと思うよ。九月初めぐらいだから」伊達《だて》にカード整理ばっかりしてたわけじゃない。「宗城先生も同じ頃かな」

「宗城——ミラーに顔が見えるってやつか。正確にいつ頃だって？」

ぼーさんは言って周囲を見る。綾子が、

「最初に気づいたのは九月半ば。何日かは思い出せないし、最初に見たのが始まりだとも断定できない」

「あと、魔の席も同じ頃」

あたしが言うと、ぼーさんはタカを振り返る。

「魔の席で怪我人が出たのはいつだったか、もう少し厳密に覚えてないか？」

タカは首を傾げた。

「んーと、九月半ばより前？　うち、毎月、十五日ぐらいに席替えするのね。その時々

で多少前後するけど。九月は真ん中ぐらい。でもって、二学期に入って最初の席替えの直前だったと思う。席替えのときには、最初に怪我をした子がもう入院中で、それで欠席だったから」

「吉野先生は？」

　ナルがリンさんを見る。

「やはり正確な日付までは分からないようです。それが始まりかどうかも確定できませんが、最初に気づいたのは九月の十日前後だったと思う、ということでした」

　順番に整理していくと、吉野先生、宗城先生、魔の席が早いことが分かった。九月初めが始まりだ。対するに、子供の泣き声が聞こえる、などの旧怪談は十月に入ってから始まっている。九月に始まった例は一つもない。狐憑きのような枯れ尾花系も十月に入ってから。それも半ばを過ぎてから増えている。

　あたしがカードに書き込みをし、扱《こ》き使われたタカがホワイトボードに書き上げていく。そうやってみると、起こっていることは一目瞭然《いちもくりょうぜん》だ。まず、新怪談が発生したのだ。

　それから旧怪談、枯れ尾花。

「学校で怪談を耳にするようになったのは、いつ頃？」

　ナルはタカと笠井さんに訊く。二人はそれぞれ首を傾げ、

「九月——末ぐらいかなあ」タカが言った。「魔の席が可怪《おか》しい、って話になったのは十月に入ってからだったのね。九月半ばに席替えがあって、それから……一週間ぐらい

して事故があって、二度目だね、って。そのときはまだ、祟りだなんて誰も言ってなかった。むしろ、こんな偶然ってあるんだねー、なんて言ってたから。絶対変だって話になったのは、十月の席替えがあって、三人目の被害者が出てから。でも、この時は、やっぱり、ってニュアンスだった。三人目が出る前に、みんな可怪しいって言うようになってたから。怪談めいた話をいろいろ聞いて、事故もそうなんじゃないの、みたいな話になってた記憶がある」

「どんな怪談を聞いた？」

「覚えてないけど……ここにある中では、誰かが屋上に出る階段で詰め襟姿の男の子を見たらしい、って話は聞いたことがあるな。あと、男の子の泣き声がするってやつ。どこかの物置に入ったら泣き声がした――とか、そういう話だった気がするけど」

「それ以外も？」

「うん。あったな。わりとよく聞く怪談話みたいなやつ。トイレに入ったら個室の一つが閉まってて、誰も出入りしてないのにいつの間にか開いてた、とか。顔を洗ってたら、誰もいなかったのに誰かが後ろを通っていった、とか、そういうの。この学校の話ばかりじゃなくて、他の学校の友達の話とか、どっかの心霊スポットの話とかも話題になってた」

「笠井さんは？」

笠井さんは困ったようにする。

「あたし、九月からこっち、あまり人と話をしてないからなあ。……ただ、それでも先月の半ばくらいからは、耳に入るようになったな。あと、先月の末ぐらいかな。そこのメモにある片田《かただ》さん？　その人じゃないかな。事務員の人が恵先生のところに相談に来たことがある。寝入りばなに笑い声がする、って。そのせいなのか、嫌な夢ばかり見るとか言って」

「ああ……」

　あの神経質そうな事務員さん。

「あと、八尾《やお》先生。飲み水に髪が混じるって。封を開けたばかりのペットボトルの水を飲んでも、口の中に長い髪の毛が残るんだって言って、髪の毛の現物を持ってきたよ。恵先生は顕微鏡で見て、長さからいっても人間の頭髪だと思う、とか言ってたな」

「産砂先生はそれに対して？」

　笠井さんは苦笑する。

「困ってたよ。自分には霊能力なんてないのに、って。事務の人には、寝入りばなには変なものを見たり聞いたりしやすいから、気にせずリラックスすることだ、とか言ってたけど。でも、本当はそういうことは専門家に言ったほうがいいって。二人とも、尻込みする感じだったけどね」

　……なるほどなあ。十月末には否定派のはずの先生も転向し始めてたわけだ。

「笠井さんに対するバッシングが始まったのはいつ頃？」

「九月初め。二学期始まって登校して、生物部でやったら翌日には一気に広まっちゃって。そしたら二、三日後にはもう聞こえよがしに非難する人が出てたから。ただ、その頃にはすごい、って庇ってくれる人もいたかな。学校全体から敵意を感じるようになったのは、全校集会の前後。あの頃は、非難ばっかりが聞こえたな。全校集会のあとは、もう居場所がなかった感じ」

笠井さんはかろうじて苦笑を浮かべてたけど、すごくブルーになったのが傍目《はため》にも分かった。無理もない。バッシングの起こった事情とかを納得できても、すぐさま平気になるってもんでもないだろう。

「十月には少し好転した？」

「面と向かって非難されることは減ったかな。十月の後半に入ったぐらいから。でも逆に、あたしの祟りだって言う人もいたし、それでかえって遠巻きにされた感じもあるから、必ずしも好転とは言えなかったけど」

なるほど、とナルは呟く。

「やはり、学校の雰囲気が変わったのは怪談話が流布したせいか……」

だよな。怪談話が広まって、それで雰囲気が変わって、おかげで笠井さんに対する当たりが柔らかくなった、という順番。やっぱり超能力少女の存在が、学校の雰囲気を変えたのじゃない。

「怪談が流布するようになったのは、新怪談の影響だろう。――問題は、新怪談がなぜ起こったのか、ということだ」

だよな。新怪談は由来する学校怪談がない。そもそも学校にあったものじゃなく、どこから紛れ込んできたものだ。

でも——いったい、どこから？

6

ナルは気持ちを切り替えるように、軽く首を振った。

「——相談者の状況は」

ぼーさんは両手を広げ、

「ウラナリくんは退院したぜ？　エイちゃんも来週には退院できるってよ」

綾子も、

「護符を渡した子——剣道部の一年生と、合唱部の三年生ね。二人も改善したようよ。一年生は、あれきり足音や気配を感じないって言うし、三年生は眼の痛みが治まって、翳みも取れてきたって。でも、八尾先生は駄目。飲み水からは依然として髪の毛が出る。量が増えたと言っていたわ」

ジョンや真砂子の報告も同様だ。つまり、概《おおむ》ね、旧怪談の被害者は状況が改善している。なのに新怪談の被害者にはまったく効果がない。むしろ人によっては被害が強くなっている。

「どうなってんのかねえ。新怪談って何者よ」

　ぼーさんが天井を仰ぐ。

　綾子が指を折った。

「由来する怪談がない、真砂子には見えない、除霊には効果がない」

　ですね、とジョンも、

「新怪談が全部の引き金を引いてるんや、ゆうことは確かやと思うんですけど……」

　ナルは溜息をついてカードの束を引き寄せた。

「何か他に共通項がないか探すことだな」

　うんざりしたように綾子が顔をしかめる。

「また聞き取りぃ？」

「新怪談の被害者に絞って。……あとは、除霊の努力を続けるしかない」

　綾子は盛大な溜息をついた。

「あたしもう、飽きちゃった。……とにかくもう一回、見て廻ろ」

　言って、真砂子を促し、立ち上がる。ジョンがそれに続いた。同様に、やれやれ、と零《こぼ》しながら立ち上がるぼーさんを、ナルは呼び止める。

「一度、学校全体を祓う、というのはどうだろう？」

　ぼーさんは頭を掻く。

「どの程度、効果が期待できっかなー。でも、学校主催の儀式として生徒も含めてお祓いをやっとくのは悪くないと思うぜ。少なくとも枯れ尾花を鎮静化できる」

だな、と呟いて、ナルはリンさんを見る。リンさんが頷いて立ち上がった。おそらく、学校側に交渉しろ、という所長の命令なのだろう。相手が年上だろうと、文字通り顎《あご》で扱き使うよな。

それに続きかけて、ぼーさんは、タカと暗くなった窓の外を見比べた。

「タカもそろそろ帰れ」

ええ、とタカが情けなさそうな声を上げた。そんなタカと、笠井さんをぼーさんは振り返った。

「二人とも、帰ったほうがいい。駅まで送って行ってやるから」

「もう少し」

タカが上目遣いにぼーさんを見る。子犬みたいな眼だ。

「夜はいないほうがいい」

「……危ない？」

「やっぱり、昼間よりは夜のほうがな」

ぼーさんに促されて、タカは複雑な表情で立ち上がった。送ってもらえるのは嬉しいけど、もっとそばにいたいと顔に書いてある。それでも、素直に鞄を取ってぼーさんの背中を追いかけて行った。笠井さんは、お邪魔かしら、という表情でそのあとに続く。

ふふ。がんばりなよ、タカ。

心の中で呟いた。おお、よく考えたらあたしもらっきー。ナルと二人きりではないんでしょうか。

ナルはというと、部屋を出ていく三人を目線で見送ってから、カードに改めて眼を通し始めた。お仕事は分かるんですけど、なんかお話ししようよう。

事件にかこつけて、七不思議と都市伝説はどう違うのですか、などと質問をしてみたり。珍しくぞんざいながらも答えてもらえたのは、ナルもいい加減、同じ作業の繰り返しにうんざりしてるからだろうか。これ幸いとあれこれ質問して、ついでにどうでもいい与太話もしたりして。髪の毛が口の中に残るのは気持ち悪いですね、とか、髪の毛を噛んだ音って、どうしてあのように嫌な感じがするのでしょうね、とか。あげくには、タカから聞いた、ぼーさんのバンドの話とか、演劇部の話とかを意味もなくくっちゃべった（もちろん、タカのとある人物に対する至上主義は伏せといて）。

気のなさそうなナルに、えんえん話をしているときだった。

カタンと妙に癇《かん》に障る音が、部屋のどこかでした。

ふっとあたしたちは音のした天井のほうを見上げる。

続いて再びコトンという音。まるで上の階で誰かが硬いものを動かしているような。

——だがしかし、ここは最上階で、もちろん上の階などというものはない。

すうっと部屋の電灯が暗くなった。まるで切れかけているように暗く瞬く。

ナルが身構えるように腰を浮かした。

ゴトンとまた天井で物音がする。今にも切れそうな感じで電灯が瞬く。窓の外はもう暗い。電灯が瞬くたび、天井がぼんやりと浮かび上がっては闇に沈む。何度目かに瞬いたとき、暗い光の中で、一摑みの髪の毛が天井から下がっているのに気がついた。まるで天井から生えるように。十センチくらいの長さのそれ。

「……ナル」

「落ち着け。動くな」

ナルは視線を天井から生えたそれに向ける。薄暗い明かりがふっと消え、戸惑うようにもう一度点《つ》いたとき、その髪は二摑みほどに増えていた。長さも三十センチばかりになったようだ。

あたしはそれに眼を奪われたまま、身動きできないでいた。瞬くごとに、徐々に長く、増えていく。

いつの間にか、ナルがあたしの前に立っていた。あたしはナルの背中越しに天井を見つめる。

さらにもう一度瞬いたとき、天井に髪の生え際が現れた。白い額の生え際だ。

……誰かが天井から沈んでくる……。

思わず息を呑んだ。ナルはあたしに背中を向けてそれを見つめたまま、

「……動くな。大丈夫だ、じっとしていろ」

「……うん」

電灯が瞬く。その額が眉間《みけん》のあたりまで沈んでくる。血の気のない白い額、眉は抜け落ちたようにほとんど見えない。灯りが再び瞬く。閉じた眼が現れた。青黒い影が落ちたような生気のない瞼《まぶた》。

瞬くごとにそれは天井から降りてきて、いつしか頬が——削《そ》げた頬が、尖った顎が現れ——やがては、女の首だけが天井から生えた。

「ナル……」

あたしが堪らず呼んだときだ。

蠟《ろう》のように白い顔の女が、唐突に眼を開けた。薄暗い中、白目が妙に輝いて見えた。瞳《ひとみ》は小さく、爬虫《はちゆう》類の眼のようだ。その眼が獲物を探すように室内を見渡し、そしてナルを捉《とら》えて止まった。薄い血の気のない唇がニッと上がった。

「ナル……!」

ナルは後ろ手に腕を廻して、あたしを背中に抱え込むようにする。

「あれがこの学校の霊なら、何もできない。大丈夫だ」

言っている間にも電灯が瞬く。女の身体が沈んでくる。白い着物の肩が、胸が。

気の遠くなりそうな時間の果てに、女は天井から上半身を乗り出した。逆様にぶら下がったまま、口許に陰惨な笑みを含んでナルを見つめる。

……このまま降りてきたら……あたしたちはどうなるんだろう……?

そのとき、ふいに誰かが部屋の入口を開いた。

「ぼーさんっ！」

戸を押し開いて手をかけたまま、ぼーさんは硬直する。天井から下がってくる女を見つめ、そうしてさっと指を組んだ。

「ナウマク、サンマンダ、バザラダン、カン！」

ぼーさんの声と共に、女の身体がずるっと天井に引っ込む。髪の先が天井に消えると同時に、会議室の灯りが点いた。


「なんだ……今のは」

ぼーさんが呆然《ぼうぜん》と口を開く。

ナルはひどく冷静な声で、

「とうとう、ここにも現れるようになったらしいな」

……そんな、なんでもないことのように言わないでよう。

あたしはその場にへたり込んでしまった。

ぼーさんがあたしの頭を叩く。

「大丈夫か？　怖かったか？」

「……うん……」

怖かったのはあの眼。残忍な邪悪な眼だ。女はとうとう一度もあたしを見なかった。

あれが見つめていたのはナルだけ。

そう思って顔を覆ったとき、頭の中をふっとイメージが通り過ぎた。

ナルとその足許で燃える鬼火。

「あ……」

「どうした、麻衣？」

ぼーさんがあたしを覗き込む。

「あれは……ナルを狙ってるんだ」

「——なに？」

「この部屋じゃない。あれはナルに現れたんだ。あれは良くない。ナルが危ない」

キョトンとあたしを見つめるぼーさんとナル。ナルがあたしのほうに身を屈《かが》めた。

「なんだって？」

「だから、あれは邪悪なの。学校中にいる鬼火。あれはその中の一つなんだよ。ナルを狙ってる」

……あたし、どうしてしまったんだろう。何を言ってるんだ？

「……麻衣、起きてるか？」

自分でも自信ない、と思っているのにあたしの口は勝手に動く。

「起きてる。あたし錯乱したりしてない。自分でもなぜだか分かんないけど、分かるんだもんっ！」

ぼーさんとナルが顔を見合わせた。

落ち着くように言われて、椅子に坐らされて。ぼーさんとナルに訊かれるまま、あたしは前に見た夢の話をした。もちろん、ナルが出てきた件については除外だ。

「どうしてだか分かんない。でも、鬼火を見た瞬間、あれは邪悪なものだって分かった。霊なんてもんじゃない、むしろ鬼だよ。絶対に危険なものなの」

ナルは考え込む。視線を床に落として。あたしにはその視線の先に、あの鬼火が見える気がした。

そこにドヤドヤと足音と人声が聞こえた。

戻ってきたみんなは、ナルとぼーさんの説明を聞いて一様にキョトンとした。真砂子は顔色がなかった。このおそろしくプライドの高い霊媒は、いたく傷ついてしまった様子だった。

「そんなはず、ありませんわ」真砂子の抗議する声は震えている。「この部屋には霊なんていません」

「じゃあ、僕らが見たものはなんだと？」

「……分かりません。でも、それは霊じゃありません。絶対に違います」真砂子の眼に涙が浮かんだ。「そうでなきゃ、あたくしは霊能力を失《な》くしたことになります！」

綾子が真砂子の背中を叩いた。

「見えないってことは、新怪談のほうでしょ。なんか特殊な霊なのよ」

「……そんなこと……」

真砂子は顔を両手で覆ってしまう。

綾子はその肩を押した。

「とにかく、相手の得体が知れないんだからさ、夜は学校にいないほうがいいと思う。真砂子、帰ろう」

真砂子は俯《うつむ》いたまま、こっくり頷く。

あたしはひどく居心地が悪かった。まるで自分が真砂子の大切なものを横取りした気がして。真砂子はプロだ。しかも一流と言われている。これはさぞかしショックだろうと思う。

ナルは立ち上がった。

「松崎さんの言う通りだ。今日はこれまでにしたほうがいい」

第五章

1

その翌日。昼間とはいえ、あたしはなんだか気味の悪い思いで会議室にいた。みんなはまだ来ない。あたしは全員がやってくるのを待っていた。

ドアが開いて、やっと来たかと思って振り向くと、顔を覗《のぞ》かせていたのはタカと笠井さんだった。

「あれ、今日も一人？」

「みんなまだなの」

あたしは妙にホッとする。あれはこの部屋に出たんじゃない、ナルに現れたんだと自分で言っておきながら、やっぱり信じきれないでいたから。

「まだって、もうすぐお昼だよ？」

「みんな疲れてるんだよ。あたしみたく、デスクワークしてるわけじゃないもん」

「ふうん……。仕事、はかどった？」

あたしは曖昧《あいまい》に笑う。なんとなく昨日の件は話しにくかった。

「お昼、食べた？　よかったら一緒に食べない？」

「……あ、あたしオベント持ってきてないの」

「だろうと思って」タカが包みを差し出す。「麻衣のぶんも作ってきたー」

「えーっ、うそっ！　嬉しー」

……きゃー、うるる。

「へっへ。笠井先輩が、麻衣ってお昼ちゃんと食べてるのかな、って言ったの。そう言えば、食べてる様子がないね、って話になって。で、今日はいっちょあたしが手作りのオベントを差し入れしてみようかな、とか思ったわけ」

う、嬉しいよぉ。

「でも、土曜なのに」

「いいの、いいの。どうせ、午後から授業あるし」

「土曜なのに？」

タカは顔をしかめた。

「自習が多かったから、しばらく補習をやるんだって。大迷惑」

そっかー。

「……いつもすまないねえ」

「それは言わない約束よお」

「明日は、あたしが作って差し入れに来るから」

笠井さんが笑う。

「明日って、日曜じゃない。日曜も補習あるの？」

「ないよ。さすがに休み」

「だったら悪いよ、そんな……」

「いいって。それよかさ、昨日言い忘れてたんだけど」笠井さんはオベントの包みを開きながら、「恵先生がさ、手伝えることがあったら言ってくれって。あたしも手伝うしさ、なんでも言ってよね」

「わお」

「感動してたよお。渋谷さんが陰陽師《おんみょうじ》だって話、したら。やっぱ、一種憧《あこが》れあるもんねえ」

「そうなの？」

「そうよお」

タカが立ち上がっていきなり声を上げた。

「あたしはー、おぼーさんのほうがいいー」

箸《はし》を握って宣誓すんなって。

「分かってるって。実はミュージシャンも好きなんだよね」

あたしが突っ込むと、

「うんっ」

「ベーシストだともっといいんだよね」

笠井さんに言われても、

「うんっ」

はいはい。いいお返事だことで。

三人で楽しくオベント食べて、食後にお茶をすすりながら馬鹿話をしてたところに、やっとナルのお着き。背後にリンさんを従えている。

「あ、こんにちは」

笠井さんはナルに手を挙げて、それからタカと一緒に立ち上がると、あたしに手を振った。

「じゃ、あたし行くわ」

「うん」

「本当に、手伝うことあったら言ってよね」

「ありがと、山のように仕事見つけとく」

「ばーか」

笠井さんは笑う。タカも、

「じゃ、がんばってねー」

なんか言って、二人してナルたちに頭を下げると出ていった。

「ずいぶん親しくなったんだな」

ナルが二人を見送る。

「まあね。人徳よ」

言ってやったら、

「そう」

……へ？

あのう……、あたしとしては、皮肉が返ってくるのを予想してたんですが。心の中で身構えて、お返しの言葉まで用意してたのに。

ナルは椅子に身体を沈める。その眼が少し赤い気がしてあたしは訊《き》いてみた。

「眼、赤い。寝てないの？」

「ああ。朝まであいつと睨《にら》み合ってた」

……あいつ……って。まさか……。

「……昨日の奴？」

「そう。麻衣の勘は当たったな。ゆうべ、僕の部屋に出た」

リンさんが、初めて聞いたというふうにナルを見つめる。

「私をお呼びくだされば、よかったのに」

「ああ……そうは思ったんだけど。視線を逸《そ》らしたら拙《まず》い気がして。それで朝まで睨み合ってた」

……どうして、ナルってばそうなんでもないことのように言うわけ？

リンさんも気色ばんだように、

「壁を叩けば聞こえました。どうして呼ばないんです」

「うん。まあ、……何が起こるかなと……ちょっとした好奇心で。せっかく眠っているのを、起こすのも悪いじゃないか」

「ナル。何かあったらどうするつもりだったんです」

「いや、もちろん拙い状況になったら呼んだが。べつに何でもなかったし……」

……珍しい。私的な会話をするナルとリンさん。ちょっくらナルが焦っている気がするのは心の迷いだろうか。

「ねえ、ナル？」

「ん？」

「つかぬことを訊くけど、ナルってリンさんと一緒のとこに住んでるの？」

「……そんなものかな。それが？」

……いや深い意図はないんですけどね。そうかー、そうなのかー。

ナルってば、あたしに自宅の住所も電話番号も教えてくれないのよね（たいがいオフィスにいるから、知らなくても用は足りるんだけど）。どのへんに住んでいるのかさえ定かではない。へええ、一歩近づいた気分。

「あ、そーだ。笠井さんが、何か手伝うことあったら言ってって」

「彼女が？」

「うん。産砂先生も」

「素人に手伝ってもらって、なんとかなる状況ならな……」

　ナルはウンザリしたように呟《つぶや》く。

「素人じゃないんじゃない？　笠井さん、すごくいろんなことに詳しかったよ。産砂先生からの受け売りだって言ってたから、先生はもっと詳しいわけだ」

「ふうん……」

「なんか、笠井さんってちょっと明るくなったよね？　最初に生物準備室で会ったときは、怖かったもんな。あのときは、よっぽど神経尖《とが》ってたんだねえ」

「そうだな」

　あたしはなんとなく、最初に会った時の光景を思い出してしまった。全身の毛を逆立てたみたいな笠井さんと、それを背後に庇《かば》った産砂先生。

「産砂先生も偉いよな……。先生がああして庇ってくれなかったら、笠井さん、今までもたなかったかも。今どきの先生って、自分の立場を悪くしてまで生徒のこと庇ったりしないじゃない？　先生は後輩だからって言うんだって。でも、それだけじゃ普通はできないよねえ」

「産砂先生は湯浅の出身？」

「らしいよ。この学校にいる女の先生って、たいがいそうなんだって」

笠井さんを庇ったせいで悪し様に言われて。学校が否定派に走った理由を産砂先生も知ってるみたいだし、だから声高に責めたりできなかったんだろうな。

「こういう言い方はどうかと思うけど、いろいろあったせいで、先生も立場がちょっとは回復できたみたいで良かったな」

……問題は笠井さんか。単に超能力だけなら、今頃もう少し扱いが変わっていたのかもしれない。でも、「祟《たた》りだ」なんて噂があったんじゃあなあ。あからさまに非難されるのは辛《つら》いに決まってるけど、祟りだ呪いだって遠巻きにされるのも辛い感じ。せめてもタカと仲良くなれて良かった。

そう思ってから、

「ねえ、ナル？」少し心に引っかかったことを言ってみた。「……まさか誰かが、本当に呪いをかけてるなんてことはないよね？」

ナルは怪訝《けげん》な顔をする。

「ないだろう。そもそも誰が呪いをかけるんだ？　笠井さんが？」

「笠井さんはそういうタイプじゃないもん。でも――」あたしはふと、「沢口さん、とか？」

沢口さんも鍵を曲げたんだよね？　ナルによれば、あれは笠井さんがやった可能性もあるってことだけど、沢口さんがやった可能性だって依然としてあるわけで。

「どれほど優れた能力者でも、ＰＫでこれだけの数の人間をどうにかしたりはできないだろう。ましてや、被害者のところには霊が現れているわけだから……」

「最近、おまじないとか多いじゃない。本だってずいぶん出てるし、その中には悪趣味なのもあったりするよね？　呪いの藁《わら》人形を通販で売ってたり。――そういう路線もないよねえ？」

あたしが訊くと、

「優秀な超能力者は優秀な呪術者になれるという話だが……、しかし、いくら何でもそれはないだろう。通販の藁人形に効果があるとは思えない」

「じゃ、手作り」

「呪術の能力者が作らなくては意味がない」

なるほど、そうかー。

「だよねえ。お手軽すぎるもんね。第一、呪いの藁人形って言ったら、人形に釘を打った場所が痛くなったりするんだもんね」

「……そう。藁人形のせいで霊が出没したなんてことは……」

ナルは言いかけてはっとした。リンさんを振り返る。そのリンさんもなにやら胸を衝《つ》かれた表情だった。

「リン……」

「その可能性はあります」

え？　なに？

あたしは二人を見比べる。なにがどーしたって言うわけ？

「なぜ今まで気がつかなかったんだ？」

「あのう……もしもし？」

あたしが訊くと、ナルが振り返った。何かを言おうとしたとき、廊下からドヤドヤと足音が聞こえた。

霊能者様御一行のお着きだ。

2

「ごめんねーっ」綾子は入ってくるなり、言い訳を始める。「この破戒僧が遅れちゃってー」

綾子たちは、ぼーさんが車で拾って連れてきているのだ。ぼーさんが、苦い顔をする。

「俺だけのせいじゃねーぞ。真砂子が行きたくないなんて、ゴネるから……」

ぼーさんの咎《とが》めるような視線に真砂子は、

「あたくしの、ここでの役目は終わったようですもの」

すっかり拗《す》ねている様子。

「そういう松崎さんだって、お化粧に時間をとられて……」

「女の身だしなみよっ」

「身だしなみなら、迎えが来るまでに済ませておくべきですわ」

「あんたはいいわよ、化粧なんていらないんだから。あたしは、小娘とは訳が違うの」

「素材の差ですわ。一センチや二センチ塗ったくらいで、あなたのお顔がどうにかなるとでもお思いですの？」

「なーんですってー？」

睨み合う二人を、ナルが冷たい声で制す。

「いい加減にしないか！」

凍りつくような冷酷な眼。

「事態の様相がはっきりした」

ナルが宣言すると、全員が眼を丸くする。

「……なんだって？」

ぼーさんが身を乗り出すのに、

「新怪談が何に由来する現象なのか、分かったと言ったんだ」

全員がシンとしてしまった。

「これは呪詛《ずそ》だ」

……ずそ？

「ここでは人を呪うための呪法が行なわれている」

「ちょっと、待てよ」ぼーさんが慌てたように口を挟む。「呪いって……じゃ、誰かが藁人形でも作ってるってえのか？」

「少し違うが、近いな」

綾子も不審そうに声を上げる。

「だって、じゃあ、霊はどうなるの？」

「それについては問題ない」

「問題ないって……呪詛と霊と、どういう関係があるわけ？」

ナルは全員を見渡す。

「藁人形に釘を打って人を呪う呪法――いわゆる『丑《うし》の刻参り』は、もともと陰陽道《おんみょうどう》から来たものだ。陰陽道において、人を呪う方法は二つに大別できる。『厭魅《えんみ》』と『蠱《こ》毒《どく》』だ。厭魅は主にヒトガタ――人を象《かたど》った紙や木の板を呪う相手に見立てる。呪う相手の所有物などを使うこともあるが。これに対して蠱毒は、生き物を殺し、あるいは虐げてその怨《うら》みの念を使って相手を呪う」

「てことはだ。藁人形に五寸釘を打つのは、厭魅ってわけだ？」

「そう。だが、本来、厭魅も蠱毒も中国に伝わる古い呪法――巫蠱道《ふこどう》にあった方法なんだ。中国では古く、巫覡《ふげき》が呪詛を行なった。巫覡は言わば職業的霊能者で、彼らは霊を見、霊を呼び、あるいは霊を祓《はら》った。同時に占卜《せんぼく》――占いを行ない、まじないも行なう。まじないの中には呪詛も含まれていた。巫覡は人を呪い、呪うことで他者の生命や身体を損なう。このとき使ったのが呪う相手に見立てるための木人《もくじん》で、これは木を削って人を象ったものだ。もっと簡便に、紙を使うこともあれば藁人形を使うこともあった。これを紙人《しじん》、草人《そうじん》と言うが。いずれにしても相手の形代《かたしろ》となるヒトガタ——偶人《ぐうじん》だ」

はあ、とぼーさんは気の抜けたような返事をする。唐突な知識の開陳に、ぼーさんのみならず、綾子もジョンもきょとんとしていた。

「これがのちに、陰陽八卦《はっけ》の思想と混交する。陰陽八卦とは完成された占いでもあったからだ。こうして、占いとしての八卦道、まじないとしての巫蠱道が交錯することになる。これが日本に伝わって成立したのが陰陽道で、さらにそれが神道、仏教、修験道と混交しながら民間呪術として定着していった」

「……そりゃ分かるけど。何だって急に歴史のおさらいをせにゃならんのだ？」

ぼーさんは、納得のいかない表情だったが、ナルはそれを見下げた眼で見る。

「その経過が重要だからだ」ぴしゃりと言って、「普通、藁人形に釘を打って人を呪うというと、釘を打った人間の怨みの念が、不可思議な力で相手に伝わり、それによって害をなすとイメージされる。だが、これは日本の民間呪術としてのイメージで、本来はそういうものではない。当初の形——つまり、巫蠱道においては、呪詛は鬼魅《きみ》——死者の霊や精霊に依頼するものなんだ」

全員がぽかんと口を開いた。

「死霊や精霊……」

「呪詛を行なう呪者は、呪う相手に見立てて偶人を作る。偶人は相手の形代になる。この形代に釘を打つことで、鬼魅に相手への呪詛を依頼するんだ。自分で行なうものではない、鬼魅に依頼するものだから、呪う相手が誰なのか、どういうふうに呪うのかを呪者はつまびらかにしなければならなかった。そのために偶人が必要になる」

そっか、と綾子は呆然《ぼうぜん》としたように呟いた。

「だから藁人形は神社の御神木《ごしんぼく》に打ち付けるんだ……精霊にお願いするために」

「そういうことだ。中国から日本へ、日本の民間呪術へと伝わっていく過程で、本来の意味は抜け落ちていったが、厭魅というシステムが変わったわけではないだろう。どんな超能力者でも、人形に釘を打って、それによって相手を害することができるとは思えない。相手に直接釘を飛ばすことならできるにしても」

「確かにそうだわ……。人形に釘を打っていうのは、言わば疑似行為なのね？　呪う相手を明らかにして釘を打つことで、同様の行為を鬼魅に求める——」

「そう。そして、呪者の誓願を受け入れ、霊的存在が呪殺に向かう。つまり、呪者は厭魅の法を行なうことによって、神や精霊、果ては悪霊を使役することになるんだ」

「……待っとくれやす。悪霊ゆうことは」

ジョンが声を上げた。

「すると、こういうことでっか？　厭魅の呪法を行なうと、不思議な力やなしに、神様や悪霊が相手を酷《ひど》い目に遭わせに行く、ゆう……」

「そういうことだ」

ナルが全員を見渡す。

……悪霊が相手を酷い目に遭わせに行く……。

「それって……」

あたしが呟くと、ナルが頷《うなず》いた。

「今、学校で起こっているのは、間違いなく厭魅だと思う。事件の様相はこうだ。誰かがこの学校の関係者に対し、厭魅の呪法を行なった。それによって、呪われた相手のもとに悪霊が訪れる。悪霊は一晩で相手を殺す力は持たない。少なくとも丑の刻参りでは七日かかる。あるいは呪者の力量が足りなくて、相手を殺せるだけの霊を呼べないだけなのかもしれないが。――とにかく、そのせいで学校関係者の間で怪現象が起こる。それがリアリティを持った怪談として流布し始める。怪談に対する不安や恐怖心が休眠状態にあった旧怪談を揺さぶり起こし、さらに怪談が蔓延《まんえん》する。これに感化されて神経質な者が、自分も怪現象に遭遇するのじゃないかと不安に思う。あげくには自分にも霊的なことが起こっていると勘違いし始める。その極端な例があの狐憑《きつねつ》きの女の子だ。かくて、学校を挙げての大騒動になってしまった」

「……なるほど」

ぼーさんが呻《うめ》いた。それから身を乗り出すようにして、

「しかし、いったい、誰が？」

ナルに訊《き》いたところで、真砂子が口を開いた。

「そんなもの、分かり切っていますわ。……笠井さんでございましょ」

「……ちょっと」

あたしは声を上げたけど、綾子もあっさり頷いた。

「でしょうね。自分の超能力を否定されて、おまけに吊るし上げられて。自分を庇ってくれた人たちも酷い目に遭って。それで『呪い殺してやる』なんて言ったわけじゃない？　言葉通り呪詛をやってたわけだ」

「そんな。笠井さんじゃないよ！」

あたしは思わず叫んだ。

「あらあ、なんで？　他に誰かいるの？」

「笠井さんって、そんな人じゃない。そんなこと、するわけない」

「人は見かけによらないってね」

「そんなの！」笠井さんのこと、知らないくせにっ。「他の人かもしれないじゃない！先生や生徒を怨んでる人なんて、たくさんいるよ、きっと」

「どうだかねえ。……ま、笠井さんを呼んで、ちょっと問い詰めてみればはっきりするんじゃない？」

綾子はあっさりと言う。

「そんなこと、させないからね」

「麻衣ぃ、何なのよ、いったい」

「だって、駄目だよ、そんなの。笠井さんに動機があるってだけで、証拠もなしに逮捕しちゃうわけ？　笠井さん、それでなくても、超能力の件で吊るし上げられて傷ついてるのに！」

最初に会ったとき、人間不信で全身の神経を尖らせてた笠井さん。せっかく少し落ち着いてるのに、またあんなふうになったら。

ナルがあたしを見つめる。

「最も怪しいのは笠井さんだ。新怪談の始まりの時期に被害者になった吉野先生は、朝礼で彼女を吊るし上げた張本人だからな」

「……でも、違うもん」

「絶対と言えるか？　放っておいたら、死人が出るかもしれないんだぞ？」

……そんな。

あたしは俯《うつむ》いてしまう。そんなふうに言われたら絶対違うなんて言えな……。

そのとき、あたしの頭の中をイメージが過《よ》ぎった。うまく言えない。色のついた影のようなもの。なんだか分からないそれは、はっきり「ノー」と告げている気がした。

あたしは顔を上げた。ナルを真っ直ぐ見返す。

霊はやっぱりいた。人を呪って害するための邪悪な霊だ。ナルだってやっぱり狙われてた。あたし、自分を信じてみる。

「笠井さんじゃないよ、絶対」

綾子と真砂子が皮肉な笑い声を上げた。ナルはあたしを漆黒の眼で見返してくる。

「……断言できるか？」

「できるよ」

「また、麻衣の勘か？」

「そうだよ」

……文句ある？

ナルがふっと息をついた。

「いいだろう、信じてみよう」

「……本当に？」

「麻衣には今回、借りがある。ここは麻衣を信用してみよう。笠井さんが犯人かもしれないという仮説はいったん措《お》いて、犯人を探してみる」

……やった！　ありがとう！

綾子や真砂子は不満そうだ。

「ナル、本気なのぉ？」

真砂子は綾子よりもさらに不満そうだ。

「犯人が分かるまで放っておくんですの？　このままでは、死人が出ても存じ上げませんことよ」

「分かっている。呪詛をそのまま放ってはおけない。僕らは犯人を探す。みんなには偶人を捜してもらいたい」

全員がキョトンとした。

「なに？」

「かけられた厭魅を打ち砕く方法は二つある。呪詛を呪者に返すか、あるいは、厭魅に使った偶人を捜して焼き捨てる。厭魅の法では、人形を相手の家や勤め先など、相手にとって身近な場所に埋めるんだ。犯人がこの学校の関係者なら、偶人は学校のどこかにある可能性が高い」

「それを捜せって？　俺たちに？」ぼーさんはウンザリした様子だ。「学校の敷地が、どんだけの広さあると思うんだ？　隣接した学生会館の建設予定地まで含めると、とんでもない広さなんだぜ？　それを全部掘り返せって言うのかよ」

「少なくとも犯人が僕の偶人を埋めたのは、この二、三日のはずだ。まだ埋めた跡が分かると思う」

ぼーさんが怨みがましい眼つきでナルを見る。ナルは冷たい視線を返した。

「やりたくなければ、帰るか？」

「……やるよ。やりゃあいいんだろ」

ぼーさんは肩を竦《すく》める。

ナルはあたしとリンさんを振り返った。

「とりかかろう。来てくれ」

3

先に立って歩くナルを、あたしとリンさんは追いかける。授業中の校舎の中はしんとしている。

「ナル！　どこに行くの？」

「調べたいことがある」

短く言って、ナルが向かったのは二－五の教室だった。

タカのいる二－五のクラスは移動教室の最中みたいだ。教室はガランとして誰もいなかった。無人の教室はよそよそしい。人がいるときとは、まるで別物のようだ。

ナルは教室に入ると、真っ直ぐ窓際の最後尾にある机に近づいた。

魔の席。現在その席に坐っている子は、怪我をして入院中。

「どうするの？」

ナルはものも言わずに机の中に入れたままになっていた持ち物を引っ張り出す。机の中を覗き込み、それから机をひっくり返した。

「……あった」

……あたしとリンさんは、机の中を覗き込む。

机の中の奥、正面に紙が貼りつけてあった。ナルがその紙を剥《は》がす。そこにはさらにガムテープで人型の板が貼りつけてあった。

ナルはその板を引き剝がした。リンさんに差し出す。

リンさんはそれを眺めて、

「……よくできています。間違いなく厭魅ですね。ただし、これには個人名がない。代わりに『此《こ》れを占有したる者』とあります。特定の個人を狙ったものではなく、この席に当たった者を占有者と看做《みな》して呪うためのもののようです」

「だろうな」

ナルは頷いた。キョトンとしているあたしに向かって、

「この席は、特定の誰かではなく、ここに坐った人間を事故に遭わせる。それで、呪われているのは、人ではなく机だろうと思ったんだ」

……あ、なるほど。

「この例を見ると……陸上部の部室も、特定の個人ではなく、陸上部全体を狙ったと考えられる。……行ってみよう」

陸上部の部室のある長屋のような建物は、グラウンドの端にある。ナルは中を覗いて、部室の床がコンクリート製なのに少し首をひねる。

「普通は床下の地中だな？」

「そうです。天井裏のこともありますが……」

ナルはリンさんに言われて天井を見上げた。四角い板が張ってあるだけの天井。ナルはそのへんの椅子を引きよせて、上に登る。部屋の天井板を調べ始めた。軽く天井板を叩く。埃《ほこり》が落ちてきて、あたしは眼を覆った。慌てて俯き、瞬《またた》く。そのとき、ロッカーの近くの床が罅割《ひびわ》れ少し持ち上がっているのに気がついた。

「……？」

よく見てみると、床に張ったコンクリートが割れて、そこが少し持ち上がっているのだと分かる。あたしは試しに少し浮き上がったコンクリートに手をかけてみた。

——動く。

力を込めると三十センチ四方くらいのその塊が持ち上がった。その下には地面が見える。

「ナル！」

呼ぶとナルが椅子から飛び降りてくる。あたしの示した穴を見て、真っ白な手で掘り返しにかかる。あたしは妙にもったいない気がして、慌ててそれを手伝った。

「……あったよ！」

すぐに指先が硬いものに当たった。あたしはそれを引っ張り出す。

板を削って作った人形——偶人。そこに墨で文字。泥で汚れて読めないけれども。

ナルに渡すと、ナルはそれをリンさんに渡す。リンさんは何も言わずただ頷いた。

ナルはあたしを振り返る。目許《めもと》が微《かす》かに優しい。

「よくやった、麻衣」

……うわぁい。ほめられたあ！

「やはり厭魅だ。間違いない。あとは埋められた偶人を回収しさえすればいい。今回、麻衣は大活躍だな」

……えへへー、ソレホドでも。

「回収が大変ですよ」

リンさんに言われて、ナルは手を叩いて泥を落としながら立ち上がる。

「そうでもないだろう。犯人に訊けばいい」

「どうやって犯人を見つけます？」

「できなくはないはずだ。あの魔の席と陸上部を繋《つな》ぐものが見つかればいい。その線の延長線上に犯人はいるはずだ」

「……はい」

4

リンさんはナルに何事かを命じられ、調べものをするために出掛けていった。あたしたちはタカを捜す。

授業中のところを先生に断って、会議室に無理矢理引っ張ってくると、キョトンとした彼女に簡単に事情を説明する。

「魔の席と陸上部にヒトガタ、ね。それは分かったけど、あたしに言われても」

　タカが不思議そうに言うのに、ナルは、

「あの席が呪われる理由について、何か心当たりは？」

「そんなこと言ったって……」

「じゃあ、質問の角度を変えよう。犯人はあの席に坐っている人物に怨みを持っていた。――最初にあの席に坐っていたのは誰？」

「一学期はよく覚えてないや。二学期になってからは、村山《むらやま》さんっていう子」

「その子があの席に坐っていたのが、九月半ばまで？」

「そう。席替えがだいたいいつも月半ばだから、夏休みを挟んで、七月半ばから九月の半ばまでが村山さんのいた期間になるのかな」

　ナルは頷いてメモをとる。

「彼女は事故に遭った――席替えの直前に？」

「うん」

「ということは、犯人は、夏休みを挟んだその間に机に偶人を仕込んでいるわけだ。新怪談が勃発《ぼっぱつ》したのが九月以降だから、村山さんの前の生徒は関係ないだろう。村山さんはこの間に、何か犯人の怨みを買うようなことをしてしまったわけだ」

「……そんなこと言われてもねえ」

タカは首を傾げた。

「ほかの事故に遭った被害者はどう？」

「うーん……」

タカはますます首をひねってしまう。

「怨みを抱くくらいだ、犯人は村山さんを顔だけにしろ知っているはず。ということは、クラスの担当でない教師や他の学年の生徒は除外できるのでは」

「それはちょっと……。だって、担当でない先生だって連絡で来るし、他学年の人だってクラブの関係で来ることあるよ。げんに村山さんだって、文芸部の人が結構出入りしてたもん」

ナルはペンで机を叩く。

「じゃあ、陸上部はどうだろう？　陸上部が怨みを買っているのは？」

「……陸上……。なんか、グラウンドの使用権でソフト部とは小競り合いが絶えないって聞いてるけど。あと、うちは陸上とバレーが強いのね。そのせいで、バレー部とも仲が悪いみたい。それと……」

タカはふと、

「……？」

「陸上部は顧問が現実主義者なのよね」

「顧問の先生が、霊とか超能力とか、全否定の人みたいなの。そのせいか、部全体も否定的。沢口さんって、正課のクラブが陸上なのね。でもって、正課の陸上って、陸上部の人間がほとんどいるの。それで、ずいぶん虐《いじ》められてたらしいよ」

ナルは少し考えてから、

「その顧問の名前は？」

「宗城先生」

あ、とあたしは声を上げた。車のミラーに女の顔が映る……。

「沢口さんは、高橋さんのクラスに出入りをしてた？」

「……うん。ほら、笠井さんがスプーンを曲げられるっていうんで学校が騒然となってるとき、笠井さんって引っ張りだこだったのね。廊下とかで姿を見つけると、みんなでクラスに連れて行っちゃって。うちのクラスでもそう。でもって沢口さんって、いつも笠井さんと一緒にいたし、だから何度か来たことがあったと思う」

「そう……」ナルは呟いてから、「最初に事故に遭った村山さんは、超能力否定派？肯定派？」

「……バリバリの否定派」

タカは不安そうにナルを見つめた。

「そう言えば、あたしたちが笠井さんを教室に引っ張ってきたときも、聞こえよがしにすっごい皮肉言ってた。笠井さんもムッと来たようだったけど、確かに、沢口さんのほうが気分を害してる感じだったなあ。村山って、かなり粘着質だから。笠井さんたちが聞こえない振りすると、どんどん声高になっちゃって。そのときだけじゃなく、その後もことあるごとに絡んでたんだよね。笠井さんと沢口さんだけじゃなく、ほかの生物部の子とか、産砂先生とかにまで。二人を呼んできたあたしたちにも、しつこく文句言ってたし」

言ってから、あたしを見る。

「麻衣、……これが原因？　犯人は沢口さんなの？　それとも……」

「……分かんない」

学校に来なくなった沢口さん。先生に吊るし上げられて、生徒からは虐められて、とうとう学校に来なくなったあげく退学するという。

自分を攻撃してきた人への怨みは強いだろう。あたしたちが学校に来たときにはすでに学校にいなかったので、あたしたちは沢口さんのこと、忘れてた。彼女だって鍵を曲げたのに……。ナルは言ってた。優秀な超能力者は優秀な呪者になれるって。だとしたら、犯人は沢口さんでもいいんだ……。

5

ナルは、反笠井派の人たちの名前をタカに訊いて名簿に印を付けた。タカの知る限り、笠井さんを攻撃してた人たち。

タカを授業に戻らせたあと、あたしとナルはその名簿を見つめる。印の付いた人たちは、全員呪詛に悩まされて相談に来ていた。

「やはりこれか……」

ナルは呟く。

「……沢口さんが犯人？」

「分からない。麻衣は不満だろうが、笠井さんの可能性も高い」

「でも……言いたくないけど産砂先生だって動機はあるわけで……先生はどうなの？」

「なんとも言えないが……。しかし、呪詛というのは、誰がやっても成功するというものではない。あらかじめ素養がないと」

「……超能力があるとか？」

「そう。霊能力があるとか。本格的な修行をしたことがあるとか」

産砂先生はどうだろう？

超心理学には詳しかったけど、本格的な修行をしたなんて話が出たことはない。

そのほかにこの学校に、本格的な修行をしたことのある人なんているだろうか。超能力のある人は？　霊能力のある人は？

……どう考えても、一番怪しいのは笠井さんと沢口さん……。

でもあたしは自分の直感を信じる。笠井さんは犯人じゃない。だとしたら残るのは沢口さんだけ……。

ナルは立ち上がる。

「沢口さんに会ってみよう」

「……うん」

あたしとナルは、先生に沢口さんの住所を訊きに行った。本人が学校に来ないのだから、家を訪ねてみるしかない。沢口さんの担任に住所を訊くと、先生は意外なことを言い出した。

「実は、沢口さんは家出したらしいんです」

この担任は笠井さんたちを攻撃した一派で、やはり行く先々で大きなラップ音がするのに悩まされている。訴えだけでは、限りなく枯れ尾花系に見えたのに。

「先日家から連絡があって、身のまわりのものや、お金が消えているんで、たぶん家出したんだろうって。いちおう、落ち着いたら連絡するから心配しないでくれ、とは書き置きがあったようなんですけど。不登校になって以来、外出することが多くなって、姿を消す直前には、名前に聞き覚えのない新しい友人から頻繁に電話があったりしていたようなので、ひょっとしたらどこか友達のところに転がり込んでいるだけなのかもしれません。念のため警察に失踪《しっそう》届を出したようです」

ナルは困惑したように黙り込んだ。あたしは職員室を退出したあと、ナルと別れて笠井さんを捜した。

クラスの前で笠井さんを捕まえる。あたしは彼女をそのへんの空いた教室に引っ張り込んだ。

「沢口さんが家出したって」

あたしが言うと笠井さんは少しキョトンとして、それからその場にしゃがみ込んだ。

「……そんな」

あたしは担任の先生から聞いたことを伝えた。

「ひょっとしたら友達のところにいるかも、って言ってたけど、心当たりない？」

笠井さんは蹲《うずくま》ったまま無言で首を横に振る。

「どこか沢口さんが行きそうな場所とか」

これにも首を振って、笠井さんは抱えた膝に顔を埋《うず》めた。

「……あたしのせいだ」

あたしはハッとした。

「なんで？　違うよ。そうじゃないでしょ？」

「そうだよ。……瑞穂は学校を辞めて、家を出て働こうかって言ってた。それじゃあの子は、最初から家出しちゃうつもりだったんだ……」

笠井さんは自嘲《じちょう》するような歪《ゆが》んだ笑みを浮かべる。

「……そうだよね、学校では虐められるし、家では学校に行けって、叱られるって言ってたもん。居づらくて、喧嘩《けんか》ばっかでしんどい、って」

「それは分かるけど……でも」

「全部、あたしが妙なことに引きずり込んだせいなんだよ。……あたしのせいだ」

「そんなふうに考えたら駄目だよ！」

学校が妙なふうに沢口さんを責めたのは、学校の事情のせいだ。生徒が沢口さんに冷ややかだったのもそれぞれの生徒の心根の問題だ。物事の順番としては確かに笠井さんが始まりだけど、因果関係の起点であることが責任の所在を示すわけではないはず。

「ううん。あたしさえ……」

言いかけた笠井さんを、あたしは遮った。

「違う！　笠井さんのせいじゃない。沢口さんは狡《ずる》い！」

え？　というように、笠井さんがあたしを見返した。

「だってそうでしょ？　笠井さんは周囲に負けないって頑張ってるのに。友達だったら一緒に踏ん張るべきなんじゃないの？　笠井さん、一人で学校に残して、自分は勝手に家出なんかしちゃって。笠井さん泣くのに、自分のせいだって悩むのに。それ、分かってるはずなのに！」

ああっ、ムカムカする。どうして逃げちゃうわけ？　なんで友達を残して勝手に逃げちゃうのよっ。

「笠井さんのせいじゃない。沢口さんが弱虫で狡いだけ。一蓮托生《いちれんたくしょう》の友達見捨てて逃げた人のために、責任なんか感じる必要ないっ！」

笠井さんはしゃがみ込んだまま、ポロポロ涙を落としてあたしを見上げる。

「……あたしも、そう思ってたみたい……。今、ちょっとホッとしちゃった」

「当たり前だよ、そんなの」

あたしが言うと、笠井さんは笑う。

「そうだよね。……すごい。麻衣ってば、すごく前向きなわがまま」

「うん。なんでもかんでも自分の責任だなんて思うような、おセンチ娘じゃないもん」

「……センチかあ……。そうだよね」

「そうだよ」

断言してあたしが隣にしゃがみ込むと、

「瑞穂が学校に来なくなって、あたし何度も行こうって誘ったんだけど、やだって。最近は電話しても、あたしはお説教ばっかだって、だからやだって電話にも出てくれなかった。あたし、瑞穂のこと心配だったけど、心のどっかで悲しかった。置き去りにされたみたいで、心細かった」

「うん」

……当然だよ、そう思って。

「最後に電話で喋《しゃべ》ったの、いつだったかなあ。だいぶ前。そのとき、瑞穂が学校辞めて働くって言ってて、それで電話切ってから、あたし泣いたのね。自分でもなんで泣けるのか分かんなくて、瑞穂にすまなくて泣いたんだって思ってた。でも、今から思い返してみると違うな。あたし、瑞穂に見捨てられた気がして泣いたんだ」

「……うん」

「瑞穂ってば、狡い」

「そのとおり」

「あたしは、負けないぞ」

「えらい」

「負けないで頑張って、瑞穂が勇気を出して帰ってきたときの居場所を作っとく」

「笠井さんって……」

「うん？」

「さいこー」

あたしが言うと笠井さんは笑った。

あたしたちは少しの間黙り込んで、自分の足許を見つめていた。

「……授業に行かなきゃ」

笠井さんが立ち上がる。

「心配するのはいいけど、背負い込んじゃ駄目だよ」

「……ん。頑張る。麻衣もバイト頑張って」あたしに笑ってから、「あっちのほうもね」

「あっち？」

「渋谷さん」

……あーう。だからあ、それは……。

「脈ありそう？」

「ぜーんぜん。でもさー」

「でも？　なに？」

えへへー。役に立ってるって褒められちゃったー。

あたしがその話をすると、

「へー。まったく望みがないわけでもないじゃん」

「……かなー？」

「だいじょおぶ。ファイト」

「笠井さんもね」

「まかしといて」

あたしたちはクスクス笑いあった。

「んじゃ、本当に授業に行く」

笠井さんは手を挙げる。あたしも手を挙げて、それからふと、

「ね、笠井さん？」

「ん？」

「産砂先生って、霊が見えたりするのかな」

笠井さんは首を横に振った。

「できたらとっくに麻衣たちを手伝ってるよ。恵先生は実践の才能はないんだって。理論だけで」

「じゃ、本格的にそういう修行とかトレーニングとかもしたことないんだ」

「と思うよ。聞いたことないし」

　そっか、やっぱりな。てことは、産砂先生ではないわけだ（当たり前か）。呪詛の方法を知識として知ってる可能性はあるけど、それを成功させる素養がない。するとやはり沢口さんしかいないわけだ。そう思って、あたしは違和感を覚えた。

「ねえ……？　笠井さん、沢口さんと長いこと話してないって言ったよね？」

「うん、そうだけど」

「電話とかでも？」

「出てもらえなかったから。本当にしばらく話してないなあ……」

「てことは、沢口さん、今の学校の状況とか、あたしたちが来たこととか知らないわけだよね？」

　笠井さんは少し首を傾げて、頷いた。

「……そうだね。たぶん、知らないと思う。あたしは言うチャンスなかったし。恵先生の電話にも出ないって言ってたから」

　あたしは頭をはたかれた気分だった。産砂先生には呪詛をする素養がない。すると、残るのは超能力を使える可能性のある沢口さんか（不本意ながら）笠井さんだということになる。でも、沢口さんはナルが学校に来たことを知らない。てことは、沢口さんは、ナルに呪詛をかけられないってことなんじゃないの？

かける理由がない。ナルの存在を知らないんだから。

じゃあ、ナルのところに幽霊が現れたのはなぜ？　あれが単なる霊のはずがない。あれは厭魅だ。厭魅の法で呼ばれた悪霊。

では、沢口さんも、犯人ではあり得ない……。

6

会議室に戻って、ナルにそのことを言うと、ナルは驚いたようにあたしを見た。

「麻衣、今回はどうしたんだ？　えらく役に立ってくれるじゃないか」

……悪かったな、今まで役に立たなくて。

「その通りだ。沢口さんは犯人ではない。だいたい、なんで僕のところに呪詛が向かってきたんだ？」

「ナルが邪魔だからじゃない？」

「邪魔？」

「だって、ナルは学校の怪事件を解決にきたわけじゃない？　自分の邪魔になるんで、犯人はナルを排除しようとしてるわけ」

「だったら、僕だけに呪詛をかける必要はない。僕ら全員にかけるべきだと思わないか？　呪詛をかけるんだったら、僕でなく、せめてこの会議室にするべきだ」

「それは……」

ああ、そうか。あたし、分かった。うん、そうよ。きっとそう。

「つまり、この学校で起こっていることは、呪詛なわけでしょ？　呪詛って陰陽道から来てるんだよね？　ということは、陰陽師は呪詛を打ち破ることだってできるってことじゃないの？」

「……そうだが」

「だからだよ。ナルは陰陽師だから特に自分にとって邪魔なんで……」

言いかけたあたしをナルは遮って、

「僕が？　なんだって？」

「陰陽師」

「なんでそうなるんだ？」

……ぱちくり。なんで……って。

「……違うの？」

「違う」

えーっっっ！　そんなあ。

「だって、こないだの事件のとき、偶人使ってたじゃない！　あれは陰陽師にしかできないことだって、ぼーさんが……」

「あれを作ったのはリンだ」

……リンさん……。

「……リンさんが、陰陽師なの？」

「そういうことだな」

……なんだってえ？　じゃあ、ナルはやっぱり、単なる心霊研究家なわけ？　なんとなく……がっかり……。

「そんな誤解を犯人がするはずがない。もし、僕が実際に陰陽師だったとしても、それを知る方法があるとは思えないし……」

「あたし、言っちゃった……」

「え？」

「ナルは陰陽師だって」

「……誰に？」

どうしよう。

「……笠井さん……」

ナルはあたしの顔をまじまじと見つめてから、天井を仰いで溜息をついた。

「つまり、笠井さんは僕が陰陽師だと誤解しているわけか。麻衣、ということは……」

「うん。分かってる。笠井さんが犯人である可能性が高くなったってことだよね」

「笠井さんは犯人ではないと言ったのは、お前だ」

「うん」

「信念は変わらないか？」

「一つ訊きたい」

「なんだ？」

「人が自分も知らない間に呪詛を行なってしまうなんてこと、あると思う？」

たとえば無意識のうちに。たとえば夢うつつのうちに。

「あり得ないだろうな。特に厭魅では……」

「じゃ……変わらない」

ナルは軽く指先で机を叩いた。

「いいだろう。もう一度だけ麻衣を信じてみよう。……ただし、次に笠井さんが犯人であることを示す何かが出てきたら、承知しないぞ」

「……うん」

笠井さんじゃない。そんなはずがない。

ナルは立ち上がった。

「僕は調べものをしてくる。麻衣はみんなを手伝って、偶人を捜せ」

「ラジャー」

第六章

1

　あたしはまず、みんなを捜した。霊能者の集団は、体育館の周囲を捜査中だった。あたしが綾子を見つけて駆け寄ると、ちょうど、ジョンが体育館の床下から顔を出した。

「ジョン！　泥だらけじゃない！」

「はあ……」ジョンは両手をついて狭い通気孔《こう》から這《は》い出して来ると、困りきった表情で起き上がった。「駄目です。ここにもありまへん」

　綾子と真砂子が溜息をついた。

　ジョンのあとから、ぼーさんも這い出して来る。

「あー。参った。上、体育の授業中だよ。どすんどすん、煩《うるさ》いのなんの。……頭痛がしそう」

「貴重な犠牲でお疲れさま」綾子は偉そうに言って、手帳に眼を落とす。「体育館もペケね。他にどこがあり得る？　本当にあるのかしら、偶人《ぐうじん》なんて」

　疑わしそうな綾子に、あたしは魔の席と陸上部の部室から見つかった偶人の話をしてやった。全員が考え込んでしまう。

「やっぱり、厭魅《えんみ》ってことか……。しょーがねえなあ」ぼーさんは呻《うな》ってあたしたちを見渡す。「床下はこれで終わりだ。床下にないとなると、校庭のどっかだろう。手分けして、虱潰《しらみつぶ》しに当たるしかねえ」

綾子が憤懣《ふんまん》やるかたない声を上げた。

「簡単に言わないでよ。だいたい、あたしがなんでこんな恰好《かっこう》悪いことしなきゃなんないの？　服だって汚れちゃうし。爪だって折れちゃうわ」

「そりゃ、お互い様だ」

「むさ苦しいお坊さんと一緒にしてほしくないわね。あんたの着るもんなんて、どうせアメ横のワゴンセールでしょ。あたしのこの服、いくらしたと思うの？　学校からクリーニング代、出るんでしょうねえ」

「あら、たかがウールでございましょ」真砂子が皮肉っぽく言う。「あたくしなんか、絹ですのよ」

ふん、と綾子は顔をしかめる。

「調査に来るのに、そんなたいそうなもんを着てくるほうが悪いのよ。身動きは取れないし、気は遣うし」

タイトなワンピースにハイヒールの綾子に言われちゃ、真砂子も腹が立とうというものだ。女二人が互いの着るものについて喧嘩《けんか》を始めてしまったので、あたしは衝撃の事実というやつを投げ込んでやることにした。

「ところでさあ？　ナルは陰陽師《おんみょうじ》じゃないってよ」

ぴた。

ほーら、騒ぎが静まった。

「ナルが……違うって？」

綾子があたしに迫ってくる。

「うん。陰陽師はリンさんのほうだって」

「うそ」

「本人が言ってたもん」

ぼーさんがあたしに、

「んじゃ、何か？　ナルは何の役に立つんだ？」

「知らない。でも、いつも役には立ってるじゃない？」

「そらそーだが。するとあれか？　奴が頭脳労働担当で、俺たちが肉体労働担当……」

「じゃないの？」

「どーして俺が、自分で除霊もできないような奴に使われなきゃならないんだ？」

ナルのほうが頭いいからではないでせうか。

「あたしだってそうよ！」

ま、綾子は惚《ほ》れた弱みというやつやね。

「まあまあ」例によって、その場の収拾に当たるのはジョンだ。「渋谷さんは、超心理学の専門家ですよって。一人本格的な研究者がいるから、僕らバランス取れるのと違いますか」

宥《なだ》められても、ぼーさんも綾子も不満そうだ。

あたしはポンとジョンの背中を叩いた。

「そのとーり。さ、ジョン。偶人捜しに行こ？」

あたしが言うと、綾子が、

「そーいや、もう一人いたわね、役立たずが」

「あら、あたしのこと？　あたし、役立たずじゃないもーん」

「きっぱり言うじゃない？」

「ふっふっふ。あたしは第六感のオンナなのよぉ」

ナルにだって褒められたもん。今回は役に立ってるって。

「さー、ジョン、行きましょー」

キョトンとしたジョンの背中を押して、あたしはその場をあとにした。

2

途中でジョンと別れて、あたしは一人、校庭を捜索する。

学校のどこかに厭魅を行なっている偶人があるはず。あたしは丁寧に敷地内を見ていく。植木の陰、花壇まで。見ただけでも分かるはずだ。少なくとも、ナルの偶人はつい最近埋められたはずだから。

あたしは西側のフェンス沿いに歩いて、グラウンドの反対側にある空き地までやってきた。もとは学生会館があったらしいが、それは今、取り壊されて単なる空き地になっている。建て直しの工事中らしいけど、隅のほうに資材が積み上げてあるくらいで、目下のところ作業をしている様子はなかった。人気《ひとけ》のないところに、丈の高い雑草が敷地いっぱいに生い茂って立ち枯れている。その草叢《くさむら》のそここにコンクリートの瓦《が》礫《れき》が放置されてて、錆《さ》びた鉄筋が突き出していた。

ここらでちょっとひと休みだ。顎《あご》先までの高さがあるフェンスに凭《もた》れて、あたしはその風化したような風景を見渡した。風が吹いて、雑草の波がカラカラ乾いた音を立てた。ここだって校内の一部だよねえ。草ぼうぼうのこの空き地を捜すんでしょうか。それはあまりに大変だあ。

いちおうフェンスで入れないようにしてあるからなあ。一通り校庭を捜索してからにしたほうがいいかな。

西陽が当たる。陽の落ちるのが早くなったな、そう思って空き地を眺めていて。

「……?」

あたしは首を巡らせた。どこかで子供の泣く声がしたような。声の主を捜してフェンス沿いに歩いてみる。人の背丈ほども伸びて枯れた草たち、所々に見える瓦礫と周囲に広がった申し訳程度の草っぱら。地面にしがみついた草も秋の色だ。薄茶色に干涸《ひか》らび——あるいは赤や黄味を帯びて紅葉し、冷え冷えとした夕風にそよいでカサコソと寂しげな音を立てている。その草叢の一つに鮮やかに赤いものが見えた。小首を傾げ、フェンス越しに首を伸ばす。赤いランドセルだ。放り出されたランドセルが草の間に埋もれている。あたしは爪先立《つまさきだ》ち、身を乗り出すようにして声を上げた。

「誰かいるの⁉」

風音の合間、泣き声が微《かす》かに強くなった。

「どうしたの、ねえ！」

返事はなかった。あたしはあたりを見廻した。一見したところ、手近のフェンスに破れ目はないようだ。ならば仕方あるまい。

えい。あたしは金網によじ登る。天辺《てっぺん》まで登って跨《また》ぎ越え、勢いよく飛び降りると、ランドセルのところに走った。

「誰かいるの？　どこ？」

大きな声で呼んだとき、近くで微かな声が聞こえた。あたしは拾いかけたランドセルから手を放し、身を起こしてあたりを見廻す。すぐ近くに、建物の残骸《ざんがい》らしいコンクリートの床面が広がっているところを見つけた。

声はその方向から聞こえた気がする。あたしはそこまで走ってみた。

それはちょっとした小屋ほどの広さがあるコンクリートの床面だった。かつてあった建物の基礎だろうか。傷んだ表面には大きな亀裂があった。幅五センチくらいの亀裂が三メートルほど続いている。

あたりをもう一度見渡したときだ。

（……助けて……）

微かな声。あたしは亀裂に耳を寄せた。

「誰かいるの？　誰？」

（…………）

細い声が何か言う。聞き取れない。でも、中に人がいるのは確かだ。この下に地下室でもあるんだろうか。

どうしたもんだろうと周囲を見廻す。どこかに地下室へ降りる階段があるはず。コンクリートを割って生えた雑草の群を掻《か》き分ける。どこかに、階段が……。何気なく歩いていると、足が硬いものに触れた。見ると、マンホールだ。

なんでこんなところに、マンホールがあるんだろう？　重そうな鉄の蓋《ふた》は半分くらいずれていた。

「……誰か、いる？」

あたしはマンホールの中に向かって問いかける。中から小さな声が返ってきた。

ここだ！

この中に人が落ちたんだ。たぶんあのランドセルの持ち主だろう。小学生の女の子。

「大丈夫⁉」

呼びかけながら重い蓋を押し退《の》けた。中に光が入る。

穴の中はあまり広くない空間だった。四畳半より一廻り大きいくらいだろうか。ただし、深い。唯一の光源はマンホールの口で、そこにあたしが屈《かが》み込んで採光を遮っているもんだから、暗くて底は見えなかった。マンホールから鉄梯子《てつばしご》が降りていて、その空間の隅のほうに小さな影が蹲《うずくま》っているのが分かる。薄暗くてよく見えない。でも、子供だ。

「大丈夫？」

もう一度声をかけると、その子が顔を上げた。助けて、と小さく叫ぶ。怪我でもしているのか、動けない様子だ。ひょっとしてマンホールの隙間から落ちたのだろうか。顔を上げるのも力のない仕草だった。

「どうして、そんなところに……。待ってて、今、人を呼んでくるから！」

駆け出そうとしたあたしを呼び止めるように悲鳴がした。

「助けて、助けて、助けて！」

あたしは蹈鞴《たたら》を踏む。梯子があるんだから、中に降りるのは簡単だ。でも、あの子を負ぶっては梯子を昇れない。

「待って！　すぐに助けてあげるから！」

あたしの声に、女の子の悲鳴めいた泣き声が強まる。

どうしよう。あたしも下に降りてあげようか。穴の中は真っ暗で、こんなところに一人で、しかも怪我でもしてた日にゃ、堪《たま》らんだろう。下に降りて、励まして落ち着かせてからまた上がってくればいい。

そう思って穴の縁に腰掛けて中に足を降ろしたときだ。

「麻衣！」

遠くから強い声で呼ばれた。

あたしはあたりを見廻した。フェンスの向こうにナルの姿があった。

「さぼるな。何をしている」

「ここに子供が落ちてるの！」

ナルが少し首を傾けた。

「……子供？」

「そう！　あの……」

あたしはランドセルを指差そうとして、ポカンとした。

……ない。

そんな馬鹿な。さっきは確かにあった。あの草叢のあたりに、赤いランドセルが……。

その瞬間、鉄梯子に掛けていた足を踏み外した。

とっさに両手を踏ん張る。マンホールの縁に両肘《りょうひじ》を突っ張って、あたしは落ちるのを堪《こら》えた。

ちょっと待ってよ、冗談じゃないっ！　穴の底に落ちたり、井戸の底に落ちたりするのは人生に一回あれば充分だってばっ！

「麻衣っ！」

いつの間にかフェンスを越えたナルが駆け寄ってくる。あたしはとっさに助けを求めて片手を伸ばした。

「……ナ……」

——大間抜けだ、あたしはっ！

片手を挙げた瞬間、あたしの身体を支える力は半分になったわけで。

ガクンと傾いて穴の縁に背中をぶつける。その痛みに息を詰めた瞬間、腕から力が抜けてしまった。

フッと体重を支えていたものが消えた。

必死にマンホールの縁を摑《つか》む。コンクリートのささくれだった表面が掌を引っ掻く。

バラッと手許《てもと》から小石が降ってきて、あたしは思わず眼を瞑《つぶ》って顔を背けた。

すっとバランスの崩れる感覚。縁を摑んでいた手が縋《すが》るものを取り逃がす。

……うそ。

落ちる。

自分のまわりだけスローモーション。すうっと血の気が引いた瞬間、壁に叩きつけられた。ドンという鈍い音。

……なに。

腕に痺《しび》れるような痛みが走る。ギシッと肩が鳴った。

あたしは落ちてない。空中にいる。腕を引っ張る力。あたしの腕に掛かった手。

「……ナル！」

「……この……馬鹿……っ！」

穴からほとんど身を乗り出して。両手であたしの腕を引っ張っているナル。

ずるっとジャケットの袖がずれる。身体が落ちる。腕に食い込んだナルの手の感触が強くなる。

「落ち着いて足場を探すんだ」

どこか上擦った声がした。

重そう。あたしは変に淡々と思ってしまう。重いよね。あたし四十と、んキロあるもん。ナルは結構そのくらいの機材を担いだりしてるけど、担ぐとぶら下げるじゃ大違い。どっちかと言うと痩《や》せぎすのナルの細腕じゃ辛《つら》かろう。

冷静にそう考えたとき、サッとぶっとんだものが返ってきた。瞬時に血の気が引いて、全身の毛が逆立つ。

「落ちる、落ちる、落ちるーっっ！」

「落ち着け……っ！　足場を探すんだ！」

足場？　足場？

あたしは足で空間を探る。コンクリートのザラザラした壁面を爪先で捕らえる。ナルに引っ張られたほうの肩が抜けそうだ。手首を返してナルの腕を摑み、あたしは必死で足を伸ばす。ぐっと身体を反らすと、爪先が硬いものに触れた。確認する。鉄の棒のようなもの。

そうか、梯子があるんだ。

「梯子がある」

あたしが言うとナルが伏せていた顔を上げた。

「昇れるか」

「……うん」

言って足を梯子に掛ける。自由なほうの片腕で梯子の縁を摑む。ホッとして、体重を乗せた瞬間、梯子の段が落ちた。再びスッと身体を宙に放り出されて、それからガクッと腕に衝撃。

ナル、重いもん持たせてごめんっ。

暢気《のんき》なことを思った瞬間、あたしはナルの腕を摑んだまま、ものの見事に落下を開始していた。

3

背中に激しい衝撃。その痛みであたしは我に返った。すぐ真上にポカンと白く見えるのは……あれはマンホールの穴かなあ。こうして見ると、呆《あき》れるほど近い。潔く飛び降りればよかった。

ジャリジャリ音を立てて起き上がった。ずきずきするけど、身体に異状はない。と、同時にあたしの脇にあった影も身を起こした。

「……大丈夫か？」

げ。ナル。

「……うん。ナルも落ちちゃったわけ？」

「お前が手を放してくれたら、落ちずに済んだんだがな」

……それは失礼をば。

「ナルこそ、大丈夫？」

「……自分の体重を考えろ」

……すみません。

身を起こしたナルは片膝を突き、片手で自分の肩を押さえている。

「痛い？　どっか悪くした？」

「煩い」

……どうも、あいすみません。

あたしはあたりを見廻した。コンクリートでできた狭い部屋だ。そこら中に、穴から落ちてきたんだろうか、コンクリートの塊や折れ曲がった鉄筋が散乱してて針の山のような有様だ。あたしはしみじみゾッとする。あたしとナルはちょうどそういう瓦礫の間の、たまたま小石しかない僅《わず》かな空間に落ちたんだ。もし、あちこちに散乱している瓦礫の上に落ちていたら。

闇に眼が慣れる。天井の端――あたしたちのすぐ頭上にマンホールがあって、そこから梯子の残骸が降りている。ただし梯子は穴から一メートルもないくらいのところで、千切れて落ちてしまっていた。下のほう、これまた一メートルくらい残った梯子に触れると、大した力もかけてないのに、ボロリと折れた。完全に腐蝕《ふしょく》してしまっている。天井までの高さは四メートル以上。梯子がこの有様では、昇ることは不可能だろう。

「ねえ、ナル、すぐに誰か助けが来るよね」

あたしはまだ肩を押さえて蹲っているナルを振り返る。

「来るんじゃないか……？　いずれ」

やっと上げた顔。額に髪が張りついている。

「いずれ……って！」

「ここに来ることを誰かに言ったか？」

「……言ってない」

「僕もだ」

……そ、それって……。

「ここに閉じこめられたわけ？」

「そういうことになるな」

「ねえ」

あたしは頭上で千切れた梯子を振り仰ぐ。

「あたしが踏み台になったら、ナル、昇れないことはないよね？」

言いつつも、梯子は腐蝕しててぜんぜん頼りにならないわけだし、たとえあたしがナルを肩車したとしても（不可能だが）、穴までは手の届く高さじゃないことは分かりきってた。

「あとでな」

「……そんなに肩、痛い？」

「煩い」

しゅん……。

てことは？　あたしたち、誰かに見つけてもらえるまで、ずーっとここに閉じ込められるわけ？

どうしよう。グラウンドの端にある広い空き地だ。ここから叫んだところで声を聞く人はいないだろう。

試しに叫んでみた。ワァンと声が反響する。谺《こだま》が静まったあとには頭上で鳴る微かな風音が聞こえるだけだ。

……水、ない。

……食料、もちろん、ない。

ツンと瞼《まぶた》が熱くなった。

あたしのせいだ、どうしよう。

「なんとかならないの？」

あたしの声にナルはぼうっと顔を上げる。

「なんとかなる状況に見えるか？」

「……見えない」

「なんだってこんなとこにいたんだ」

ナルの声は責めるふうでなく、むしろ淡々としている。あたしは慌てて事情を説明した。

ナルは闇みたいな眼を伏せてじっと聞いていた。そして、

「……ついに麻衣も狙われたわけか」

……あたし？

穴の中に蹲っていた子。はっとして見廻してみても、穴の中にはもはや誰の姿もなか

った。

……消えた。

そうとも、そもそもあれが人間のわけがないんだ。マンホールから覗《のぞ》き込んでも、暗くて底の様子が見えなかった。なのにあの子の姿だけ、浮かび上がるように見えていた。

——だいたい、なんでこんなフェンスで囲われた空き地に子供がいるわけ？

改めて、寒気がした。

この学校で幽霊が出るといったら、もはや状況は決まっている。あれは悪霊だ——厭魅によって呼び出された。

「でも……でも、吉野先生だって他の先生だって、妖《あや》しいことがあるけど、あんなはっきり幽霊を見た人なんて……」

宗城先生はミラーの中に女の顔を見たらしいけど。でも、他の人はもっとこう、曖昧《あいまい》な……。

ナルは頷《うなず》く。

「犯人は明らかに熟達してきている」

そんな。てことは、効果だって増してるかもしれなくて。思ったら涙が出てきた。泣くようなことじゃない。でも、止まらない。

「泣いて事態が変わるのか？」

ナルの無表情な声。

「変わらない」

「だったら泣きやむんだな」

「冷たい」

「理性的と言ってくれ」

「冷たいよ！　もし、このままここで死ぬことになったらどうしてくれるのよっ！」

　このまま夜になって、またあの子が現れたら！　今度こそはっきり害意を露《あら》わにしてくるかもしれない。それどころか。ナルだって狙われてるわけで。あの子に加えて、あの女まで現れたら、どうしたらいいのよっ！

……ああ、これは八つ当たりだ。分かっちゃいるけど、やめられない。

　ナルはうんざりしたように黙り込む。

　それきりあたしの方を振り向いてもくれない。なんだよう。宥めてくれとは言わないが（それは無理だろう）同情ぐらいしてくれたっていいじゃない。こんな大変な状況で、身に危険が及ぶかもしれなくて、そりゃ、うっかり誘い出されて罠《わな》に嵌《は》まったのはあたしだけど、こんなところで死ぬためにアルバイトしてたんじゃなーいっ！　そーよ、そもそもはナルのせいなのよ、ナルがいて、そばにいたくて、それでバイトを始めて……だからって、ナルと心中するためにバイトをしたわけじゃ……ん？　待てよ。

　暗い密室にナルと二人っきり、という言い方もできるかも、この状況。

　あらら、ラッキーかもしんない。

ナルがふいに忍び笑いを漏らした。

「浮上したか？」

「……した」

ナルが笑う。あ、惜しいな、そのまんまもうちょっと目許を和ませてくれたら、夢の中のナルそのままなのに。

「分かる。浮上したの、分かった？」

「浮上したの、麻衣は、まず落ち込むんだ。それから怒る。そうすると気分が持ち直して前向きになる」

「……そんなにはっきり分かっちゃう？」

「そのまま顔に出るからな」

そ、そうか、あたしってそんなに顔に出ちゃうのか。はずかしーなー。

思わず顔を覆ってしまう。

「麻衣」

ナルに呼ばれて顔を上げる。ナルが五百円玉を指先に掲げていた。

「？？」

「ペットを紹介してやろうか」

「ペット？」

んなもん、いるの？

「ここに」

ナルの視線はコインに向く。……ペット？　そのコインが？　暗いぞ、お前。

ナルはピコッとコインをお辞儀させる。

「……あのねー」

これは冗談の一種だろーか。だったら、やめたほうがいいぞ、ナル。あんたに冗談って似合わない。おそろしく外してる。

「馬鹿にしたな」

「したとも」

「これだから頭の悪い人間は困る」

「なによー」

ナルがコインを握り込む。

「ほら、おいで」

呼ぶとすぐに、ピコッと握った指の間からコインが顔を出した。

……あのねぇ。あたしだって、できるよそんなこと。

コインはすぐに手の中に引っ込んでしまう。

「おや、麻衣が嫌いなのかな」

「……なにを仰《おっしゃ》るやら」

「隠れた」

「……手の中にいる」

そう？　というふうにナルが右手を開く。いない。

「えーっ、そんなはず、なーい！」

「でも、いない。言い忘れたが、この子には特技があるんだ。テレポーテーション」

「違ーう、ナルが隠したんだもんっ！」

「隠してない」

ナルが左右の手を綺麗《きれい》な手つきで引っくり返す。どこにもいない。

「そんなー」

「ほら、来い」

ナルが呼ぶと、再び軽く握った拳の、親指のほうから出てきた。

「ええーっっ」

コインくんは、出てくるなり再び握り拳の中に隠れてしまう。ナルが話しかける。

「このお姉さんは、短気、短慮で言葉遣いも乱暴だが、お前を取って食べたりはしない」

言い聞かせると親指の間から顔を出す。

「あのねーっっ」

パッと引っ込む。

「麻衣が怖い声を出すから、また隠れたじゃないか」

「違ーうっ、あたしのせいじゃないっ」

「出ておいで」

ナルが呼びかけながらそのへんをパタパタ叩いて捜す。

「いた」

ナルの腕の、肘のあたり。ヨシヨシ、というふうにナルが撫《な》でてやると、おずおずとコインが顔を出す。

「どーしてえ？」

「この子は、優しい人が分かるんだ」

「嘘だよっ」

あたしよりナルが優しいなんてあり得ないっ！

「そうか？　よし、じゃあ、麻衣のところに行きなさい」

コインくんに言い聞かせてポンと宙に放る。あたしはコインくんを受け止めようとして……いない。消えてしまった。

「狡《ずる》い。投げなかった！」

そう？　というようにナルが両手をひっくり返す。コインくんはいない。

「えー、どーしてーっ」

「よほど麻衣が怖いんだ」

そんなことないっ。ん？　……あたし、マジになってないか？　これって……手品なんじゃ……。

　ナルは今度はコインを襟《えり》の裏から引っ張り出す。

「……上手《うま》いねえ」

　あたしが言うと、

「おや、手品だとでも？」

「そうなんでしょ？」

　どうかな？　というようにナルがコインを振り返る。と、

『ハロー』

　げっ！　……コインが喋《しゃべ》った！

「麻衣が怖いのかな？」

　ナルが訊《き》くと、か細い、まるで内気な子供みたいな声で答える。

『……ウン』

「ほら、怖いって」

　……あんぐり。

「怖がらなくてもいい。麻衣は見てくれほど怖い人間じゃないから」

『……ホント？』

「本当」

　言いたい放題言ってくれるじゃないですか。

でも、これって。ひょっとしなくても腹話術ってやつじゃないの？　すごい！　分かって見てても、コインが喋っているようにしか聞こえない。よくテレビでやってる人形を抱えてやってる腹話術——こう言っちゃあ悪いけど、あんなのとは比べものにならないっ！

ポンとナルがコインを放る。コインはストンとあたしの膝の上に落ちた。

「すごい……」

ナルの微かな笑い声。

「もっとやって、とか言ったら駄目？」

「駄目」

「お願いっ！」

ナルが壁に凭れる。

「今日はこれ以上複雑なことはできない」

「肩……痛い？」

「道具を持ってない」

そう言った顔色が悪い。

意地っ張り。痛いときは痛いって言えばいいのに。

「ねえ？　もしあたしがナルを足蹴にしたら……やっぱ怒る？」

ナルを踏み台にしたりしたら。

「怒る」

ニベもない口調で言ってから、仕様のない奴だな、と小さく呟《つぶや》いた。

「なんとかなる。心配するな。他の連中はともかく、リンならここを見つけられる」

「……ほんと？」

「ああ。もうすぐ陽が落ちる。全員が集まって、それでも僕らが現れないということになれば、少なくともリンは不審に思う。大丈夫だ」

言ってナルは身体を瓦礫に預ける。眼を閉じかけて、すぐに眉をひそめて天井を振り仰いだ。

4

「……やはりな。来た」

え？

あたしはつられて顔を上げる。ナルが凝視する天井を見上げた。

「どうしたの？　リンさん？」

言って、ナルがひどく緊張しているのに気づいた。天井を見つめたままあたしのほうに手を伸ばす。

「麻衣、そばにいろ。何があっても離れるんじゃない。落ち着いて」

ドキンと心臓が鳴った。

まさか……来たというのは……。

そりゃそうだ、何を暢気に構えてたんだ、あたし。自分でも、あいつが来たらどうなるのかって考えたばかりだったのに。ついうっかり気を逸《そ》らしてすっかり和んでいたなんて。――ていうか、ひょっとして気を逸らされてた？

天井でザワと何かが鳴った気がした。薄い闇を切り裂いて、真っ黒なものが降りてくる。

……あいつだ。

「……ナル」

「大丈夫だ、まだ。一日や二日でそんなに成長するものじゃない。危害は加えられないはずだ。うろたえて自滅するなよ」

「……うん……」

天井に白いものが点《とも》った。わずかに燐光《りんこう》を放って見えるのは、女の額だ。逆さに落ちてくるあの女の。

あたしたちが固唾《かたず》を呑む中で、それが天井から頭を出した。薄暗い穴の中、そこだけ生々しいほどの生気を湛《たた》えた眼。現れた口許には何か太い棒を咥《くわ》えていた。木製の、長さにして三十センチくらいの棒だ。まるで縦笛でも咥えているように。

前に現れたときのように、じりじりと女は天井から降りてくる。だらんと手を垂らしたまま逆様に降りてくると、腰のあたりまでが現れたところでふいに笑みを作った。

そうして女は咥えた棒に手を掛ける。骨張った両手で棒を摑み、ゆっくりとそれを引き出し始めた。

吐き出されてきたものを見て、あたしは思わず立ち上がりそうになった。それをナルに引き留められる。

……嫌だ。女が口の中から引きずり出そうとしているあれは……鎌だ……。

女は喉《のど》の奥から黒光りする鎌を引きずり出す。鋭利な刃が下の唇を切り裂いて、赤いものが蠟《ろう》のような顔を汚した。頰から眼へ、額に流れて、髪の先からねっとりとした血が滴り落ちた。

嫌だ、嫌だ、嫌だ！　こんなものは見たくない！

心で思うのに、瞬《まばた》きさえできない。女がついに鎌を吐き出した。無惨に裂けた口で鬼女のような笑みを作る。自分の血で汚れた鎌を握って再びだらんと手を垂れた。

冷や汗が噴き出て、耳鳴りがした。自分の中で膨れ上がった恐怖が、喉元まで突き上がってくる。叫んだら終わりだ。あたしはパニックを起こす。そう思って歯を食いしばった。

なのに……駄目だ……眩暈《めまい》がする……。

思った瞬間、腕を強い力で摑まれた。

はっと我に返ると、眼に入るのは女を見つめたまま小揺るぎもしないナルの横顔。

「大丈夫だ」

　ナルは繰り返す。不安も狼狽《ろうばい》もない、冷静な声だった。

「怖いよ」

「大丈夫だ」

　ナルは再び繰り返す。

「……うん」

　答えたとき、ナルが少し眼を見開いた。

「ほら」

　ナルの呟き。あたしは耳を澄ました。ザカザカ枯れた草の踏みしだかれる音がする。

　女がビクと身じろぎして、ズッと天井に消えた。

　……え？

　ナルが軽く息を吐く。

　天井の穴から降ってくる僅かな光。そこにさっと影が射した。

「ナル、いますか？」

「ここだ」

　人影が穴の中を覗き込んでくるのが分かった。リンさんだ。

「早かったな。ロープか梯子がいる」

　見上げるナルに、

「今、取って来ます」

「それと、ハンドライトを」

「はい」

リンさんの影が消える。

すごい……。どうして分かったんだろう、ここが……。

安堵《あんど》のあまり、あたしは坐ったまま腰が抜けそうになる。

……よかったあ……。


リンさんはすぐに必要なものを持って戻ってきた。ほかにもぼーさんとジョンの声がしている。

三人がかりで梯子を降ろしてくれて、ロープを万一のときの命綱に、あたしは穴の中から這い出した。

外へ出て深呼吸。心配そうなジョンに笑いかけて、それから穴の中を覗く。

ナルは穴の中に光を点した。ハンドライトの黄色い光がさっと瓦礫の山を薙《な》ぐ。チラと隅のほうで白いものが光った。ナルは近づき、そうしてそれを拾い上げる。

「ナル？」

あたしの声にナルが顔を上げて手を翳《かざ》した。

「麻衣、ここだ。あった」

ナルが翳した手の中にあったのは、板を人型に切った——偶人だった。

5

その穴（ぼーさんは、受水槽か汚水槽だろうと言っていた）の中には、ちょうど上の亀裂から投げ込めるあたりに四十数個の偶人が落ちていた。

全てを引き上げて会議室の明るい光の下で一つ一つ確認する。この汚れたやつは、『吉野広造』という名前が読める。まだ新しい一つには『渋谷一也』という字。真新しいものには『谷山麻衣』という字が読めた。

偶人を確認しているうちに、綾子がどこからか救急箱を探し出してきて、あたしの身体中にできた擦り傷に薬を塗ってくれた。

ぼーさんはテーブルの上に小山のように積み上げられた偶人を見てしみじみと、

「すげえ情熱……。よくもこれだけ作ったもんだ」

……まったく。

「犯人は女だな。それだけは間違いねえ」

綾子が口を尖《とが》らす。

「ちょっと、なによ、それ」

「女でなきゃ、やらねえよ。こんな執念深い真似《まね》」

「あら、近頃は男だって、こういうことをコツコツやる根暗な奴はいるわよ」

「いるかねえ」

「絶対よ」

綾子の宣言にぼーさんは首を竦《すく》めてから、

「それで？　これで呪詛《ずそ》はパァになったわけか？」

ナルを振り返った。ナルは頷く。

「そう。あとは水に流すか……焼き捨てるだけ」

「しかしなあ……犯人は？　ここにあるぶんは清めれば終わりだろう。だが、犯人がこれでやめるかね」

ナルが溜息をついた。

「やめないだろうな。本人に当たってみるべきかな……」

犯人。この呪詛を行なった。

やめさせなければならない。こんな邪悪で馬鹿馬鹿しい遊びは。

ぼーさんは忌々しげに偶人を睨《にら》んだ。

「結局のところ問題は、犯人が誰かってことなんだよな」

「ああ……」

ナルは呟きながら椅子に身体を沈める。

「ナルも怪我してるでしょ、見せなさい」

綾子が看護婦よろしく、救急箱を担いで行った。

「いや……必要ない」

「雑菌が入ったら困るでしょ」

ナルは、綾子がお姉さんぶって言うのに軽く苦笑してから、眼を閉じて深く椅子に背中を預ける。

「あらー、素直ねー」

綾子はなんだかいそいそとナルの脇に立って薬を広げてたけど、ふいに、

「……ナル？」

上体を曲げてナルを覗き込んだ。ちょっと手を伸ばしてナルの肩を揺する。

「ねえ……？」

不審そうな声だった。あたしたちはナルに注目してしまう。

綾子が少し乱暴にナルの肩を揺する。ずるっとナルの身体が椅子に坐ったまま傾いた。

「ナルっ！」

リンさんが机を飛び越えて駆け寄る。ナルの身体が床に落下する寸前に受け止めた。

真砂子が悲鳴を上げた。

「ちょっと、ナルっ！」

綾子が狼狽《うろた》えきって手を伸ばす。その手をリンさんは弾《はじ》いて、

「動かさないでください。救急車を」

ジョンが部屋を駆け出した。

——あたしたちは、ゴーストハントのためにここ湯浅高校にやってきた。ナルが倒れようがあたしが怪我をしようが、ビジネスは続行されねばならない。

ナルにはリンさんが付き添い、あたしたちは学校に残って偶人の始末をすることになった。真砂子も綾子もついて行きたがったけど、誰も行かないのが公平だと言ったぼーさんの台詞《せりふ》に二人はしぶしぶ同意した。

集めた人形を校庭の片隅に積み上げる。あたしはそれを手伝いながら、気持ちは半分どっかに行ったままだ。

どうしよう、ナルが。

怪我はない様子だった。でも、どこか……頭か背中でも強く打ったのかもしれない。それとも肩？

いずれにしても、あたしのせいだ。

あたしが軽はずみな真似をして、ナルを巻き込んだ。少なくとも落っこちたとき、ナルの手を放していればよかったんだ。

これは確実に、あたしのせいだ。

積み上げた偶人にぼーさんが火を点《つ》ける。湿気を吸ったそれはなかなか燃え上がらず、いつまでもくすぶって煙ばかりを盛大に上げた。

6

あたしたちは偶人を燃やしたあと、オフィスに戻ってリンさんからの連絡を待った。待てど暮らせど電話すらなく、ナルの運ばれた病院もその後の経過も分からない。ぼーさんに休むよう諭され、綾子に引きずられてオフィスを出、家に帰りはしたものの、今頃良くない連絡がオフィスに入っているのでは、と思うと眠ることも休むこともできなかった。翌日は早朝からオフィスに駆け付け、不寝番をしたぼーさんたちと合流する。同様にいったん家に戻った真砂子が駆け付け、綾子が駆け付け、そしてリンさんがオフィスに姿を見せたのは、昼近くになってからだった。

あたしたちは、リンさんの姿を見て駆け寄る。

「ナルは」

「しばらく、入院になります」

……入院。

あたしは足を掬《すく》われた気がした。

「そんなに悪かったの？　なんで？　やっぱりどこか打ったの？　肩？」

あたしが言うと、リンさんは完璧な無表情で、

「単なる貧血です」

静かに答えた。そう言いつつも、リンさんがあたしを見る眼は暗い。

「ナルは食が細いので」

……そういえば、そうだけど。

「そのうえ、仕事となると寝食を忘れる人ですから」

はあ……。

でも、やっぱり、あたしのせいだと思う……。

「お会いできますかしら」

真砂子が不安そうに訊く。リンさんは腕時計に眼をやった。

「もう起きているでしょう」

呟いて立ち上がった。

ナルが運ばれたのは、学校の近くにあるかなり大きな救急病院だった。

「……ここ？」

案内してくれたリンさんに、訊くまでもないことを訊いてしまったのは、病室の名札に名前がなかったからだ。しかも、名札によれば無人のはずの病室のドアには「面会謝絶」の札が下がっている。

ええ、と頷いたリンさんは真砂子に眼を留めた。真砂子は怖いものを見るような表情で「面会謝絶」の札を凝視している。

「これは単に、お願いして掛けてあるだけですから」

　真砂子が泣きそうな顔をした。

「……じゃあ？」

「御心配なく」

　言ってドアを軽くノックし、開く。中は広めの個室になっていた。どんな悲惨な状態になっているかとドキドキしていたけど、中では患者がごく普通にベッドの上に起き上がっていた。

　……ああ。なーんだ。

　心の中でほっとして、妙にナルが清々《すがすが》しく見えるのはなぜだろう、と思う。いくら何でもそんな状況ではないはず、――そう思って、それはお仕着せの寝間着のせいだと気づいた。黒服でないナルだ。初めて見たぞ。

　ナルはあたしたちを見て、露骨に鬱陶《うっとう》しそうな顔をした。ぷいと視線を膝のうえのファイルに戻す。あんなに心配したのに、ぜんぜん元気そうじゃん――そう思って、患者の腕に点滴の管がぶら下がっているのが眼に入った。針を留め付けた白いテープが痛々しい。

　……うう。ごめんよう。あたしが迂闊《うかつ》なばっかりに。

「……具合、どう？」

　おそるおそるベッドの脇に寄って訊くと、

「死なない程度には生きてる。——ぼーさん、偶人は」

素っ気ないのは、そもそもの性格か、それともあたしを責めているせいか。

「言われた通り燃やしておいたぜ。灰は集めて川に流した。それでいいんだろ？」

ナルは頷いてファイルを閉じる。ぼーさんはそのへんの椅子を引き寄せて、

「残る問題は、犯人が誰かってことだけだ」

「……それについては、想像がついてる」

ぼーさんが降ろしかけた腰を浮かせた。

「おい、本当か？」

「ああ。犯人には僕が会って話をつける。今回はこれで終わったと考えてくれ」

ぼーさんはナルの顔を覗き込んだ。

「それは、俺たちには犯人を教えないって意味かなあ？」

「知る必要はないだろう。要は呪詛が終わればいいんだ。それで事件は解決したと看做《みな》して問題ない」

「それはないだろ。少なくとも俺は知る権利があるぜ。と言うより、知る義務がある。きっちり依頼を受けてるんだからな。犯人が分かったうえで、呪詛をやめたってえ確信が得られないと、終わりにはできないんですがね」

ぼーさんが言うと、綾子も声を上げる。

「あたしだって同じよ。途中参加でも事件に関《かか》わったことには違いないんだから」

ナルは全員を見渡して考え込む。誰もが、中途半端な解決では終わりにできないと無言で主張している——ジョンでさえ。

　ややあって、

「……ぼーさんはともかく。あとの人間は外れてくれ」

「ちょっと、ナル！」

　綾子が抗議の声を上げたけど。

「松崎さんに調査を依頼したのは僕です。依頼者がこれ以上の介入は不要だと言っている。これで終わってください」

　ナルはきっぱりと言い切った。そんな、と綾子が言い募ろうとしたときだった。

　病室のドアをノックする音がした。ナルがあたしに目配せをしたので、あたしはドアを開けに立つ。

「はい？」

　ドアを開くと、そこに立っていたのはタカだ。でもって笠井さん、そして産砂先生。

　あれ？　なんでここに？

「ナル、タカと——」

　言いかけると、

「入ってもらってくれ。僕が呼んだんだ」

　呼んだ？　ナルが自ら？

首を傾げながらタカたちを病室の中へ促す。ファイルから視線を上げて三人に眼を留めたナルは、ちょっと眉をひそめた。自分で呼んだと言いながら、明らかに不快そうなその態度は何さ。

ナルの表情に気づいたのか、産砂先生が足を止めた。

「もしかしたら、私が余計でしたか？」

産砂先生は真っ白な花束を抱えていた。

「渋谷さんが倒れられたと聞いて——高橋さんと笠井さんがお見舞いに伺うと言うので、つい一緒に来てしまったのですけど。お邪魔なのでしたら帰ります」

言って、先生はドアにぶら下がった「面会謝絶」の札を振り返った。

「事情をよく知らなかったものですから。ごめんなさいね。とにかく、これを」

先生は微笑んで、小さな胡蝶蘭《こちょうらん》の花束を差し出した。

あたしはそれを受け取ったものかどうか迷ってしまう。ナルが呼んだのはタカと笠井さん？　でも、せっかく産砂先生がこうしてお見舞いに来てくれたのに、一人だけ帰ってもらうのはあまりに失礼では。困ってナルを振り返ると、ナルはあたしに頷いた。

「入っていただきなさい」

「ああ……うん」

どうぞ、と言いながら、なんだか気まずい。「招かれざる客」みたいになってしまって産砂先生は恐縮しているふうだし、先生を連れてきて図らずも「招かれざる客」にしてしまったタカと笠井さんも困惑しているのがよく分かった。

「——どうぞ。お掛けください」

ナルが、リンさんに椅子を用意させる。それをベッドサイドに並べさせて、三人に向かって示した。タカも笠井さんも、そして産砂先生も、気後れした様子でそこに坐る。対するに、あたしたちギャラリーは出て行けとも言われなかったので、所在なく壁際に集まって立っていた。

「高橋さんと笠井さんに来ていただいたのは、訊きたいことがあったからです」

ナルはタカと笠井さんを見比べた。

「……訊きたいこと？」

タカが首を傾げる。

「二人は僕が陰陽師だという話を聞いた？」

「聞いたような気もするけど……」

タカは首を傾げながら呟き、笠井さんははっきり頷いた。

「笠井さんは聞いたんですね？　それを誰かに話しましたか」

「うん……いけなかった？　でも、話したと言っても、恵先生だけだから」

そう、とナルは呟き、

「今回、麻衣は妙に勘が冴《さ》えていたのだけど、そのことは？」

これもまたタカは首を傾げ、笠井さんだけが頷いた。

……確かに、あたしは笠井さんにしか言ってないと思う。

「それを誰かに話した？」

ナルに訊かれて、笠井さんは不安そうに頷く。

「恵先生に……。どうして？　なんか拙《まず》かった？　口止めはされなかったんだけど」

居心地悪そうな笠井さんを制して、産砂先生が心配そうに口を挟んだ。

「ごめんなさい。私が聞いてはいけないことなのでしたら、失礼しましたわ。でも、私は他の人には言っていませんから」

「……そうですか」

ナルはファイルに書き込みをしてから、産砂先生を見据えた。

「せっかくお越しくださったので、一つ確認させていただいても？」

「なんでしょう？」

「先生の出身校はどちらですか？」

先生はきょとんと眼を見開いた。

「私の……ですか？　私でしたら、地元の大学を卒業しましたが……」

「御出身はたしか、福島ですね？」

え？　東京じゃないの？　湯浅じゃあ？

「東京へは教師になって初めて来られた？」

産砂先生は困惑したように微笑む。

「ええ、そうですけど」

「湯浅に来られたのは、何か特別な事情があってのことですか？」

「特別、と言うほどのことは……。私は元々教師を志望しておりましたけど、地元では教員の採用が少なくて。たまたま湯浅の先の校長と父が知り合いだったものですから、こちらに就職をお世話していただけることになったんです」

あたしは首を傾げた。産砂先生は湯浅の出身だったはずでは。たしか、どこかでそんな話を聞いたよなあ。

ナルは書き込みしたファイルを閉じた。

「それで分かりました。――ありがとうございました。これで、現在学校で起こっている問題は解決できると思います」

7

ナルの宣言を聞いて、三人はとても奇妙な顔をした。それはたぶん、壁際で会話を見守っていたあたしたちも同様だったに違いない。ナルの質問と、事件の解決とがどう結びつくのかが分からない。

笠井さんが戸惑ったように口を開いた。

「あの、……解決できる、って？」

ナルは頷く。

「このところ学校で何が起こっていたのかは分かった。あれは呪詛だ。それも偶人を使った『厭魅』。それが今度の事件の正体」

「そう……らしいね」

笠井さんは頷いた。タカがその隣で、分かったような分からないような顔で首をひねっている。

ナルはそんな二人の様子を見やって、簡単に呪詛と厭魅について説明する。

「――そういう呪詛だから、偶人を処分すれば続いていた怪現象については止まるはずだ。あとは犯人に呪詛をやめさせるだけ」

笠井さんが身じろぎをした。ナルを睨む。

「あたしをここに呼んだのは、そういうこと？　犯人はあたしだって言うわけ？」

「……いや」

ナルは素っ気なく首を振った。

「笠井さんは犯人じゃない。――犯人は産砂先生です」

眼を見開いたまま硬直してしまった笠井さんとタカ。そして、あたしたち。視線だけがベッドサイドに坐っている女性に集まる。

「偶人は焼き捨てました」ナルは産砂先生を見る。「灰に至るまでしかるべく処分してあります——少なくとも、空き地にあったぶんは。それ以外にありますか?」

先生は表情を変えないまま、無感動な声を漏らした。

「……何のことですかしら」

「あなたが行なった呪詛の道具は破棄した、と言っているんです。あれ以外にもありますか?　あるのだったら、その場所を教えてください。そして、二度とやらないと約束していただきたいのです」

「あいにく、仰ってることの意味が分からないのですけど」

産砂先生は言って、やんわりと微笑んだ。ナルは深い溜息をつく。

「先生以外に考えられないのです」

「どうしてでしょう?　呪詛なんて本当にあるとも思えませんけど——仮にあったとして、だったら被害に遭った人たちに怨《うら》みを抱いている人をお探しになるべきじゃないかしら。もっとも、あんなに大勢の被害者をことごとく怨んでいる人なんて、そうそういるとも思えませんが」

「そうそうはいません。だからこそ、先生が犯人なんです」

先生は、くすりと笑った。

「私は教師ですのよ?　同僚や可愛い教え子を怨むようなことはありません」

「そうですか?　呪詛を受けた人間は、笠井さんの超能力事件のとき、ほとんどが否定派でした。少なくとも、犯人の動機はあの事件に関係があります。おそらくは、バッシングに対する報復」

あら、と先生は小首を傾げた。

「でしたら、私よりも笠井さんか、沢口さんのほうが怪しいのでは？」

笠井さんがとっさに、驚いたような視線を先生に向けた。あたしだって驚く。ずっと笠井さんたちを庇《かば》ってきた先生が、こんなことを言うなんて。

「沢口さんは違います。僕らも犯人による呪詛を受けましたが、彼女には僕らの名前を知る機会がありません」

「では、笠井さんだわ」

産砂先生は微笑んだ。本人を眼の前にして。そんな、と声を上げそうになったあたしを、ぼーさんが制した。目線で黙っていろ、と首を振る。

……でも、こんなの酷《ひど》い。笠井さんだって、とても傷ついた貌《かお》をしている。傷ついて当然だ。庇ってくれた、と信頼を寄せてきた人にこんなことを言われて。

産砂先生はそんな笠井さんの視線に気づかないのか、淡々と、

「笠井さんなら怨んで当然ですものね。……思い知らせてやる、なんて言っていたくらいですし。まさか本当に呪うなんてこと、思ってもみませんでしたけど」

「笠井さんではありません」ナルはきっぱりと言った。「なぜなら、魔の席の最初の被害者である村山さんを、笠井さんは知っているからです」

……え？

産砂先生は首を傾げた。

「どういうことですかしら……？」

「あの席には、村山さん本人にではなく、机の所有者に対して呪詛がかけられていました。問題は、なぜ机に呪詛がかかっていたのかということです。あの席に坐っている人物が誰だか分かっていれば、犯人はその当人に呪詛をかければよかったはずです――他の被害者の場合のように。だが、犯人はあえて机に呪詛をかけている。おそらく、犯人は村山さんを知らなかったのです。あの席に坐っている生徒、としか了解できなかった」

ナルは言って、笠井さんを見る。

「君は村山さんを知っていたね？」

「う……うん。もちろん……」

産砂先生は無言でうっすらと微笑んだ。正体不明の――何に対するのか分からない、不思議な色の笑みだった。

「この文脈では、笠井さんとしては頷くしかありませんわね？」

「いいえ。笠井さんは本当に知っていたんです。正課のクラブで、笠井さんと村山さんは共に文芸部でした」

……そうだったっけ？

「笠井さんが文芸部の部員であることは、麻衣を通じて聞きました。そして、村山さんも文芸部だと高橋さんが言っていた。笠井さんによれば、文芸部は人数が少なく、ために会誌の寄稿者がいない、ということです。実際の人数がどのくらいかは分かりませんが、少なくとも部員同士がお互いの名前を知らないような規模でないことだけは確実です。笠井さんなら、席の所有者を呪うような廻りくどい方法を取る必要などなかったんです」

産砂先生は微笑む。

「私だって、調べれば済むことですわね？」

「どうやって調べます？」

「それは……」

ナルはタカを振り返った。

「座席表のようなものは？」

「ううん……そんなの、ないけど」

座席表がなくて、でもってある席に坐っているのが誰なのか知りたいとき——。

「誰かに訊けば済むことでしょう？」

産砂先生が言って、ナルは頷いた。

「その通りです。しかし、あの時点で先生と笠井さんたちのグループはすでに孤立していた。これから呪詛をかけようとする相手の名前を訊くには、あまりに心理的な抵抗が大きかったのではありませんか？」

「笠井さんに訊くという手もありますわ。沢口さんに訊いてもらうことも」

「沢口さんは、そのときにはもう学校に来ていません。しかも、村山さんと先生たちが小競り合いを起こした時点で、すでに吉野先生は呪詛による被害を受けていました。つまり、犯人はすでに犯行を開始していたのです」

ナルの声は次第に冷ややかになる。

「犯人は、害意をもって犯行を開始していた。その状態で、これからさらに呪詛をかけようとしている相手の名前を訊けますか？」

「訊いても構わないでしょう。生徒の名前を尋ねて、それが何だと言うんです？　学校ではよくあることです。訊かれたほうだってそんなこと、特別記憶に残したりしませんわ」

「そう自分に言い聞かせてみたのでしょう」ナルは、ぴしゃりと返す。「だが、頭でそう分かっていても、あなたはそれをしなかった——できなかったのです。犯人だけは、名前を訊くという何でもない行為と、その結果起こるであろう被害との間の因果関係を承知していたのですから」

そう言って、産砂先生を見るナルの眼は険しい。

「一般社会の常識としては、『呪詛』などというものは存在しません。誰もが知識として知ってはいても、念頭にない。だから普通、席の持ち主に何が起ころうと、それと名前を訊かれたことを結びつけたりはしないでしょう。だが、呪者は呪詛の存在をもとより分かっている。両者の間の因果関係が自明であるからこそ、名前を訊くことを躊躇《ちゅうちょ》せざるをえません。ましてや笠井さんには訊けない。笠井さんは学校の誰よりも、両者の間の因果関係に気づきやすい立場にいたのですから」

「でも……」

「だから犯人は村山さんの名前を訊かなかった。代わりに机の所有者を呪うという暴挙に出た。席替えが行なわれることは分かっていたはずです。村山さんの次にあの席に坐る者は、バッシングとは無関係の――場合によっては笠井さんに同情的な人物である可能性もあった。にもかかわらず、犯人は村山さんが被害に遭ったあと、呪詛を破棄する手間すらかけていない」

……確かに……。

「自分とは無関係の教室に再び忍び込んで、それを誰かに目撃されるという些細《ささい》なリスクを恐れたせいですか？　それとも次の所有者のことなど、どうでも良かったのですか？　人を害する呪詛に対し、報復が言い訳になるとも思えませんが、犯人のこの行為には、言い訳を試みる余地すらない」

産砂先生は真っ直ぐにナルを見る。

「私ではありません」

「他に該当者がいません。村山さんを知っている笠井さんは、呪詛の犯人ではあり得ません」

では、と産砂先生は口許を引き締めた。

「他の誰かなのでしょう、私たちの誰かではなく」

「それもあり得ません。動機の点は措《お》いても、他の誰かでは僕と麻衣に呪詛をかけた意味が分からなくなる」

産砂先生は小首を傾げた。

「……どういう」

「麻衣は笠井さんに僕のことを陰陽師だと誤って伝えた。陰陽師は呪詛を行なうことができる。ならば、呪詛に対抗することも可能です。犯人はそう思ったからこそ、僕に対して呪詛を仕掛けてきた。ですが、僕は陰陽師ではないし、自らをそう称したこともありません。これは麻衣の誤解で、彼女は誤ったままそれを笠井さんに伝えた。笠井さんがそれを先生にだけ伝えたことは、ついさっき確認した通りです」

「あなたが調査に来たからではないですか？　単純に調査に来た人たちの代表者だから」

「ならば犯人は会議室全体に呪詛をかければよかった。調査人が邪魔なのだったら、僕一人を排除しても意味がないでしょう。魔の席の例を見ても、陸上部の例を見ても、犯人が会議室に呪詛を仕込むことを躊躇するとは思えません」

「犯人が会議室に出入りしていたら？　自分にも危険が及ぶかもしれませんわね？　だから会議室に呪詛を仕掛けることを避けたかったのかもしれませんわ。だとしたら、会議室にしばしば出入りしていた関係者を疑うべきだと思います」

「それは笠井さん、もしくは高橋さんのことを指しているのですか？ 彼女たちにはそんなことをする必要はないんです。単に調査人の存在が邪魔だったのであれば、ストレートに全員のぶんの偶人を仕込めばよかったのだし、それに障害はなかった。二人は全員の名前を知っていたのですから。――少なくともメンバーが互いを何と呼ぶかは耳にしていたはずです。通称であっても呪詛は成立する。効果は減衰するかもしれませんが」

確かに通称でいいなら、笠井さんもタカも、みんなの名前を知っているはずだ。

「麻衣の場合も同様です。麻衣は今回、妙に冴えた勘を発揮してくれた。霊媒の原さんにも見えない霊を見た。これまた、知り得るのは高橋さんを除くと、笠井さんだけです。これも先生にだけは伝わっているはず」

「聞いてませんわ」

産砂先生は微笑む。その笑顔を見て、笠井さんが絶望的な眼をした。

「あたし、言ったよ、恵先生……」

先生はチラと笠井さんに眼をやって、それから俯《うつむ》いてしまった。

「それだけでなく、僕の偶人にはフルネームが書かれていました。ですが、僕は自分のフルネームを全ての人に名乗ったわけではありません。僕は名刺を持つ習慣がないし、フルネームを必ず名乗るという習慣もない。おそらく知っているのは、調査に対して契約書を交わした校長だけでしょう。他に知っているのは——麻衣かぼーさんが言ったとしたら笠井さん、高橋さん、それだけです。笠井さんか高橋さんから聞いた者だけ」

「校長から聞いた誰かかもしれません」

「その誰かは麻衣の名前を知りません。僕は校長に麻衣をきちんと紹介しなかったんです。助手だとしか紹介しなかった。校長からのルートでは麻衣の名前が伝わらない。笠井さんが知っていれば、先生にも知るチャンスがあります。僕の知る範囲では、犯人は先生でしかあり得ません」

「動機がありませんわ」

先生は再び微笑む。

「笠井さんの超能力が引き起こした、笠井さん、沢口さん、そして、先生自身への攻撃がその動機です。たかだかそれだけのものが」

「あら、あれはあくまで笠井さんと沢口さんの問題ですわ。私は確かに二人を庇いましたけど、それは同情からで……そのために呪詛を行なうほど馬鹿ではありません。第一、私などが呪詛を行なって、実際に何かが起こるとお思いですの？」

ナルが闇のような視線を向ける。

「先生自身の問題でもあったんです。先生は笠井さんにこう言ったそうですが。『笠井さんは後輩だから』。——調べてみましたが、先生と笠井さんの経歴の間には何の接点もない。そもそも先生は、東京の出身ではないんです。笠井さんは先生を湯浅の卒業生だと勘違いしていたようだが、やはり、違うのですね、さっき先生はそう仰った」

そうだ、先生は福島の出身で、湯浅が母校でもない……。

「ではいったい、笠井さんは何の後輩に当たるのでしょう？　――先生は超心理学に理解が深かった。知識も豊富で専門的なことに詳しい。珍しいなと思っていたんです。なのにあなたは笠井さんの超能力を、興味本意で面白がっているようには見えなかった。それでひょっとしたら、と思いました。古い資料を当たったら、先生を見つけることができました。簡単でしたよ」

「………」

産砂先生の不思議な微笑み。

「かつて、来日したユリ・ゲラーは日本にゲラリーニを生み落としました。ゲラーのスプーン曲げを見て真似した子供たちが、本当にスプーンを曲げ始めたんです。そのうちの幾人かはマスコミの注目を集めました。――産砂恵もその一人だった」

笠井さんもタカも、あたしたちも、産砂先生の横顔を見つめた。微笑みを浮かべたままの少女めいた横顔を。

……笠井さんたちに理解があったはずだ。笠井さんは産砂先生のまさしく後輩だった。

「ゲラーの権威の失墜に合わせて、日本でもサイキック狩りが始まりました。子供のほとんどはインチキだと決めつけられ、中の何人かはそう告白し、あるいは告白を強制、捏造《ねつぞう》された」

産砂先生は答えない。不思議な微笑みを口許に貼りつけたまま。

「産砂恵は、トリックを告白した子供の中の一人だった」

しんとした間。

長い沈黙のあと、先生はやっと口を開いた。

「私は……絶対に、インチキなんてしなかった」

微笑みが消える。先生が真剣な顔を上げた。

「私は違うって言ったのに、雑誌の記者が勝手に……」

「あなたの——日本の不幸は、サイ能力の判定をマスコミに任せたことにあります。権威ある研究機関が日本にはなく、あなたがたの能力の真偽を測る方法がなかった」

ナルは視線を落とす。

「マスコミなんかに任せてはいけなかったんです。彼らが欲しいのはセンセーションで、真実ではない」

「…………」

ナルは軽く息をつく。

「『エスパーのペテンを暴く』と題した雑誌の特集で、先生の写真を見つけました。まだ子供でしたが、あれは先生です。面影がありますし、名前も同じ。『産砂』というのは変わった名字ですから」

「……私です」

「連続写真で、先生が椅子を使ってスプーンを曲げるシーンがはっきり写っていました」

笠井さんが使おうとして、ナルに止められたあのトリックだ。

産砂先生は、ほろ苦い調子の笑みを浮かべる。

「……だんだんスプーンを曲げられなくなって……同じゲラリーニの友達からあの方法を習ったんです。それでも……一度しか使いませんでした。その一度をたまたま撮られていて……」

先生は表情を歪《ゆが》めて顔を伏せた。

「私には、笠井さんのように、そんなことをしてはいけないと言ってくれる人はいませんでした。誰も……できないときはできないと言っていいのだと教えてくれなかった……」

ナルが頷く。

「そもそもの事の起こりは、笠井さんだったんですね？　彼女が、テレビでスプーン曲げを見てスプーンを曲げてしまった。笠井さんと沢口さんはそれを先生に相談し……」

産砂先生が首を頷かせる。

「……ええ。私はできるだけ、笠井さんの才能を守ってあげようと思いました。ただ、いつの間にか周囲に騒がれて……」

「教師たちの攻撃が始まった」

「はい。超能力なんてないんだと決めつけて。朝礼のときに笠井さんを攻撃したその前にも、何度も笠井さんを叱っているんです。嘘はいけない、そんなにまわりの注目が浴びたいか……って。私にも、なんできちんと指導をしないんだと……」

ナルが声を落とす。

「攻撃に堪えかねて、沢口さんが登校拒否を始めた」

「……はい。これでは沢口さんの将来はメチャメチャになると思いました。笠井さんは負けたくないと言って踏み止《とど》まっていましたけど、それがいつまで続くかは疑問でした」

言って、産砂先生は笠井さんを見る。さっきまで罪を擦《なす》り付けようとしていたとは思えない、慈愛の籠《こ》もった優しい眼差《まなざ》しだった。

「笠井さんにとっては、余計な心配だったかもしれないわね。ごめんなさい。でも、決して笠井さんの決意を軽く見たわけではないのよ。……私は知っていたの。いったん周囲が魔女狩りを始めたら、どんなに酷いことになり得るか」

産砂先生は笠井さんの手を取ろうとしたけど、笠井さんがそれを避けた。先生はひどく傷ついた顔をした。

「……本当に酷いの。勝手に大騒ぎして持ち上げて、そして今度は罵《ののし》るのよ。笠井さんだって、べつにスプーンを曲げられる、なんて大声で吹聴《ふいちょう》したわけじゃないでしょう？　私や沢口さんや部員や……一部の親しい人にそう言っただけだわ。私だってそうだった。

それで世間に振り向いてもらいたいなんて思ってたわけじゃなかったわ。なのに周囲がまるで奇蹟扱いして。呼びもしないのに記者やらテレビ局の人が押し寄せて。すごいすごいって持ち上げて、表舞台に引っ張り出して——そのくせ、魔女狩りが始まると、同じ口で罵るのよ。やっぱり、とか最初から怪しいと思っていたとか、易々《やすやす》と裏切ってみんなと一緒に石を投げるの……！」

行き場をなくした先生の手が、自身の膝を摑む。爪を立てるように握りしめる。

「これは本物だから世間に知らしめないと——そう言っていた人まで、嘘つきだと言うの。私はそんなこと望んでなかったのに、売り込まれたから仕方なく、なんて言うのよ。自分は信じてなかったけど、なんて。あげくには騙《だま》されたと言って被害者面する。べつに望んだわけでもないのに、放課後も休日も引っ張り出されて、生活をめちゃめちゃに引っ掻き廻されて、あげくにお金目的でペテンを働いたという烙印《らくいん》を押された。友達も離れていって、友達の家族も先生も白い眼で見る。嘘つきの烙印を押されてから、相手をしてくれる大人は、お為《ため》ごかしの偽善者ばかりよ。親の愛情が足りないから嘘をついて周囲の注目を浴びようとしただけだとか、劣等感を補おうとしたんだとか。だからこの子に必要なのは、温かい周囲の理解と援助だと言うの。自分はそれを与えてあげる、だから味方だって。でも——私は嘘なんてついてない！」

「恵先生……」

笠井さんが、宥めるように声をかけたけど。

「学校には行けなくなったわ。親だってそこには住めなくなった。だから引っ越したし転校したわ。でも、忘れた頃に誰かがそれを持ち出すの。すると冷たい眼で見られるか、馬鹿にされて笑われるかよ。いたたまれなくなって転校して——それを繰り返すから、地元では有名で、だから教師になろうと思ったときだって、諦《あきら》めろって言われたわ。無理だって。それでここに来たの」

「……もういいよ、恵先生」

笠井さんが肩に載せた手を、先生は振り解《ほど》いた。

「それでもね、私はましなほうなの。少なくとも親は責めたりしなかったから。ゲラリーニの知り合いで、そのあと真っ当な人生を歩んだ人なんて一人もいないわ。学校にも地元にもいられなくなって、親とも険悪になって決別して。完全に消息の絶えた人もいるし、そこから転がるように堕《お》ちていった人もいる。……それがまた繰り返されようとしていたの。始まろうとしてたのよ！」

「……それで、ですか？」

ナルは静かに問う。

それであんな呪詛を始めたのですか。

「笠井さんと沢口さんを守るために？　しかし、それで二人が本当に守られましたか？　バッシングはやみましたか？」

先生は、ぼんやりと顔を上げた。

「火に油を注ぐ結果になっただけではないのですか？　先生はそれを予見できなかったのですか？　いや——そもそも先生は最初から、報復の結果、笠井さんや沢口さんがいっそう忌避されることを度外視していたのではありませんか」

ナルの声はあくまでも冷たかった。

「笠井さんを言い訳にして、彼女に重荷を背負わせるのはやめなさい。あなたは、ただ自分の怒りを——過去の怒りと現在の怒りを晴らすために報復をしたんです」

先生は小さく唇を噛《か》む。

「……だって、悔しかったんですもの……」

でも、と先生は笑った。

「そんなに大騒ぎしなくても、私の呪詛なんて、たいして効果があるわけじゃないんですよ。多少怯《おび》えさせたり、体調を崩したりはするみたいですけど。ちっとも上手くならないんです」

産砂先生は悪戯《いたずら》を見咎《みとが》められた子供のように微笑《わら》った。決して笑えるはずのないことを口にしながら。——この人は、過去にも呪詛を繰り返していたんだ。

「だから、ちょっとした悪戯だったんです。……溜飲《りゅういん》を下げたくて、魔が差しました」

「悪戯で済むのですか？　厭魅とは人を積極的に害するための呪法です。人を狂わせ、殺すための。効果は呪者の能力に左右されますし、幸い今回、死者は出ませんでしたが、それも時間の問題でした。少なくとも魔の席だけでも、次に坐った生徒こそは、電車に巻き込まれて死んだかもしれない」

　ナルが冷たい声を投げた。

　産砂先生はさも不思議そうにナルを見つめる。

「確かに、そうなれば不幸なことですけど……。でも、そうしたら、みんな思い知るでしょう？　この世には科学なんかじゃ割り切れないものがあるって」

……ああ。

　あたしは絶望的な思いで、不思議そうに首を傾げている女性を見た。

「呪詛があるなら、超能力だって存在する……」

　呟いたあたしを振り返って、産砂先生は微笑んだ。

「そういうことになるでしょう？　そうしたら、もう誰も私を嘘つきだとは言えなくなるわ。沢口さんだって笠井さんだって責められない。そうなると素敵ね？」

　あたしには答えられなかった。声もなく俯いてしまった笠井さんの肩にタカが手を廻す。壁際に佇《たたず》んでいるギャラリーも無言で顔を背けた。ナルもまた、眉をひそめて自分の前で邪気のない笑みを浮かべている女性を見つめた。そして、深い溜息をつく。

「ぼーさん」

　視線を彼女から外し、ぼーさんを振り返る。

「校長に報告を。この女性にはカウンセラーの力が必要だ」

「……了解」

ぼーさんは頷き、病室を出ていく。産砂先生はそれを怪訝《けげん》そうに見送って、ナルに咎めるような視線を向けた。

「……失礼な。あなたは超心理学の研究者ではないの？　なのに私をノイローゼ扱いするつもり？」

「……先生は疲れていらっしゃる。休息が必要です」

ナルは産砂先生を見つめる。先生がなおも不服そうにしたので、言葉を付け加えた。

「呪詛には……体力と気力を使いますから」

ナルに言われて、産砂先生は、やっと微笑みを浮かべる。

「ああ——そうね」

どこか安堵したような清らかな笑みだった。

「そうかもしれないわ……」

エピローグ

毎度毎度の、東京。渋谷。道玄坂。「渋谷サイキックリサーチ」。そのオフィス。

今日も今日とて、オフィスの中は人でいっぱいなのだ。

ぼーさんにジョンに真砂子に綾子。霊能者の団体様のおなりだ。最近、来客のそれより、こいつらの出入りする回数のほうが多いような気がしてならない。

「喫茶店代わりにされては迷惑なのですが」

入って来るなり、当然の権利のように、「ダージリン、ストレート」などとほざく綾子を、あたしは冷ややかに睨《ね》めつけてやる。

「いいじゃない。苦楽を共にしている仲なんだしー」

「一方的に迷惑を被ってる気がするけどなあ」

「気のせい、気のせい」

そうかなあ？……それでも、結局はあたしって、お茶を淹《い》れに立つわけよね。ああ、お人好し。綾子にはダージリンのストレート。ぼーさんにはアイスコーヒーで、ジョンにはホット。真砂子には日本茶、とくらあ。せめてオーダーを統一するとか、出されたものを黙って飲むとかしないかなあ？（もっとも、ジョンは除外。いつも「お構いなく」と言ってくれるので）

あたしは心の中でブツブツ言いながら、飲み物を配って廻った。

本日、例によってナルは瞑想《めいそう》中。リンさんは資料室で資料の整理中だ。

……と思ったところで当のナルが出てきた。

「麻衣」

声をかけてきてから、事務所の中を見てウンザリした表情をする。

「はい、何でございましょう」

にこにこ。

あたしは揉《も》み手《で》しつつ思いっきり親切に笑ってしまう。なんせ我が所長は一昨日、退院なされたばかりなので。お茶でしょうか雑用でしょうか。何なりとお申し付けくださいませ。にぎにぎ。

所長はソファを示した。

「そこに坐ってくれ」

「はあい」

「リン」

ナルが資料室に声をかけると、リンさんが出てきた。

リンさんは小さな機械を手に持っている。辞書くらいのサイズの無骨な機械だ。

「ちょっと実験に協力してもらう。いいか？」

……はあ。

ナルは機械をテーブルに据えた。機械の表には切手大の四角い窓が四つ開いている。それぞれに番号が付いていて、窓の下には同じく番号の付いたスイッチが並んでいた。リンさんがその機械とノートパソコンをケーブルで繋《つな》ぐ。

「手を」

ナルは言って、あたしの手を取り（うわーお）、人差指の先にクリップみたいなのを付ける。そのケーブルを機械に接続した。機械の背面のスイッチを押すと、切手大の窓が光る。左から、規則的に一つずつ光って、最後に四つ全部が点灯した。

「四つ全部が点灯したら、どれか一つスイッチを押す。お前でもできるな？」

「……できるけど……。　なに、これ」

「サイ能力のテスト」

サイ能力というと……超能力？　ええええ。

「無駄だよお。あたし、トランプ当てでも当たった例《ためし》がないもん」

「やるのか、やらないのか？」

極めて冷ややかな声が、言外に「やらないなら相応の待遇を覚悟せよ」と言っている。

「……やります」

　まったくもー。あたしにそういう洒落《しゃれ》た能力があるわけないでしょーが。あったら、もっと生活の役に立ててますがな。テストの答えを当てるとかさ。

　ほお、と身を乗り出したのは、ぼーさんだ。

「ひょっとして、これがかの有名なシュミット・マシーン？」

「——を、改良したものだ。四つの灯り全てが点灯したとき、機械は勝手に一から四の番号のうち、一つを選んでいる。麻衣は、これだと思う番号のスイッチを押す」

「これだと思う……」

　それを透視せよという話だろーか。

「深く考える必要はない。直感で押せばいい」

「てことは、とにかく押せばいいわけだ？　適当でもオッケー？」

「構わない」

　ならば、いくらでもやるけどさ。

「——始める」

　ナルがリンさんに合図して、背面のスイッチを入れ直す。機械が勝手にカウントダウンするので、それに従ってあたしはスイッチを押していった。本当に、適当に。意識を集中したりする時間なんてないし。ものの三分くらいで一回目が終わり、それを四回。結果はあたしにも分からない。押したスイッチが当たったのかどうかすら分からないから、やっていても盛り上がらない。ものすごく退屈な単純労働って感じ。最初は興味深そうにしていたギャラリーも、すぐに飽きて詰まらなさそうにしていた。

ナルはリンさんのノートパソコンを覗《のぞ》き込み、一つ頷《うなず》いてから、

「同じことをもう一度やる。今度は、押したスイッチが当たりだと、全ての灯りが点《つ》く」

……おお。当たったか外れたか、分かるわけですな。

あたしはちょっぴり前向きになったし、ギャラリーも興味を再燃させたようだ。

ところがこれが、当たらない。押しても押しても外れっぱなし。ギャラリーは嬉しそうだし、悔しくて力んでも当たらないものは当たらないわけだ。

「……だからあ……駄目だって言ってるじゃない……」

四回目が終わると、もう肩が下がっちゃう。また無駄に恥をかいたわい。

なのにナルは、

「同じことをもう一度やる」

「ええ」

「今度も当たると灯りが点くが、外れれば指先のクリップに電流が流れる」

「は……あああ⁉」

あたしは大いに焦る。

「それって痛いんじゃ」

「若干、刺激はあるが、痛いというほどじゃない」

あたしは指先のクリップを見た。先ほどナルが手ずから付けてくれたやつだ。ちょっぴり嬉しかったりしたのに、まさかそれが拷問の道具だとは。こういう展開ってありですか。

「いくらやっても当たらないし……。もういいんじゃないかなー？」

愛想笑いをしてみたりしたけど、それで許されるはずもなく。見事にシカトされて、ナルは無情にもリンさんに合図を送る。

やだやだやだ。

思うものの、機械のカウントダウンは始まっている。慌ててスイッチを押したけど、予想できたことに外れで、そのとたん、指先にチクッと痛みがあった。

……そりゃ、思ったより痛くはないけど。でも、なんでこんな目に遭わないといけないんだよーう。

なんかもうドキドキするし。ギャラリーはさっき以上に盛り上がってるし。そもそも、超能力の実験をするのに、こんなお祭りみたいな状況でいいのか。もっと静かな密室で、こう……落ち着いた感じでさ……。

辛《つら》い一回目が終わり、二回目に入る。すると、大したもので、当たりが出てきた。四つの小窓が全部光った瞬間の喜びときたら。三回目、四回目と当たりが増えたから、人間、必死になるとやれるもんだ（と言っても、ほとんどの場合、外れだったんだけどさ）。

やっとのことで四回目が終わり、ようやくクリップを外してもらえた。

「——どうだ？」

ナルが声をかけると、リンさんがノートパソコンを渡す。ナルはしばらくそれに見入ってから、

「……やはりな……」

「なにが」

「麻衣は潜在的にセンシティブだ」

は？

綾子と真砂子が噴き出した。

「センシティブぅ？　麻衣が？　こまやかな、感受性の強い？」

わぁーるかったな。図太くてよ。

ナルが大笑いする二人を軽蔑《けいべつ》の眼つきで眺める。

「センシティブ。サイ能力者。ＥＳＰ。超能力者」

ごっ！　ご冗談っ！

「道理で、馬鹿のわりには鋭いと思った。今回、変な勘を発揮したのも偶然じゃないかもしれない」

えっえっえっ。

あたしは思わずキョロキョロしてしまった。

「第一シリーズの当たりがゼロ、第二シリーズの当たりがゼロ」

……あああ、やっぱり。

「でも、三番目はかなり頑張ったのよ」

ね、ね、ねとナルの顔を見ると、ナルは頷く。

「第三シリーズで、かろうじて当たりが十六。確率四分の一のテストを、百回――つまり、偶然期待値が二十五だから、異様に少ない」

ええええ……。

「やっぱりねえ」

綾子は至極満足そうだ。煩《うるさ》いっての。

「確率通りなら二十五回は当たっていいはずのものが十六回しか当たっていない」

「……申し訳ございません」

「なぜ？」

……いや、だって。そりゃ、謝るようなことではないと、自分でも思うけど。

「本来なら、確率通りで当たり前なんだ。これより多くても少なくても普通でないことになる」

「……は？」

「偏差マイナス九、この数字は明らかに異常だ」

……異常って……、その言い方はちょっと。

「じゃあなに？」綾子が身を乗り出した。「麻衣は超能力者だっていうわけ？」

「そういうことになるな」

……ほえー……。あたしが。

なんと言えばいいんだろう。まるで、いきなりスポットライトが当たった気分。

「ただし、これは厳密なテストではない。厳密でないどころか、ほとんど試してみた、というレベルだ。もっとも、サイ能力のテストについては異説や疑問も多い。テストの結果、現れた数字を加工する過程にも、不明瞭《ふめいりょう》な操作が付きまとうから、そもそも『厳密なテスト』なるもの自体が成立し得るのか疑問だ。だが、第一、第二のシリーズでは当たりがゼロ、これはどう考えても異常だし、かろうじて当たりの出た第三シリーズの数値も異常な値であることは確かだ」

……なんか……一瞬嬉しいような気がしたのに、そう「異常」を連発されると、複雑な感じなんですけど……。

なるほど、と手を叩いたのは、ぼーさんだ。

「それで今回、見事な第六感を発揮してくれたわけか」

綾子は不服そうに、

「今回、たまたまってことでしょ。能力者なんだったら、なんで今まで役に立たなかったわけ？」

「そうかあ？」ぼーさんは言って、「麻衣は鋭いと思ってたぜ、俺は」

「また……。あんたって、すぐナルに日和《ひよ》るのね」

「そういう訳じゃねーって。麻衣は目立たんけど、前回、森下事件で結構役に立ってたからな」

あら。ぼーさんてば、嬉しいことを。

「嘘よ」

「嘘じゃないさ。前回、麻衣は変な夢を見てるだろ」

……ぎく。

夢の中の某氏を思い出して思いっきり焦ったあたしだったけど、

「ほら、井戸の中に落っこちたとき、妙なことを言ったらしいじゃないか」

なんだ、あれか。……そりゃそうだよな。

「麻衣はどうやらあの家の過去を見たらしい。普通の人間にできることか？　ありゃ、ポストコグニションに近い能力なんじゃないか？」

「当たってればね。確かめる方法なんてないじゃない」

「まあな。だが、加えて、子供」

「はあ？」

「だから、台所でコンロが火を噴いたとき、麻衣は子供の姿を見てるだろ。あのとき、すぐにちびさん……礼美《あやみ》ちゃんだっけか、あの子の部屋に駆けつけたけど、ちびさんはちゃんと部屋にいた。麻衣が見たのは霊じゃねえの？」

……ぽかーん。そっか、そう言われてみれば……。

ナルが小さく苦笑を漏らす。

「見ていないようで見ているな。……その通り」

「……と、いうことはだ、ナルちゃんも」

「変だと思っていた」

みんなの視線が集中する。みそっかすのあたしに。

……あたしって、スゴイのかも……しんない。

やった、らっきー！

「でも」不服そうなのは真砂子だ。「言うほど大した能力ではありませんわ。あの家の霊は強かったんですもの。大して霊感のない人間にも見えるほど霊の力が強かったということで……」

「でも、今回はあんたに見えない霊を見てるわね」

綾子ってば意地悪だ。真砂子がキッと綾子を睨《にら》みつけた。

「こんなことは初めてですのよ。きっと特殊な例だからですわ」

「だといいけど？　よくあるじゃない、ハタチ過ぎれば、ただのヒト」

「それでも、最初からまるで役に立たない誰かよりはましですわね」

睨み合う女二人を例によって、ジョンがまあまあ、と宥《なだ》める。

そんな騒動にはお構いなく、ナルは、

「転移効果は？」

リンさんに訊《き》いた。

「第一シリーズでは一つ前にずれてますね。一つ前の試行に対しては、ほぼ確率通りの値です」

「はい？」

あたしが首を傾げると、

「つまり、麻衣は今回の正解ではなく、前回の正解を当てていたんだ」

えええ、と妙な声を上げたのは綾子だ。

「でも、それで確率通りなんでしょ？　つまり凡人レベル。それがズレてたってことは、ズレた凡人ってことなんじゃないの？」

「なにおう」

あたしが睨むと、綾子は顔を突き出す。

「だって、そういうことじゃない。——でしょ？」

ナルに同意を求めたが、ナルは、

「転移効果をどう評価するかは微妙だな。次の正解を当てる方向にずれていれば予知、前の正解を当てる方向にずれていれば過去知だとする向きもあるが、信憑性《しんぴょうせい》があるかどうか。ただ、外れると懲罰がある場合、いきなり当たりが出始めた、これには意味があると解釈したほうがいいだろう」

「電気ショック？」

「というほどのものではないが、不快な刺激であることは確かだ。当たれば灯りが点く、これは報酬だと言えるし、外れれば不快な刺激がある、これは懲罰だ。報酬があっても結果は変わらないのに、懲罰があると結果が変わった」

「つまり、懲罰を回避しようと勘を働かせ始めた、ってわけ？」

「だろう。実際、麻衣の勘は良くないことに対して働くことが多い。霊でも強い害意を抱いていると見える。一種の自己防衛本能だろうな。動物と一緒で、敵に相対すると感覚が鋭敏になる」

「あ、なるほどー」綾子は晴れやかに笑った。「動物って、そういう能力があるものねえ。ふーん、ケダモノ並みなんだー」

「そういうことだな」

……なにおう。あたしが、ケダモノだとおー。

綾子はいかにも楽しげだ。

「つまり、カラダは人間でも、ココロは野生の動物なのねー。なるほどー」

……こいつらはーっっ。

「ナル」

怒ったぞ、あたしは。……人のことをケダモノだの異常だの。あんまりでないかい。

「言うからね」

ドスの利いた声で言って、ナルを睨む。とたんにナルがハッとした。

「だーれが、ケダモノだって？　だーれが異常だってえ？」

「いや……。それはものの喩《たと》えで」

おお。珍しい。ナルの焦った顔。

「んじゃ、ナルはなんなのよ？　スプーンを曲げるのは異常じゃないの？」

とたんにオフィスの中がしんとした。

「触っただけでスプーンを曲げて、千切っちゃうのは、なーんなのかなー。当たり前の人間の、正常な行為とは思えないんだけどー？」

みんながぎょっとしてナルを振り返る。

「ちょっと」

「ナル」

「まさか」

口々に言う中で、ひときわ大きな声が響いた。

「ナル！」

……リンさんかあ？

リンさんは怒っていた。明らかに怒っていた。

「そんなことをしたんですか！」

ナルが首を竦《すく》める。十七の子供みたいに。

「絶対にやらないと……」

お説教モードのリンさんから顔を逸《そ》らして、ナルはあたしを睨んだ。

「麻衣っ！」

へーん。怒鳴ったって遅いよぉ。もう言っちゃったもんねーだ。あたしはぷいとそっぽを向いて知らんぷり。

「ナル、いいですか、あなたは」

「分かった、――いや、分かってる」

「分かってません！」

世にも珍しい。あたしたちは思わずその異様な風景に見入ってしまった。

怒鳴るリンさんと、焦るナル。

ぽくぽく、ぼーさんが手を叩いた。

「いやあ、ナルにそんな隠し芸があったとは。ぜひ俺たちも拝見したい」

「あ、あたしもっ！」

威勢良く手を挙げた綾子を見て、うんざりしたように、ナルが溜息をついた。

「麻衣……覚えてろよ」

べーだ。

「見たい、見たい！　麻衣だけなんて狡《ずる》い」

「そうですわ、ぜひ」

真砂子にまで言われ、ぼーさんとジョンにも期待に満ちた眼を向けられ。再び、ナルは深い溜息をつく。そうして、自分のカップからティースプーンを取り上げた。

「ナル！」

リンさんの強い声。

「こうなったら仕方ないだろう。……いいか？」

ナルがスプーンを構える。右手の親指と人差指だけでスプーンを持って、左手を添える。左手は人差指を一本だけ。スプーンの頂上に軽く当てる。くくっ、とスプーンが若干の角度をもって内向きに曲がった。

「どうぞ」

曲げたスプーンを綾子の方へ投げてやる。

「……すごいじゃない」

綾子は言いながら自分でも試してみる。あたしも思わず自分のティースプーンを取って試してみる。こう……でしょ。ナルのやったように構える。指二本で支えただけのスプーンは、力を掛けて押すと傾いてしまって、曲げることはできない。

……すごーい。

コホンと咳払《せきばら》いしたのは、ぼーさんだ。

「あのなあ……」

「何か？」

「お前、本当にいい性格、してるな」

え？

驚いてぼーさんを見る。ぼーさんは、

「お前らも、簡単に感心してんじゃねえ！　いまのはナルが指の力で曲げたんだよ！」

「えー？　だって、曲がんないわよ、これ」

「曲げたの！　俺は横から見てたから一発で分かった」

「だって」

「ナルは、スプーンの柄を掌《てのひら》で支えてた」

え？　慌てて試す。スプーンを持って、柄の端を掌に当てて。これで押すと……。

確かに曲げられるわ。力さえあれば。げんにジョンが曲げた。

「仮にも超心理学者が、こういうことをして他人を謀《たばか》ってもいいのかな？　え？」

ナルは至って涼しい顔だ。

「詐欺の被害に遭わない一番の方法は、詐欺の手際を知りつくすことだ」

……あぜん。

「……手品の趣味があると聞いてたが……それでか」

「もちろん」

……あくまで仕事がらみなのな。本当に、一筋縄では行かない坊ちゃんだ。

脱力したようにリンさんが溜息をついた。ナルは、

「もうしない。約束する」

「守っていただきたいものですね」

「絶対」

「どうですか……」

再びリンさんが、深い深い溜息をついた。——呆《あき》れ果てた一同の心中を代弁するかのように。

解説

竹《たけ》達《たつ》彩《あや》奈《な》（声優）

「ゴーストハント」。このシリーズに初めて出会ったのは私が小学3年生ぐらいの頃です。当時「なかよし」などで漫画版が連載されていましたが、ホラー作品を連載している少女漫画雑誌は、90年代当時なかなか珍しかったと感じます。

漫画版もかなり怖く、可愛らしい絵柄とは裏腹に丁寧に描かれたホラーストーリーで、幼い頃ホラー漫画が好きだった私はあっという間に夢中になりました。お小遣いを貯めてコミックを全て買い、すっかり「ゴーストハント」ファンになっていた私ですが、２０１０年に刊行された新装版の小説を読み、より一層ファンになってしまうのです。

初めて読んだ小説版は、漫画では描かれなかった丁寧な状況描写、麻衣や事件に巻き込まれていく人々の心の機微が細かく描かれていて、あっという間に小説版「ゴーストハント」の魅力に引き込まれていきました。

このシリーズの魅力の1つは、皆さんもご存知の通り、個性あふれる素敵な登場人物たちにあると思います。

都内の学校に通う、普通の女子高生の谷山麻衣。

17歳でありながら渋谷サイキックリサーチの所長であり、ナルシストのナルこと渋谷一也。

謎に包まれているナルの助手、無口なリン。

実はスタジオミュージシャンだったロン毛の坊主、ぼーさんこと滝川法生。

ド派手な見た目ときつめの性格をもつ自称・巫女さん、松崎綾子。

おかっぱの髪型と着物がトレードマークのお嬢様美少女霊媒師、原真砂子。

甘いフェイスとめちゃくちゃな関西弁が可愛らしい、神父でありエクソシストのジョン・ブラウン。

麻衣をはじめとする魅力的な登場人物たちは、奇妙な心霊現象事件の依頼を受け、一緒に調査をしながら次々と起こるハプニングを乗り越えていきます。誰か一人でも欠けていたらきっと上手くいかない、絶妙なバランスで事件を解決していくのです。

霊や呪詛といった、ホラーシリーズならではの恐怖もふんだんに盛り込まれているのに、時に切なさやあたたかさを感じるのも、「ゴーストハント」シリーズの魅力ではないでしょうか。

そして、事件を起こしている霊や、呪詛をかける加害者たちも、胸が痛くなるような悲しい体験をしていることが多く、シリーズを通して読んでいくと「ゴーストハント」シリーズには「絶対的な悪」はなかなか無いということに気づかされます。

「ゴーストハント」シリーズに出てくる「霊」や「呪詛」に関わる人たちを、私はどうしても嫌いにはなれません。被害者も加害者も、皆それぞれに抱えている不幸は、生きている私たちにとっても決して他人事ではないと思うからです。

(※ここから先は、1~3巻のネタバレを含みますので、未読の方は小説をお楽しみになってからお読みください)

例えば1巻目。「旧校舎怪談」に登場する黒田女史。私は彼女の心情を深く想像します。誰だって寂しいときはあるし、誰かに構ってほしい、認めてもらいたいという気持ちを持つことだってある。そういう気持ちが超能力とリンクしたら……。

2巻目、「人形の檻」。もし、自分の大切な娘や家族が誘拐されたり、喪われることになったら? それはもう想像しきれない程の悲しみと絶望に襲われると思います。自分がそうならない、とは言い切れないと思います。そんな状況に追い込まれた人が何をやっても許される訳ではありませんが、決して嫌いにはなれないかもしれない……。

そして今回3巻目となる、「乙女ノ祈リ」では、ラスト、事件が解決したのにモヤモヤとしたやるせない気持ちにさせられました。それはこの物語の事件の犯人が、ある意味被害者だったからかもしれません。だからこそ、犯人に人を助けたいという気持ちがあったことも本当だったと、私は信じたいです。

実は私、子供の頃一度だけフォークを曲げたことがあります。超能力特集のテレビ番組を観ていて、真似してやってみたらフォークがぐにゃぐにゃになりました。爪の部分があっちこっちいって、使い物にならなくなってしまうくらいに。次の日もう一度やってみたら、まったく出来なくなっていたので本当に一瞬で力は無くなってしまったのですが、もしかしたらあれはゲラリーニだったのかも？　と今作の「乙女ノ祈リ」を読んで知りました。

そんな小さい頃の記憶があるからなのか、犯人に対してどこかやるせない気持ちになってしまうのかもしれません。が、どんな理由があっても人を呪ってはいけません！

しかし、もしかしたら一番怖いのは生きている人間なのかもしれないと、今作を読んで思わされるのです。

もし自分が呪詛をかけられたら？

もし自分が呪詛をかけたくなるくらい辛い経験をしたら？

そんなことを考えたくはありませんが、もし自分の周りに万が一にでもそんな人がいたら。もし自分が、人や世界を呪いたくなるくらい嫌いになってしまったら。

面識はなくとも知らず知らずのうちに嫌われて悪意を向けられていたら……。

相手が生きている人間でも幽霊でも、一番怖いのは、思いがけない「悪意」を向けられること。同じくらい、悪意を向けることも怖いことだと思います。想像するだけでゾッとするのですから、きっと麻衣たちはもっと怖かったのだと思いますし、本当に命に関わる前に解決して良かったと心から思います。

そしてもう1つお伝えしたい「ゴーストハント」シリーズの魅力は、ストーリーが進むに連れて明かされていく、「実は」だと思うのです。

3巻でいうと、ストーリーの最後に行われた、サイ能力テスト。4つある窓から、どれが光るか予測してスイッチを押すもの。

麻衣は100回のランに対してヒットが16。ナルが言うには確率上は4分の1は当たって当然なのに。このテストから、麻衣が潜在的にセンシティブなサイ能力者だということがわかります。前作2巻「人形の檻」でも、過去夢や幽霊を見たり、不思議な体験をしていましたし、今作3巻では予知夢といえるような鬼火を見たり。麻衣はいつの間にか「普通の女子高生」ではなくなりつつあるのです。でもどんな体験をしても、麻衣はずっと麻衣でいてくれます。素直で、明るくて、一緒にいると不思議と周りが明るくなるような魅力は、シリーズ通しても変わりません。

ずっと変わらないキラキラした魅力と、「実は」そうだったのか！　と明かされていく意外性のある真実。これが「ゴーストハント」シリーズの、重要なキーになっていると思います。

麻衣たちはますます危険で、恐ろしい事件に挑んでいくでしょう。どの巻もそれぞれ違った怖さがあり、気がつけば存分に詰め込まれた謎に引き込まれます。

3巻まで読んでいらっしゃるならもうご存知と思いますが、このシリーズは全7巻、1冊ずつ読める読み切りミステリ&ホラー長編になっています。それぞれの巻で張り巡らされていた伏線が、最終7巻で一気に回収されていく展開は読んでいてとても気持ちが良いので、ぜひ最後までご自身の目で確認していただきたいです。もちろん、「乙女ノ祈リ」にも、まだ明かされていない伏線はちりばめられています。

　これからも続いていく麻衣たちの物語を、どうか最後まで見守って、時には一緒に泣いて怒って、笑ってください。もちろん極上の恐怖も、一緒に味わっていただけますように。

本書は、二〇一一年三月に小社より刊行
された単行本を文庫化したものです。

ゴーストハント３
乙女《おとめ》ノ祈《いの》リ

小野不由美《おのふゆみ》

令和２年　９月25日　初版発行

発行者●青柳昌行

発行●株式会社KADOKAWA
〒102-8177　東京都千代田区富士見2-13-3
電話　0570-002-301（ナビダイヤル）

角川文庫 22326

印刷所●株式会社暁印刷
製本所●株式会社ビルディング・ブックセンター

表紙画●和田三造

●お問い合わせ
https://www.kadokawa.co.jp/（「お問い合わせ」へお進みください）
※内容によっては、お答えできない場合があります。
※サポートは日本国内のみとさせていただきます。
※Japanese text only

ISBN 978-4-04-109414-3　C0193

◇◇◇

角川文庫発刊に際して

角川源義

第二次世界大戦の敗北は、軍事力の敗北であった以上に、私たちの若い文化力の敗退であった。私たちの文化が戦争に対して如何に無力であり、単なるあだ花に過ぎなかったかを、私たちは身を以て体験し痛感した。西洋近代文化の摂取にとって、明治以後八十年の歳月は決して短かすぎたとは言えない。にもかかわらず、近代文化の伝統を確立し、自由な批判と柔軟な良識に富む文化層として自らを形成することに私たちは失敗して来た。そしてこれは、各層への文化の普及滲透を任務とする出版人の責任でもあった。

一九四五年以来、私たちは再び振出しに戻り、第一歩から踏み出すことを余儀なくされた。これは大きな不幸ではあるが、反面、これまでの混沌・未熟・歪曲の中にあった我が国の文化に秩序と確たる基礎を齎らすためには絶好の機会でもある。角川書店は、このような祖国の文化的危機にあたり、微力をも顧みず再建の礎石たるべき抱負と決意とをもって出発したが、ここに創立以来の念願を果すべく角川文庫を発刊する。これまで刊行されたあらゆる全集叢書文庫類の長所と短所とを検討し、古今東西の不朽の典籍を、良心的編集のもとに、廉価に、そして書架にふさわしい美本として、多くのひとびとに提供しようとする。しかし私たちは徒らに百科全書的な知識のジレッタントを作ることを目的とせず、あくまで祖国の文化に秩序と再建への道を示し、この文庫を角川書店の栄ある事業として、今後永久に継続発展せしめ、学芸と教養との殿堂として大成せんことを期したい。多くの読書子の愛情ある忠言と支持とによって、この希望と抱負とを完遂せしめられんことを願う。

一九四九年五月三日

角川文庫ベストセラー

深泥丘《みどろがおか》奇談《きだん》・続々《ぞくぞく》　綾辻行人

ありうべからざるもうひとつの京都に住まうミステリ作家が遭遇する怪異の数々。濃霧の夜道で、祭礼に賑わう神社で、深夜のホテルのプールで。恐怖と忘却を繰り返しの果てに、何が「私」を待ち受けるのか――⁉

赤い月、廃駅の上に　有栖川有栖

廃線跡、捨てられた駅舎。赤い月の夜、異形のモノたちが動き出す――。鉄道は、私たちを目的地に運ぶだけでなく、異界を垣間見せ、連れ去っていく。震えるほど恐ろしく、時にじんわり心に沁みる著者初の怪談集！

幻坂　有栖川有栖

坂の傍らに咲く山茶花の花に、死んだ幼なじみを偲ぶ「清水坂」。自らの嫉妬のために、恋人を死に追いやってしまった男の苦悩が哀切な「愛染坂」。大坂で頓死した芭蕉の最期を描く「枯野」など抒情豊かな9篇。

山の霊異記
赤いヤッケの男　安曇潤平

赤いヤッケを着た遭難者を救助しようとしたため遭遇した怪異、山の空き地にポツリと置かれた小さなザックから夜出てくるモノとは……自らも登山を行う著者が、山で聞き集めた怪談実話。書き下ろし2篇収録。

山の霊異記
黒い遭難碑　安曇潤平

鐘ヶ岳を登るうちに著者の右目を襲う原因不明の痛み、登山道にずらりと並ぶ、顔が削り取られた地蔵、山の中に響く子どもたちの「はないちもんめ」……山で遭遇する不思議なできごとを臨場感たっぷりに綴る。

角川文庫ベストセラー

冥談　京極夏彦

僕は小山内君に頼まれて留守居をすることになった。襖を隔てた隣室に横たわっている、妹の佐弥子さんの死体とともに。「庭のある家」を含む8篇を収録。生と死のあわいをゆく、ほの瞑（ぐら）い旅路。

眩談　京極夏彦

僕が住む平屋は少し臭い。薄暗い廊下の真ん中には便所がある。夕暮れに、暗くて臭い便所へ向かうと――。暗闇が匂いたち、視界が歪み、記憶が混濁し、眩暈をよぶ――。京極小説の本領を味わえる8篇を収録。

旧談　京極夏彦

夜道にうずくまる女、便所から20年出てこない男、狐に相談した幽霊、猫になった母親など、江戸時代の旗本・根岸鎮衛が聞き集めた随筆集『耳嚢』から、怪しい話、奇妙な話を京極夏彦が現代風に書き改める。

鬼談　京極夏彦

藩の剣術指南役の家に生まれた作之進には右腕がない。その腕を斬ったのは、父だ。一方、現代で暮らす「私」は見てしまう。幼い弟の右腕を摑み、無表情で見下ろす父を。過去と現在が交錯する「鬼縁」他全9篇。

ふちなしのかがみ　辻村深月

冬也に一目惚れした加奈子は、恋の行方を知りたくて禁断の占いに手を出してしまう。鏡の前に蠟燭を並べ、向こうを見ると――子どもの頃、誰もが覗き込んだ異界への扉を、青春ミステリの旗手が鮮やかに描く。